A dónde

Ramón Williams

A dónde

bokeh

ISBN 978-94-93156-05-0

I

El espíritu de Dios flota sobre las aguas
y una isla celestial se hará visible primero
cual morada de los nuevos hombres
cual cuenca de la vida eterna
sobre las olas que refluyen.
Novalis

1.

No dudaba: su nombre se perdía. Era un saber ganado a la escucha de voces aéreas. Revoloteando las voces denostaban y él no podía dejar de sentirse aludido. Eran inflexiones, tonos, acentos diversos; sucios refinados, o de ricos adornos, siempre esquivos pero inequívocos. Después de las voces sin cuerpo, creyó ver en lugares y libros borrarse las letras de su gracia. Para llamarlo solamente los compinches más serviles repetían el nombre ya ajeno. Al escucharlos, a veces volvía el rostro en dirección del llamado y a veces respondía. Los compinches le preguntaron en privado y él les confesó. «Se me ha perdido, lo he olvidado, lo hemos olvidado diez millones y yo. De lo contrario, son demasiados los enemigos». Los compinches lo creyeron enfermo, fueron al África y trajeron *bangalas* del Alto Congo: «Hijo de ángel, descuide –dijeron los *bangalas*–, enemigos perifrásicos no son enemigos; lo protegen a usted de espíritus malos». No bastó. De los grandes lagos de Norteamérica los compinches trajeron *ojibways*: «Grandenombrado –le explicaron los indios–, sepa que repetir su nombre real lo achica a usted. Así que pierda cuidado y olvídelo». Desoyó a todos y se burló. Creía que tales consuelos eran argucias, artimañas del olvido. Largos años acentuaron la angustia de su inquietud. Versos apostrofados rindieron poetas bermejos en todas las tierras sin saber su nombre (aquel que un agónico escribió en una puerta con sangre). Los últimos compinches murieron y dejaron a los nuevos compinches el misterio por legado. Pero los nuevos envejecieron y olvidaron y también murieron. Postpostmodernos magos el hombre visitó en vano. En el ocaso del tiempo sintió la tristeza del ser más desconocido y solo en el mundo. Surcó entonces las extensiones de su reino. Subió al pico más alto donde, equivocado, pensaba que todo había empezado. Allí junto a las nubes, el innombrable invocó al cielo con un nombre que también le pareció el suyo. Con todas las fuerzas de su alma preguntó: «¿Qué le habré hecho a los otros, Señor, qué para haber mi nombre perdido?». La bóveda celeste apenas se abrió.

–Durar –dijo temblorosa la voz del Señor.

2.

El 2000.

En la página veintiocho del libro de textos de Lecturas Literarias, se levanta la ciudad de los rascacielos. Cúpulas de cristal, máquinas voladoras a ras del suelo; millares de seres felices saludan desde calles deslizantes. Laboratorios espaciales, fábricas y escuelas desbordan jóvenes sonrientes de ademanes diáfanos y trajes relucientes como envolturas de chocolate del Parque Lenin. Nilo adivina en las dentaduras de aquellos jóvenes el mismo júbilo de los hombres de la página dieciocho en el texto de Historia de Cuba. Pero los de la dieciocho tienen una sonrisa mayor, más alegre. «Ellos lo comenzaron todo», explica la maestra. El agua les da por el pecho, sostienen fusiles sobre las cabezas y salen de un barquito blanco varado a muy poca distancia del manglar. Los expedicionarios semejan un sinuoso hilo verde que se agiganta hacia quien los mira. Bajo la luz de un relámpago ellos se mueven sigilosos, entre los rayones de lluvia y el barquito que balance sobre las olas. La acuarela no deja ver la piel de los hombres alegres erizada por la lluvia y el ataque de los mosquitos en el manglar. Nilo imagina las pieles frías y concluye que ellos disimulan el sufrimiento detrás de las sonrisas; él quisiera darles su abrigo, frotarles las manos, alimentarlos con la mitad del dulce de la merienda escolar que suele llevar a casa para mamá Regina.

La joven Makarenko explica en clases: Aquellos hombres bajaron del yate dispuestos a salvarnos. Eran unos pocos al desembarcar y casi los aniquilan en la llegada, de ochenta y dos quedaron sólo doce en un campo de cañas. Pero, como aquello por lo que luchaban estaba en el corazón de todos nosotros, se multiplicaron en poco tiempo. La gente los amaba, seguía tras ellos porque tenían grandes… copien de la pizarra:

VIRTUDES MORALES
Valientes
Desinteresados
Valerosos
Decididos

Todos en la clase copian, copian, copian… Nilo también, sin comprender todavía por qué los hombres del barquito deben sonreír a pesar de la carga, los mosquitos y el frío de aquel diciembre. Desde el uniforme verde de blusa almidonada y minifalda de tachones, la muchacha revela: «Esos hombres se burlaban de los peces de colores porque sabían que construirían una patria mejor». ¡Acabáramos! Si dudas, la patria mejor será un día aquella de las máquinas voladoras y las callesteras. ¿El 2000, maestra? El 2000, si no antes, todo depende del esfuerzo y la constancia.

En la página catorce de Zoología comienza otro enigma. Un pelícano blanco despliega sus alas y la cola de un pez le sale de la bolsa en el pico. La bolsa es gigante y resulta difícil explicarse por qué los rebeldes de La Sierra no habían empleado a los pelícanos para comunicarse con los amigos del llano en lugar de auxiliarse con las frágiles palomas. Las alas de los pelícanos son más largas y en la bolsa caben armamentos, nadie sospecharía.

A propósito de resolver el enigma, Nilo le pregunta a la maestra. Ella se ríe hasta las lágrimas y no explica nada. Muy distinto sería preguntarle al padre de Ivonne. Él se parece al Yuri Gagarin del libro de ciencias y no se burlaría porque de seguro él ama a los niños tanto como Martí. Los viernes en el matutino aquel señor aparece y lee asuntos de la revolución y su pueblo abnegado, nosotros. Hacia el final de la charla se le pone la cara roja-roja y ya no se le entienden las palabras. Plas, plas, plas, aplaude la directora y de seguido aplauden los maestros, los conserjes y los niños. El papá de Ivonne bebe agua, se calma un poco y deja vagar la mirada sobre los techos abovedados de la escuela, de igual manera que los hombres en la dieciocho encaran el mal tiempo. Algo en las cejas. A él le preguntaría Nilo sobre los pelícanos. Eso haría si antes un auto no se llevara la vida de Ivonne a pocos pasos de la escuela, borrando a hija y padre para siempre de los ojos de Nilo.

La Makarenko no ofrece todas las respuestas. Pero tiene ojos marinos, ojos de un raro navegar, más allá de la ventana del aula, sobre los techos de Marianao y Boyeros, junto a las nubes de La Habana y de la isla. En esa mirada de ser pero no estar, se quiere embarcar de polizón el Nilo. Todo cuanto él quiere es viajar con ella, derivar si fuera el caso, como ahora, que a ella se le abre sin querer la boca y pone los ojos en blanco, al tiempo que agita su fina, larga y pecosa mano izquierda bajo la mesa. Nilo mueve sus ojos de los de ella y mira allí. Resulta como en esas ilustraciones donde se divisan a la vez pájaros en el aire, animales de la tierra y la fauna del mar. La línea del mar es la tabla de la mesa. Bajo la mesa se oculta un animal que la mano temblorosa de la Makarenko persigue. Nilo quiere adentrarse en aquel rincón sin nombre de la ilustración donde los finos dedos de la muchacha se mojan. La tarde con su densidad mantiene gachas las cabezas de los otros niños, la caverna en el mar es sólo para la mirada de Nilo; tal vez para sus dedos también, cuestión de estirar un tanto, otro tanto el brazo… Retumba el manotazo de la Makarenko sobre la mesa. Deshecha la línea del mar por el trueno, estalla la carcajada de ella ante el estupor del polizón. En vano teme Nilo el reproche de la muchacha. Ella pellizca los labios del niño dejándole en las narices el aroma de todas las algas del mar.

TODOS A LA PLAZA

En la acuarela del libro de Historia se alza figura de un hombre que habla a las miles de manchas anaranjadas del fondo. Sabido que el hombre ha descendido del barquito seguido de los que soportaban el agua fría en otra página. Junto a ellos él había peleado en la guerra, junto a ellos le creció la barba. Era el jefe, todavía lo es y apunta con el dedo al cielo, a la bandera, a la tierra que las manchitas y Nilo deben defender al precio que sea necesario. Pero pasado tanto tiempo desde los salvajes días aquellos, sin minutos para afeitarse, qué podía ser la barba ahora sino un recuerdo de proeza. Avanzan la páginas en el libro y las manchitas alzan pancartas, dan las gracias al hombre de la barba, le ofrecen su casa y la última gota de sangre. Son abundantes manchitas y no pueden estar equivocadas. ¿Qué cosa es un vampiro?

La Makarenko se marcha y lleva de la mano a Nilo hasta la puerta. «Te animarás con muñequitos rusos, querrás mucho a quien tú sabes y nunca me olvidarás. Sólo así serás algún día un hombre del dos mil». Dice ella y posa sus labios en los labios del niño. Atrapado en el beso Nilo queda mudo. La ve partir por la calle más larga del barrio, junto a las primeras flores caídas de la cuaresma, suavemente aupada por el viento sur. Las Makarenko que vinieron antes no se marchaban así, no se les veía partir. Daban clases unas semanas, a veces vigiladas por maestras mayores y luego desaparecían sin avisar. Después las clases quedaban a cargo de señoras empolvadas con voces gastadas y miradas dulces de poco brillo. Con la joven, Nilo siente que una fuerza maravillosa lo alienta a recordarla. Ansía que la muchacha vuelva a fin de curso, al siguiente año, a punto de la secundaria… Ella regresará un día, mientras tanto los labios de Nilo niño fabricarán para ella un enorme beso hecho de secreto y espera.

La primavera.

Nilo chupa durofríos de guanábana y persigue cocuyos en los últimos jardines de su infancia cuando su corazón y el palpitar de la nación cubana entera se acompasan en una misma canción. La noticia recorre el país y el mundo con la potencia de un rayo: Elementos antisociales penetran por la fuerza en la embajada del Perú en La Habana. Guardia de posta asesinado en la acción. Los elementos se acogen a la ley de extraterritorialidad…

Nilo aprende palabras nuevas: *lúmpenes, apátridas, escoria…* *Lacra* llaman a la gente capaz de matar por abandonar la tierra que los parió. Insólito, porque lo cierto es que cientos de miles de individuos se han sumado a los primeros en unos pocos días.

La TV acapara como nunca antes los ojos de los cubanos. A toda hora el hombre que se había dejado la barba se muestra ante las cámaras, haciendo patente su cólera: «Nosotros no los queremos, nosotros no los necesitamos». Poco antes del suceso en la embajada rostros como esos que no necesitamos pasaban por la pantalla y se les llamaba «nosotros, el pueblo trabajador». Para explicar palabras difíciles como «nosotros» estaban los papás, el de Nilo, Matías Pelayo: «Traidores de hoy, héroes del mañana, traidores del día siguiente y así. La traición es una palabra fácil, se le va a cualquiera –explicaba Matías–. 'Nosotros' se refiere a cuando unos y otros participan de lo que se dice o se hace. Pero a menudo alguien echa mano de esa palabra para hacerle creer a los otros que son ellos los que guían los pasos de todos y de ahí ese alguien extrae sus dividendos». ¿Dividendos? El hijo de Regina y Matías tiene suficiente por el momento.

En blanco y negro, en lo convexo del cátodo de veintiuna pulgadas, Nilo ve desfilar las manchitas que sabe anaranjadas gracias a los libros de texto. Un mar de gente erizada por la ira alza el puño frente a la Oficina de Intereses de los Estados Unidos. El cuerpo de la repulsa se estira por la Quinta Avenida del ampuloso barrio de Miramar, donde autos de chapas negras esconden las narices tras el cercado de las embajadas.

Los barcos llegan desde La Florida, según los noticieros, como empujados por las palabras de Martí a la distancia de un siglo. «…hay que cargar los barcos de esos insectos dañinos que le roen el hueso a la patria que los nutre…», dicen en las pantallas. «Pantallas de la historia», comenta Matías a Regina y a los pensamientos de Nilo. Los yates de los que vienen por los suyos son rebosados a la fuerza de otras caras que la televisión cubana y Nilo no alcanzan a ver: las desdoradas, las anónimas centrifugadas de cárceles y manicomios.

Dura verdades y blandas mentiras, todo mezclado. Actores y actrices improvisados corren a las oficinas de inmigración desgranando culpas. A revelar o reinventarse corren para volar fuera de la isla: «Soy pájaro y detesto los domingos rojos –confiesa un señor de cosmética sotabarba y ojeras congénitas, menos de apócrifas prácticas cameras que de preocupación por asuntos del fogón y de la mesa–, mi mujer sólo adora al Dios Sol y se acuesta con otras mujeres; mayormente extranjeras, casi siempre sin mí… Como bien usted puede ver, mi hijo no se me parece». Dolicocéfalos niño y hombre, misma piel y ojos de caramelo de miel. La mujer mece al bebé, mira fijo al piso a través de greñas naranjas recién decoloradas y canta quedo La Bayamesa. El oficial les pide que hagan silencio, respira profundo… no sabe por qué sabe que la pareja miente. Entiende sin embargo, que ellos desean irse y que los que se largan van marcados, enmarcados, embarcados; que toda patria antes de ser mejor ha de purgar, excretar, amputarse si fuera preciso…

Si Nilo pudiera asistir a las oficinas y leer las caras en aquellos retratos de familia, descubriría, mucho antes que el oficial Silvano, cómo la traición se perdona y sus traicionados entre ellos se traicionan.

Difícil de asimilar de sobremesa lo que papá Matías le explica a Nilo, cuando la TV asegura que en otras partes del mundo acogen a los «insectos dañinos» como legítimos refugiados de un mal, no el mal en sí.

Cuba es un inmenso taller en hora de limpieza donde se funde el hombre concreto del próximo siglo, El Hombre Nuevo. Ciento veinticinco mil fragmentos de escoria salen desperdigados por el mundo en todas direcciones.

A cada rato se transmiten vistas aéreas del Puerto del Mariel y Nilo asiste al panorama: decenas de barquitos blancos muy parecidos al que trajo a Quientusabes y sus valientes compinches cargan con los apátridas.

«Compinches, no; camaradas», había dicho la maestra nueva. Nilo recuerda a la joven Makarenko, pero el tiempo caliente y todo el alboroto del país le derriten los recuerdos de la muchacha como durofríos de menta.

En casa no es mucho, no parece mucho lo que pasa. Nilo regresa de la escuela y el almuerzo está listo: arroz con chícharos y carne rusa de lata, la de la vaquita-mu. Puede imaginar cómo Regina ha dividido la mañana en rebanadas. Primero terminó de coser el vestido que comenzó anoche. Luego hizo las colas de la bodega, la carnicería y el puesto de viandas; pasó al clandestinaje del café no mezclado fuera de la cuota y acabó hundiéndose en el mundo de los sazones mientras entonaba rancheras, jarabes, corridos, rebanadas charras.

Al parecer papá salió de vacaciones; hace tres días que no va a La Empresa. Con todo ese tiempo libre es rarísimo no verlo entrar al cuarto rojo donde se la pasa entre lentes, lámparas, papeles y nitratos. Apenas habla. Ayer, en voz alta como para que Nilo escuchara, comentó acerca de un viaje a Baracoa por razones de trabajo. Vacaciones, viaje, razones de trabajo. Esas cosas no ligan, hay algo que Nilo debe saber. «Que no falte a la escuela, Regina», le escuchó decir por la mañana durante el desayuno, y las palabras sonaron a encargo extenso. El próximo domingo no habrá Parque Lenin que valga.

Últimamente es más divertido ir a la escuela. Nilo merodea un rato antes de volver a casa. Esta tarde, por ejemplo, hay agitación en el local de los pioneros. El local radica en una casita vecina de la escuela, abandonada por unos apátridas antes de nacer Nilo. Un cartel nuevo, que casi ocupa el espacio de la entrada, dice: «Un pueblo como este merece un lugar en la historia, un lugar en la Gloria. ¡Un pueblo como este merece la Victoria!». Gloria se llama la abuela materna de Nilo. ¿Quién le explica ahora por qué un pueblo como este tiene un lugar en su abuela? Maestros y niños están muy atareados. Van de un lado al otro, como en los días en que La Dirección espera alguna visita sorpresiva de Inspección Ministerial. Todos se mueven muy rápido, nadie parece dispuesto a explicar qué pasa. Todos menos Gumersindo, el guía-base de los pioneros y maestro de matemáticas. Gumersindo es ecuánime y gordo, algo más lento de lo que su volumen apunta debido al peso de las cajas que carga. A Nilo le resulta fácil preguntarle qué pasa. «Un mitin de repudio –explica Gordosindo–. Hay que mostrarle a la basura cómo los pioneros se portan con los que traicionan. Agarra una de estas cajas y súmate a los del destacamento del sexto. ¿Mitin? Esa viene de una palabra yanqui para decir reunión. ¡Aprende, que los guías no somos eternos!».

Y aprende Nilo: «mitin de repudio». Sí, pero por qué usar el idioma del Enemigo si teníamos palabras propias. Esto sólo podía explicarse si el enemigo ya venía en las palabras con que llegábamos al mundo; todavía anterior a la revolución, a los yanquis y a las palabras: En la lengua, el cuerpo, la mente propia enemiga de la mente. Reunión, no era tan fácil palabra. Unos Flecos de colores pasan, para bien de Nilo y la lingüística. Nilo pregunta. Los retazos de tela en la caja sirven para fabricar un muñecón del tío Sam, que es el tío de los yanquis. Quemarán muñecos por la noche en el parque del barrio y así el fuego se verá desde lejos. Seguro que a los yanquis les dará rabia porque son ellos los culpables de este lío de la escoria y de todos los líos de la Revolución. Al llegar la noche la ciudad quedará iluminada por el fuego de varios tíos Sam y habrá mucha gente danzando en derredor, como en el libro de textos de Historia Universal danzan con disfraces de osos los hombres de las cavernas. Mágicos ritos ancestrales.

Las hogueras, vistas desde lo alto, recuerdan el rastro nocturno de los bombardeos en las películas de guerra. Cuesta pensar que todo ese fuego sea parte de una limpieza. Exageraciones de adultos tal vez. Igual, limpiezas y guerras se parecen en que ambas pretenden eliminar las toxinas de la parte opuesta, a la vez que cada parte se obstina en ignorar las toxinas propias. Asepsia, exterminio para la conservación del exterminador también exterminable. La mayoría invisible de los gérmenes, contra la fuerza evidente y brutal de los detergentes y las bombas. El que esté libre de toxinas que lance la primera guerra.

En estos días las clases terminan temprano. Tocan los turnos de Educación Laboral y Educación Física. Pero hoy no hay clases sino misión. Son ocho avisos de lúmpenes listos para la despedida, inventariados; aquellos cuyas propiedades son foliadas por el Estado hasta el último alfiler para evitar que familiares y amigos de la escoria se alcen con lo que desde ahora es propiedad del pueblo. Nilo y los camaradas del sexto quedan a cargo de los proyectiles de guerra: hay que extraer cuidadosamente el zumo pestilente de los huevos podridos con una jeringuilla y contaminar los huevos sanos. A fin de dar cierta variedad a los proyectiles, también se les inyecta rojo aseptil o azul de metileno. Así las fachadas de las guaridas quedan convertidas en arcoíris hediondos. Si el pueblo trabajador fuera ciego del todo aún pudiera olerse a los apátridas. Los pioneros y sus guías corren de calle en calle a lo largo de una ciudad arcoíris que apesta; cantan y juegan a estar muy disgustados, pero en realidad van muy alegres de ser los misioneros más jóvenes de la limpieza. Durante el día la escoria no asoma, escucha el retumbar de los huevos contra las puertas de sus casas. Algo en todo esto ha visto Nilo en clases de Historia antigua… multitud a la carga, voces altas, ladrillos voladores, bates de baseball… arietes bárbaros en el sitio de una ciudad romana.

A veces la misión se vuelve riesgosa porque no todos soportan una cierta humillación que implica la limpieza. Ahí está Epifanio, de los que se va con toda la familia. «Le toca saber cómo se portan los pioneros con los traidores», alienta el guía de pioneros. Nilo vacila en sumarse a los entusiastas del sexto destacamento. Recuerda, cuando aún no tenía edad para asistir a la escuela, el carrito decorado con pingüinos y osos polares. Salivaba Nilo de sólo imaginar el momento en que Epifanio le alcanzaba la paleta de chocolate sobre los brazos de la muchedumbre agolpada a la ventana del carrito del helado. Epifanio siempre anda callado y la presidente del CDR lo había proclamado en público un tremendo vecino y trabajador excelente. Sólo que ahora mismo el tremendo vecino se asoma a la puerta machete en mano y encara la barahúnda frente a su casa. «Al que dé un paso de la reja para adentro le vuelo la cabeza –grita–. Me voy, sí, pero todavía esta es mi casa».

Proyectiles en mano, Nilo sostiene por un momento la mirada del despachador de helado; una mirada filosa como la de ese machete que a Nilo le parece apuntara sólo a él entre tantas miradas. El hombre, descamisado y furioso, es una especie de mambí. No un independentista legendario revelándose traidor, sino un singular mambí, uno que se ha vuelto loco por alguna razón que no va contra la patria. Sin apartar los ojos de Epifanio, el niño retrocede en la multitud, deja caer los proyectiles entre los cimientos de un edificio junto a la casa del heladero y corre de vuelta al apartamento con todo aliento. A espaldas de Nilo, cada vez más lejos, los camaradas del sexto entonan sus cantos con todo el aliento de los dueños del juego de guerra:

> Que se vaya la escoria,
> que se vaya y no vuelva más.

> Que se vaya la escoria,
> que se vaya lejos de aquí.

> Que se vaya la escoria,
> que se vaya pa'llá pa'llá.

Trepa la canción al cielo y arremete con fervor la conga:

> Pin-pon-fuera,
> abajo la gusanera.

A unos pasos de casa, Nilo se cruza con el carrito del helado que se dirige al mitin contra Epifanio. El nuevo despachador abre las ventanas, cuenta bocaditos, acude en ayuda de los jubilosos del juicio y la condena del despachador en fuga. Las congas patrióticas se entremezclan en el aire con la Polonesa de Chopin.

El riesgo de que traidores heladeros locos llegaran a volar las cabezas de los patriotas era el precio de sentir aquella misión como una fiesta. Una fiesta con rostro de guerra. Las fiestas y las guerras se parecen en que jubilosos y beligerantes, excitados, pretenden excomulgar la tristeza para la conquista de una felicidad de un orden privado, una que no viva también en otro lado, fuera de ese orden, a su manera; una felicidad cuya esencia es la radical negación de cualquier otra manera de ser feliz.

Pocos días después la presidente del CDR cambió su idea de la felicidad revolucionaria y siguió la ruta del mambí loco. La fiesta remontó al paroxismo.

—¿Nilo Pelayo?

—Ausente.

Una sobredosis de chocolate, confabulada con cierta predisposición alérgica, le hizo guardar cama. Las diarreas se marcharon pronto. En cambio, la inflamación de articulaciones y rostro tardan más que de costumbre, lo convierten en un pequeño monstruo. Tapiadas las tripas falta reposo y mucho líquido. «Sobre todo mucho reposo», ordenan los doctores. Regina agrega hierbas y toneladas de mimos. La fiesta andando, la escoria huyendo y él sigue en pijama, vestido de enfermo. Debe contentarse, lo usual es el ingreso de inmediato a la clínica, a La milagrosa.

Las mañanas vienen cargadas de tedio. «Él té dio, ella té dio, los dioses té dieron…». Un alivio son las charlas con el vecino Lógicus, cara de chayote, brazos de lagarto, cuerpo de baúl de las mil y una historias por tierras y mares del planeta, showman de las mil lenguas y una sola palabra. «Mariel, además de animal mitológico, viene de la unión de los nombres hebreos María, que se toma como La elegida de Dios, y de Isabel, salud. La salud elegida de Dios». Otro día, Lógicus, ¿me dejas ver tu guitarra?

Además de las imágenes de la TV, Nilo tiene un amplio panorama del barrio desde el balcón. Desde allí puede ver la escuela al final de la próxima cuadra, junto a las cuatro majaguas rojas. A veces las maestras viejas llegan a interesarse por el estudiante y de paso a beber del café que Regina hace crecer con chícharo tostado y otros polvos mágicos. Buena alergia, buen muchacho, buena madre, buen café y se largan dejando un rastro incoloro en dispersión, un tipo de polvo natural que la gente desprende cuando se aleja de la vida.

A la salida de la escuela informan a los camaradas del destacamento sobre las guaridas marcadas, ellos operan y a las cuatro de la tarde regresan, suenan los timbres de las bicicletas bajo el balcón y rinden un parte minucioso de los sucesos del barrio. Nilo lamenta verlos marchar; debe aplacar los deseos tremendos de estar en buena forma, tener su propia bicicleta y rodar por las calles junto a ellos.

Líquido, más líquido, y por la noche la gran opción: ver el fuego a lo lejos desde el balcón. En el parque el Tío Sam arde por los cuatro costados, en vivo. Los niños del barrio visten ropas de niños de todo el mundo, hacen una rueda en torno al muñecón ardiente y en mil voces les hacen cantar que en paz quieren crecer. El aquelarre prosigue hasta que los pioneros, la nueva presidenta del CDR, el delegado del Poder Popular y todos los vecinos son atacados por el sueño, señor apolítico, ambidiestro.

En casa no hay sueño, sólo un silencio que alarma a Nilo. Algo que no es ruido se mueve en puntillas entre los ruidos, roba palabras a las frases y deviene en murmullo allí donde el asunto ronda el viaje a la ciudad de Baracoa. Este no será el primer viaje de trabajo de Matías al interior del país. En ocasiones llegaban telegramas desde los confines de la isla: «Me necesitan, me quedo otra semana, besos». Regina guardaba los sobres en las gavetas de la Singer; delicado el acto de engavetar en sí, despacio, como si guardara los besos y no papeles impresos. Regina trataba siempre de explicar al hijo la vida difícil de los fotorreporteros. Ahora, en cambio, no explica nada. Hay un misterio como un zigzag.

Misterio es no haber recibido aún el parte de la tarde. A las cuatro Nilo se asomó al balcón. Dos de los camaradas atravesaron la calle en dirección del parque. Pedaleaban veloces y apenas dirigieron a Nilo unas miradas esquivas. Iban un poco serios, diríase aturdidos. Nilo quiso silbarles, pero la columna de aire comprimido quedó tras los labios dejándole en el rostro el rictus de los desdentados. A lo mejor, el ajetreo del día los había extenuado y vendrían por la noche. No lo reconocieron a causa de la inflamación de su cara. O Nilo les parece un primo chino de Nilo en el balcón. A lo peor, decidieron dejarlo fuera de la fiesta, no saben que las alergias no son contagiosas. Y así multiplicó Nilo los beneficios de la duda para los camaradas de sexto. La noche demoró en llegar, pero entonces fue despiadada. Un pensante paño negro que cubriera el barrio. Los camaradas no salieron del paño para rendir parte. Opción TV.: En algún lugar de Haití o el África huesudos niños negros, barrigas infladas, nubes de insectos. Nubes del trópico. El meteorólogo y su banda de nublados moviéndose sobre la región occidental del país, centro de altas presiones en el Golfo de México. Altas presiones en el Golfo Arábigo: descendientes de persas y babilonios disputan por un líquido negro. Refinado, no refinado… Imperialismo, universidades critican, crítica la economía, líneas rojas, enloquecidos perfiles del Himalaya, águila en transparencia, banderas que arden,, estudiantes de ojos almendrados, Kung-Fu, reyerta contra polizontes… ¿Los ojos almendrados se deben a las porras o a los gases lacrimógenos? Nilo siente el efecto de gases lacrimógenos en los ojos. La noche se acuesta sobre sus párpados.

¿Amanece gris o el agrisado es Nilo? El viento sopla por el desagüe, se encaracola en el cajón de la terraza y produce un aullido de hombre-lobo como el que espantó a la familia años antes, la primera noche que durmieron en la casa después de la permuta. Nilo adora el soplo del viento tras la puerta. Le gusta decirle al viento que espere, que para todo hay un tiempo, como explican los mayores. Se siente mejor Nilo. Las diarreas se marcharon hace dos días y los menjunjes de Regina hicieron lo suyo sobre la inflamación. La piel retrocede y pierde brillo. Si uno mira a este niño no imagina que adentro haya tratado de instalarse un elefante.

Matías besa a su hijo. «Ya sabes, mucho caso a la Reina y estudia duro, que vivir es un largo examen».

«Papá, tráeme todo el chocolate que puedas» -pide Nilo pero no hay respuesta para su chiste de niño alérgico que apenas rebasa una intoxicación-. Chocolate es cuanto Nilo asocia a la ciudad de Baracoa, además de Tamayo, el valiente y decidido oriundo de allí que partirá al cosmos dentro de cuatro meses, perpendicularmente a la escoria. ¿Será posible una bicicleta? Sí. Papá ya está en la puerta y mira a Regina. La de Nilo es una presencia que dificulta cualquier frase de amor y destino en cocción. Regina deja escapar unas pocas notas del corrido mexicano que a su modo explica, reprocha y asume todas las despedidas. La puerta de la calle se abre. El viento que aullaba en la terraza se detiene, da la vuelta sobre el edificio, sube por la escalera y casi despeina a Matías si su pelo de muelles cediera. Es un aire húmedo. «Papá se va a mojar». A Nilo no le importa la burla del viento, descuelga tras la puerta del baño el impermeable azul, corre, se asoma al balcón. Los camaradas del sexto esperan allá abajo, en la acera contraria; también el guía Gumersindo y las viejas maestras visitadoras. Todos callan y miran a un punto bajo el balcón, a la entrada de la escalera, bajo los pies de Nilo. En breve el punto será ocupado por un cuerpo.

Nilo teme que ese cuerpo encarnando el punto, eso que los camaradas acechan, sea su padre. Lo es. Una bulla rompe este miedo de Nilo. Las palabras que se distinguen en el bullicio son conocidas pero ahora lo que dicen duele: Papá es otra mierda que se va. Lo de Baracoa siempre fue un cuento que ahora va apestando a huevos podridos como los que estallan contra el apartamento. Peste sobre peste. Horror. ¿Qué hacer para estar del otro lado, del lado de la razón y de la patria? ¿Llevarán en las cajas pociones mágicas para borrar a ese hombre que se vuelve un extraño?

Matías camina tranquilo. Su cuerpo recibe el flash mortecino que viene de lo alto, entre las nubes. La andanada de huevos dibuja su parábola bajo el cielo de Mayo. Matías no se esfuerza por evitar los impactos, no parece importarle el hedor que brota de los proyectiles al reventar contra sus ropas. Avanza y va cambiando de color, bien sabe él que este es el instante para desenfundar la cámara y apuntar a los lanzadores, sabe que otros como él experimentan idénticas metamorfosis en esta ciudad esta mañana y que alguna vez alguien querrá ver lo que ahora ven sus ojos. La cámara no brota de la funda. No hay funda ni cámara, a los que se van no se les deja cargar con nada, las evidencias son patrimonio de los que se quedan, nadie que escape de la felicidad ha de registrar los colores, las luces y sombras de su viaje. Un retazo viscoso de la Historia de la Repulsión quedará sin memoria. La lluvia asquerosa merma, crece y Matías camina igual de tranquilo. Debajo de la primera majagua roja, a unos cuarenta metros de la escuela de Nilo, un auto viejo espera con el motor en marcha. Dentro, un hombre saca el brazo por la ventanilla, gesticula, grita algo como una orden. Amaina la lluvia pero el bullicio ha ganado en orden, ha crecido a escándalo. Como una música, el ruido parece brotar del disco arañado de un fonógrafo que una mano invisible hace girar. Matías adelanta unos pasos hacia el auto que marcha a su encuentro. Nilo ve a Matías alejarse, experimenta que ese extraño cuerpo en movimiento va siendo a cada paso la rebaba de otro cuerpo ya ausente. La puerta del auto se abre, antes de entrar Matías se detiene y mira al balcón. Está vacío. Vacíos el balcón, el auto, la calle. Todo desaparece en una ciudad que gira vaciando.

3.

Nilo y Regina toman aire en la terraza del apartamento.

«No, Dios no es El Partido ni la guerra fría es un duelo de durofríos».

«Verdad que en algunos lugares del mundo hay gente que no tiene la menor idea de dónde queda Cuba en el mapa y son felices sin saberlo. Igual, se la pierden».

«No le hagas caso a Lógicus, más animal mitológico es él».

«No, el exilio no es como el tragante de la cocina».

«Los desaparecidos van a la memoria y los desperdicios a la basura, el infierno de la materia».

«Algunos vivos van al cosmos y los muertos al cielo... algunos muertos».

«Sí, él es el primer negro hispano que sale de la atmósfera del planeta».

«Sí, los mismos que dibujaron la vaquita en la lata diseñaron la nave».

«No, esa no es la nave, eso es Venus. ¿El amor...? Vamos adentro».

Encienden la TV. porque *En silencio ha tenido que ser* va a comenzar.

Las brisas de la tarde se retiran. Detrás de la pantalla, más allá del horizonte, el sol se pone triste por las cosas que ha de ver. Fernando camina bajo el crepúsculo de una playa ajena.

No está solo; lo acompañan las palabras del apóstol. Palabras de carta que, como fantasmas, cabalgan sobre un tema musical para héroes anónimos. El héroe lleva consigo el bigote de apóstol y una frente amplia. Tras la frente lleva inscritos secretos capaces de diluir conjuros contra El comandante y la Patria. El saco al hombro, el suspiro preciso. La mirada a ras de mar, sobre las noventa millas de un puente invisible que multiplica la angustia de su exilio necesario. Pero el personaje se lía porque Fernando es en verdad un sistema de individuos, una muñeca rusa o matrioshka. Como superpuestas pieles en fuga hacia lo indescifrable, él incluye en un solo cuerpo varias identidades: Fernando-Fernando, el crápula que abandonó la Revolución y vive en Miami al servicio de la CIA; David, el incorruptible agente bajo las órdenes de la Seguridad del Estado Cubano; Sergio Corrieri, actor y director de Teatro Escambray y Sergio Corrieri, el cuadro de la Revolución, futuro miembro del Comité Central del Partido y director del Instituto Cubano de Amistad con los Pueblos. Con las nalgas de un mismo actor se sientan todos sobre un tronco devuelto por la marea; con una ramita todos escriben sobre la arena los dígitos de una fecha lejana. La mirada y el horizonte se vuelven a encontrar. En la orilla que no ven, en la imposible, permanecen las cosas que aman. Están la mujer y el hijo, los amigos, el pueblo y los cigarros *Populares*. Sabe que una parte de todo eso que ama aborrece su recuerdo de traidor. Sabe que otra parte, la de los camaradas de lucha y los jefes amigos, añora en silencio su regreso de las entrañas del monstruo. Cada célula de la máscara múltiple parece quejarse en un popurrí a coro: «Ah, mi Cuba hermosa, cuánto tiempo sin verte. Estás ahí y no puedo tocarte. ¡Cuídenla, cubanos, quien la defiende la quiere más! Cuánto hice hasta hoy y haré es para eso, para cortarle las pezuñas al monstruo». El sistema de individuos vibra, dentro se sacuden intensas penas y glorias de un complejo amante de la patria, es un patrioshka. Las partes cambian claves por un momento, concuerdan en borrar la fecha antes de que la marea se encargue; se incorporan y arrojan la ramita, evidencia contaminada con los mocos de la nostalgia. No se pierda un minuto más. El deber llama al espía. En el capítulo de hoy toca aniquilar a un cubano de la mafia de Miami que está a punto de revelar al David debajo de Fernando, debajo de Sergio. Peligra la misión y es tiempo de matar por ella.

La música no se detiene. Las palabras del apóstol son embriagadoras leídas por la engolada voz en off. Hay un juego de sombras azuladas en las paredes de la sala debido al resplandor que emana de la pantalla. Las caras de Regina y Nilo brillan. La madre es la primera en hablar, moquea su voz mientras enuncia las premisas de un axioma.

–Fernando se parece a Martí, Martí se parece a tu padre.

El niño no entiende de axiomas pero siente cosquillas de lágrimas a causa de la intuición que le llega: «Quizás a papá no se lo comió un tiburón ni es un traidor de mierda, tal vez papá es también un patrioshka y por eso no envía cartas ni fotos, su onda es la de David». A los patrioshkas les está vedado escribir a la familia en Cuba, todo el mundo sabe que suelen actuar como si estuvieran muertos o poco les interesara la suerte de los que dejan detrás. De no ser así, igual dan ganas de llorar.

Comenzaba:

Ahora que Freddy Almirante Fonda y David Corrieri Bronson se miran a los ojos. Ahora que el viento levanta el polvo y se aparean unas piedras rodantes, las primeras notas de la filarmónica suenan. Ya por desenfundar, la luz de la pantalla se encoge vertiginosamente, va dejando un agujero blanco en el centro. La sala oscura y así también el barrio. En un coro mudo, Regina y el barrio execran la suerte del dueño del conmutador general. Todos, poco a poco, se relajan y van por chismosas para iluminarse.

Una cuerda de guitarra se tensa en el apartamento de Lógicus. La nota se extiende hacia lo inaudible y todavía Nilo mira al agujero, como si de allí viniera toda la luz posible. El agujero es un catalejo. No, es un túnel. Al extremo del túnel se despliega el catalejo. Si Nilo alcanzara aquel extremo vería de nuevo a su padre. Todo consiste en atravesar la pantalla, el túnel o catalejo sin que antes lo oscuro se cierre y lo involucre.

II

1.

ROJA

Debería estar entusiasmado. Cuando niño odiaba el instante de apretar los frenos y desmontar. Gustaba sentir el raudo venir del mundo hacia su cara y no le importaba el sol ni el ardor del sudor llenándole los ojos. La rueda delantera creaba lugares nuevos, los pedales eran maniguetas de una gloria tubular moledora del espacio y el tiempo. Entonces todo era rodar por las calles que aguardaban ahí, tras el límite de la edad con púas cuando su tarjeta de menor y los mandos de Regina y Matías caducaran. Rodando olvidaba los dibujos de los libros de textos, los ojos de la Makarenko y las preguntas que nadie le respondía. Media vuelta a unos pasos de la avenida y de nuevo atrás, las veces acordadas con los demás chiquillos. En cada penúltimo regreso Nilo aplicaba toda la fuerza de sus piernas al ciclo. Como en un despegar miraba al cielo sobre la barrera de fin de calle, aquella franja de marpacíficos siempre en flor. Corolario de poco hacendosos jardineros cederistas, entre cardos y ortigas, el asta siempre vacía de bandera y el busto desnarigado de Martí. Entre el cielo y las flores, el gesticular rotundo del dueño de la gloria tubular reclamándola en pánico…aterrizar sin llegar a volar, la impropiedad del objeto, el desmontar, aquel instante al descender luego de apretar los frenos. La caída, un abismo de quietud llamado La Cuadra.

VERDE

Ahora no hay razón para frenar; acaso el rojo del semáforo. Esta gloria tubular le pertenece. Si quiere rodar por una calle sin fin, la carretera central es bastante larga; ningún dueño le haría señas en la punta del país para que se detenga y devuelva su cuota de juguetes llegada tarde.

Roja

Falso. Una razón para frenar ahora mismo es el legado criminológico de Lombroso a la academia policial republicana junto al racismo revolucionario que le siguió. Esa ligadura y Nilo mulato de *braidlocks* sobre lo veintitantos años, con mochila y gloria, hacen predecible la intervención de los bárbaros de azul, culta la solicitud cada once esquinas del carné de identidad.

–Eneida.

VERDE

Eneida de vuelta al pantalón. Leve impulso. Los pedales muelen la inercia… Caer. Sí, debiera estar entusiasmado, contentísimo como el señor Saeta que viene pasando a todos, incluidos los autos. El señor, en el controversial «tiempo de antes», vendió su bicicleta. Debido a la velocidad, sin razones aparentes de persecución o apremio, el señor Saeta parece un competidor nato; diríase que rueda por placer. Sólo ese brillo de los objetos recién desempaquetados revela que el señor se apura porque es feliz. Es feliz porque hace unos minutos lo han hecho dueño de una gloria tubular en la Empresa por un precio módico, lo han estimulado. Lo sabe y rueda así de orgulloso, de modo que todos sepan de su gloria nueva. Su rostro se afila, ilustra un tratado de aerodinámica facial.

Una flaca nube de julio derrama un par de gotas. Una para Nilo, otra para el árido cráneo del más veloz quien gracias a una feliz maniobra se lleva la luz, casi; la deja allí para que Nilo se pregunte todavía por los paraderos de su entusiasmo. Habría que evocar días remotos de julio; las rifas multitudinarias por los juguetes en el día de los reyes magos, hacia las vacaciones de verano en el calendario de los reyes revolucionarios. El bombo girando, la mano que entraba y salía, la cifra inmensa para Nilo… Los primeros números quedaban discretamente reservados para los descendientes de obreros ejemplares los cuales arrasaban el primer día de compras con las glorias tubulares. Los otros niños aguardaban por mejoras de actitud ante el trabajo de los padres el año siguiente, si todavía quedaban dentro de la edad con púas, la de cifra aciaga donde los juegos de los niños revolucionarios cesan.

Tres objetos para fortalecer la imaginación de un verano a otro:

BASICO

ADICIONAL

COMPLEMENTARIO

Saeta y su aparato son un amasijo disolviéndose en la distancia y no hay modo de alcanzarlo ni saber cuán entusiasmado sigue. La nube flaca se ha marchado impelida por vientos del oeste. Ahora es plano el cielo y brillantino el rebote del sol contra el asfalto que, adelante y a lo lejos, se acumula en el pavimento como un líquido diáfano. La avenida treinta y uno semeja un largo espejo tembloroso cuyo esplendor aturde la pupila de quien apenas sale de su noche larga. En busca de alivio Nilo lleva los ojos a la negrura que a la vez pasa y queda debajo, la mirada halla refugio allí en su sombra de rodante, entre las hondonadas en el pavimento y fugaces piedrecitas que destellan. Puede tratarse de la sombra de otra cara, la de un rodante contiguo. Pero el más cercano terció derecha en la calle Setenta y seis y Nilo aún experimenta con las curvas de la duda: el rostro de esa sombra todavía puede ser algo más que suyo. Por otra parte, a dónde lleva encrespar la mente en averiguaciones sobre lo que puede llanamente ser la chinesca acompañante de siempre. Inútil. Leer en sí mismo la trama de los otros es un juego ahogado en el mismo polvo de baúl que su entusiasmo por rodar sin fin. Sabe Nilo de mundos que laten en el reverso de su sombra sobre el asfalto, justo en el punto equivalente al cuenco de la nuca del ente sólido que pedalea; un poco más arriba, donde guarda y recrea lo que ha de andar oculto, aquella clave que de trasmano implica la vida de otros, que a su vez ejercen poder sobre él mismo. Eso, poder para otra vuelta a la rueda y llegar... Un poco menos de oxígeno en el aparato de pensar y Nilo escapa al desgano que trae lo único evidente en la aventura de pensarse mundo, ahora en otro cuerpo y otra edad: una vez saltada la infancia toda sombra niega su reverso.

¿Se dejará escribir un libro reverso de las sombras, uno cuya letra lleve consigo la sangre del lenguaje y ayude a encontrar el rostro de los rostros detrás de los espejos? Acaso un manuscrito mercurial que beba del lector y propicie la meta, el ascenso del cuerpo transparente del autor a la superficie de la lectura llevado por el cordel de la mirada. El Nilo en bicicleta, con diez años por vivir de menos.

Roja parpadeante hacia lo verde.
Posibilidad inminente de abandonar el cuerpo
a causa de Lada verde sin chapa
que viene llevándose la roja por la calle Setenta,
alada entidad en diabólico desplazamiento rasante.
Revoloteo de transeúntes despavoridos.
Improperios en las bocinas de los autos.

Reunir las notas, volver sobre las fuentes, releerse, desechar arrebatos estériles y devolverse al extravío entre lo verdadero y lo verosímil. El arte como proceso hace estallar la noción del objeto de arte como producto, de cosa con principio y final predeterminados por el artista para unos consumidores sumidos en lo concreto. Una obra no sólo es aquello que se propone y consigue o no, sino todo lo que le pasa en su ciclo de vida, su accidente, su robo, su olvido, su chisme, su misterio.

Algo no anda bien. Escribir para esconder el rostro debe ser el sendero que conduce a calles del rodar sin fin, a las verdaderas pistas para un vuelo donde todos los rostros son uno y uno es todos los rostros, sin nervios de persecución de paraísos ni otras causas inconclusas. El cielo por el cielo. Es preciso renunciar con igual premura a las epidérmicas certezas escribanas y a las apologías del pensamiento en bronce impresionista. Habrá que descolgar los blasones de las vastas y vanas conquistas de un modo de pensar impresionante pero sobre todo opresivo para los fuera de categoría, los repartidos en la disputa por el mundo, ese mundo sobre esta tierra que tarde o temprano todo se lo traga. Novelar sí, pero no velar la vida con los paños de una pureza abstracta, de una belleza inmanente, fuera de las fuerzas productivas, las relaciones de producción y la mente que las concibe. Decir cosas, porque las peores carencias se ahondan cuando no se advierten y sin aliento menguan los palpitares. «¡El cielo se va a caer!», voceaba Pollito Pito en su mezcla de certeza y paranoia. ¿Ciertamente el rey lo debe saber? Las réplicas a los acertijos son nuevas preguntas disfrazadas de afirmación. Retóricas, gestos de consentimiento en la rutina verbal de la negación de la negación.

Algo anda mal pero se pasa. En unos minutos ya Nilo no pensará igual. Desde las alturas el sol limpiará las huellas de la pregunta pegada en la tapa de los sesos. Desde hoy es junio el mes más cruel. El estudiante y los rodantes implicados limpiarán las gotas de sudor en el arco de las cejas, henchidos por el mismo resuello unificador que impone la pausa del semáforo, la que refresca. Rodar en masa hermana hombres. Junto a Nilo dos señores sofocados con camisas de cuadros llevan, en las parrillas de sus glorias chinas, niños que le recuerdan los camaradas del sexto. ¿A dónde han ido ellos, a dónde fue todo ese tiempo del que no hay nada que valga la pena contar? Va Nilo en cuerpo y voz crecidos, acrecentados los sentidos entre camas y bibliotecas. Y late en él aún el niño recóndito con la misma sed sin calma, ahora multiplicados los paisajes imposibles de las horas infantas bajo el influjo del alcohol y el humo; cada vez más postergadas las cuentas prácticas del juego a ser adulto, de cumplir con la horda y sus instituciones. Rara su mecánica en la máquina y, a la vez, de una pereza impura.

Verde

Para el niño cayendo a la hombradía, las camas templaron el cuerpo en materia de cuerpo-a-cuerpo; aguzaron sus instintos y a ratos lo anestesiaron. Aprendió la piel a encontrar otra piel donde confirmar su soledad y cómo desmantelarla cuando hartaba. La hormona desbordada se encausó en el puro gozo de atravesar umbrales de tiempo originario que evocaban piernas entreabiertas, vientres de seda temblorosa y lenguas de prosaicas bocas lanza-llamas, de las que juegan a iluminar y enloquecer; soñadas brujas emprendedoras que guisan el sabor hasta el saber. Muy temprano conoció caderas con cuarzos por motores, la centrífuga de su fuero en curvas borrascosas a la velocidad de la carne, vuelcos de luz con ojos muy cerrados; carnívoras horcajadas a contratiempo del vaivén de pechos que ahogaban al adolescente una vez desplomada la cabalgante en la avenida. Y así, en cada toque de mujer, mejoraba su idea de librar y ser librado como de un peso de vida robada. Cántaros de leche ovárica lograban desparramar sus besos. Saliva, mierda, sangre, orines y sudores se trenzaban en el olvido junto a fechas, lugares y nombres de muchachas que no olvidarían el suyo. Nunca descorazonadas muchachas. Diversa en cada una era la mueca de la etnia, impredecible el grito atávico de su tribu ignota, palpables siempre los tatuajes invisibles de la tristeza, casi asible el perfume de entraña sagrada que emanaba de todas aquellas hijas de La Tierra. Venus transgresoras de los barrios de La Habana donaron al joven mil mañas gnósticas y gustos adquiridos en sus evoluciones. Aportaron al fluir de Nilo, y de sus primeras aguas bebieron: sirenas de Cinco Palmas, camajanas con largas horas de vuelo sobre Varadero o La Marina Hemingway; espirituanas guajiras doncellas en la mística recién desorientadas, de mentes alteradas con pegamento de zapato e infusiones de flores de campana, horizontalmente izadas por neochamanes de El Cotorro; de Santos Suárez estigmáticas novias de Jesús el chamán, al Maestro infieles por el estudiante anónimo; joyas de mala cabeza en Alamar y una minoría del barrio de Jesús María, aromáticas hijas de Oshún ellas, igualmente devotas de Dior, de Fendi, de sus prometidos europeos incidentales y de Nilo. Todas con similar urgencia y fe depositaron en Nilo confesiones, juramentos y adivinaciones como en un cofre donde lo vivido tal vez sobrepasaba el olvido de los hombres para instalarse en una memoria de alcance mayor, más que humana. Supersticiones que albergaban todas ellas a favor del arte y los artistas, sobrestimados uno y otros, piensa Nilo en la subida. Sábanas nada estiradas ni blancas en lo absoluto volaron como alfombras del cubil de Marianao por esculturales escondrijos de solares, pasadizos, azoteas, jardines, bosques sin guardabosques y monumentos destartalados. Tales y cuales de las tantas y las cuantas se llevaron trazos primordiales como los que deja un tren descarrilado en el interior de una montaña. El tren cargó con todas esas notas de alma única dividida, vagones de gérmenes con su ciega expansión de vida que cruza lo infinito, sin luz al final, de cuerpo en cuerpo, pulsando cuerdas templadas en la caldera centro de los centros. Los libros dejaron un número insensato de preguntas nuevas por cada respuesta insinuada al final de toda lección, una colección de luces y sombras para el pensamiento que mira al pensamiento acompañado en la parte, desolado en el todo. Y todo el tiempo en juego la suma algebraica de abocaciones al hacer y de los frenos del mismo impulso de hacer. Poco puede cualquier resultado con la inercia de crecer en el socialismo, gran reino de la microscópica elección entre lo prohibido y lo obligatorio. Algo sigue mal entre el crecer hacia sí mismo y el crecer en la dirección dada por las camas, los libros, los dioses, los padres y los héroes. Algo del intervalo sigue mal en lo inmediato.

ROJA

De momento lo que anda mal se resuelve en un trac-trac fofo que viene desde la rueda trasera, sube por los tubos hasta el asiento de la gloria golpeando las nalgas con isócrona molestia. Las glorias tienen ese inconveniente vital, los desaires justo cuando la velocidad se vuelve consciente de sí por medio de las sensaciones del velocista, cuando el cuerpo advierte lo anormal de su desplazamiento y desestima el peligro de fragmentarse mientras vence la distancia. Nilo debe encontrar una ponchera, se dice que hay un médico de glorias por cada ciento veinte rodantes. Qué tal cambiarla por un poco de pasto a un guajiro de Pinar del Río.

Verde nublado,
con pespuntes amarillos,
en maduración.

La nube flaca volvió hinchada, con refuerzos como para sumergir la ciudad con su descarga. De aguas preñadas las alturas, el largo espejo tembloroso se opaca y la mirada encuentra alivio en la luz difusa. No es lo que se dice un paisaje para recoger a Dolores y rodar hasta el Centro de Desarrollo. Las obras podrán esperar otro día, si no se descascaran demasiado pronto, si el ministro de Cultura las deja. Lo que el ministro Jar pueda dejar: las obras colaborando con el simulacro de

36

subversión-asimilación entre artistas de carrera y censores a sueldo, aportando con su distracción a la leve descompresión en la caldera que dirige el ministro, por los poderes en él investidos como veterano y cuadro bien enmarcado en la confianza de Quientusabes. No es igual tratar el viejo tema del jardinero que tratar con el viejo Jar, dinero para viajar. El Nagüe Armando tiene una bomba de aire. El desaire de la gloria es lento, dará tiempo de llegar a pedal, todavía sin arruinar la llanta. Eso, un poco más de fuerza a los pedales antes de que el cielo se desplome. «Derecha en la calle Cincuenta y cuatro y subes. Es La Casa de la Cultura. Si te pierdes pregunta por la antigua funeraria».

El Nagüe debe estar pintando. Cuando pinta bebe té como un maníaco, debería radicalizar el ritual, inyectarse la infusión en vena, llevarlo en botellones de transfusión. Nada tan saludable como excomulgar sopores con sorbos concienzudos en neofigurativos vasitos plásticos, a cubierto del chaparrón que caerá afuera. La empapada purificará a los ciudadanos que se propulsan bajo la lluvia, anónimos topos bajo el cielo de un decenio que amenaza con desinflarse y lo hará.

2.

Nalgas con nalgas, una pareja de perros obstruye la acera. Se miran de reojo, jadeantes. Decimonónicos duelistas de pistola trabados en el paso cero. Cada cual tira por su lado, aúllan lastimosamente, se desesperan con naturalidad. Por lo semejante de sus corpulencias es difícil adivinar qué rumbo van a tomar. Nilo, que a toda velocidad había ganado la acera aprovechando las discontinuidades del contén, se apresura a frenar ante la inminente colisión con los impúdicos duelistas. Suspira profundo, suena el timbre. La hembra domina y arrastra al macho llevándolo por el sexo.

La Casa de la Cultura, donde le permiten al Nagüe pasar las tardes entre libaciones y pigmentos, aparece al doblar la esquina. Por allí se fueron los perros. Nilo decide seguir a pie, con la gloria llevada por los cuernos para no arruinar las llantas. El edificio tiene el aspecto de una cuña de cake, enorme cake racionalista a su manera, azul y seco. Dobla llantas Nilo. Donde hay cake no faltan niños y ahora una docena de ellos ocupa la acera. Se encargan de los perros. Están armados con rifles de madera, se mueven en torno a los animales. Los niños cuchichean en apretada rueda, no molestan a los perros, nada más los miran y se pasan palabras en voz baja. Es un ritual secreto semejante a un juego. Nilo no se abre paso, se ha detenido para mirar, mira desde afuera el juego. A su vez los perros, en la medida que el nudo de carne que los une les permite, doblan sus cuerpos para mirar a Nilo. Todos permanecen así durante un instante, a la sombra de un flamboyán anciano cuyas ramas alcanzan la cuña de cake llegando desde la acera opuesta. Un viento de agua sacude las vainas del flamboyán, una musiquilla de himno vaga entre las hojas.

Los niños visten uniformes verdeolivo, boinas negras con estrellas, sombreros alones de yarey torcidos a la mambisa; sin excepción llevan patillas y bigotes pintados sobre las pieles tiernas de sus caras, lucen abundantes pelambres postizas fabricadas a base de cola de yeguas negras o de pelos de mujeres trigueñas escogidas. Enanos de Velázquez si no fuera por los tiernos murillos ensorollados en sus caritas.

Los perros sienten el peligro en el aire, se abalanzan contra dos de los barbudos más escuálidos y rompen el cerco. Toman un sólo camino conectados todavía. En la calle la entidad alada en diabólico desplazamiento rasante irrumpe subiendo desde el lado oculto de la cuña de cake. Uno de los animales cae bajo las alas de la entidad que no se detiene a ver qué muere bajo ella. Ha sido el perro macho. La hembra interrumpe la carrera, puja dos, tres veces pero el nudo de los sexos no afloja. Ella jadea fuertemente, mira a los niños y a Nilo que se han quedado quietos, prosigue con una carrera ya sin bríos. El macho tiene la lengua sobre el pavimento, cubierta de piedrecitas y polvo de cristales, sus ojos miran al cielo y sus vísceras van desgajándose sobre el asfalto; pierde peso, se vuelve ligero, asciende. El trote de la hembra ocurre en el aire, va suspendida, cuelga del macho inerte que se eleva. Nilo y los niños siguen a los animales con la mirada hasta perderlos entre las nubes. El niño más alto, el de la barba mayor, da la orden de no preocuparse. En otro tiempo, en otra novela y con mejores disfraces los atrapan, a ellos y a todos los perros. «¡Al cuartel!», grita y alza el fusil de madera. Los otros niños gritan vivas, alzan los fusiles y corren tras él. Todos a la cuña con él. Doblan a la izquierda, después a la izquierda y al fin a la izquierda.

La Casa de la Cultura. Según El Nagüe Armando, este lugar veló y vio partir un número elevado de muertos y no logran escondérselo. Y no es que allí bullan los espectros ni que se arrastren cadenas en las madrugadas; «es la vibra, nagüe, la vibra de cada pared». A la entrada acaban de montar un cartel en letras góticas que incluye el apellido español de negro general mambí: «Cartel Moncada». Las armas defienden y atacan, también las erratas. El yerro abarca varios malos entendidos y peores intenciones: ¿Había honrado La República al legendario negro mambí otorgando su nombre a un cuartel militar, era suficiente? ¿Era aún más benévola La Revolución trocando el mismo cuartel en ciudad escolar? La Cultura, fénix forzado: más y más cartel al servicio de La Revolución. Y ésta volando desde las cenizas de la burguesía republicana. Tales cenizas dedicando sus últimas pavesas al empeño de convertir en cenizas la tienda El Encanto. El encanto de un cartel donde el negro general mambí, gigante pieza de ébano, otra vez carpintero, renaciera armando pupitres para pioneros por el comunismo.

Y los negros de estas calles y estos días en las mismas, pase lo que pase con las ideologías de paso, maniatados de gratitud por promesas no cumplidas, una vez más embarcados en las quimeras de sus captores-liberadores. Como si de Ifá no hubieran echado al viento un tablero en tiempos de reyes sabios, antes que las tortugas cargaran hexagramas en sus carapachos y las pirámides se coronaran con panópticos; mucho antes que en Babilonia crecieran jardines. Alguien plagó la fachada de la construcción con agujeros de bala hiperrealistas pintados al *gouache*. En algunos puntos lo negro de los orificios se corre; el pigmento, fresco todavía gracias a la humedad en el aire, se mueve caprichoso y lento sobre la cal, como un brotar de sangre gris. Los bancos de granito erosionado, portones descascarados y pilastras de órdenes compuestos y recompuestos hasta estilos desconocidos tienen un toque triste, deliberadamente acentuado por quién sabe qué otro oficioso de tan buena ortografía e ingenio publicitario que no sea el nunca bien ponderado Nagüe Armando, coterráneo de Guillermón, el mambí. Así que CARTEL MONCADA.

A la entrada un niño acomoda los pelos de su barba intemporal, le pregunta a un señor que parece su abuelo por qué siempre es veintiséis, como afirma la valla enfrente. El señor sonríe y ayuda al niño con los hilos que le sujetan la pelambre detrás de la nuca. Es uno de esos individuos convencidos de que su sonrisa habla por ellos. «Lloverá», dice por fin. Las arrugas en la cara no dejan saber si ha respondido él o su sonrisa. «Pregúntale a él», invita el abuelo adelantando el mentón pródigo en pliegues hacia Nilo que, gloria al hombro, se apura sobre los cuatro escalones de la entrada y alcanza el puesto de recepción indiferente a niño y abuelo.

Descarga la gloria Nilo y se dirige a la joven tras la mesita de la recepción. Bajo la piel de la muchacha se acomodan desordenados unos veinte quilos sobrantes, fuera de canon, casi ilegales en relación al régimen frugal al uso en el país. Acaparadora de todo ese espacio, la recepcionista es síntesis de las bellas del pre, grávidas en los días finales, deformes y abandonadas a los nueve meses; racimos de criaturas pendientes de los pechos a los pocos años. Compañerita desobediencia, renuncia de las ínfulas universitarias insufladas por sus padres, los viejos obreros soñadores de la capital.

—La gloria tubular se queda afuera. Órdenes de la ADMON.

—Busco a uno que pinta aquí, Armando.

—Aquí pinto yo. Será «abajo» —Soplido sobre las uñas—. Debe ser el nuevo, uno con cara de ratón.

—Rá Atón, ajá.

—El sótano, escaleras al final del pasillo, doblando izquierdo —Un bostezo y otro soplido—. Puede que no esté ahí. Hoy no lo he visto. Pero ayer le escuché preguntarle a la que barre por unos pasajes para Oriente y eso. Él es de allá, tú sabes. Va y carga con los parientes y tenemos más bárbaros de azul para cuidar las calles. Me dijeron que donde estudia lo botaron del albergue; tú sabes, a él y a otros del interior. Pronto lo sacan de aquí también. Tiene las paredes que da pena menos una, en esa pintó una ventana que me gusta. Tú sabes.

—No sé. Pero me dices escaleras…

—No tienes que preocuparte —mirada de quien trabaja en ese lugar reencarnaciones ha—. Los conozco a todos ustedes con sólo mirarlos, embarran lo que les da la gana y luego quieren acomodarlo todo con tallas finas. A la hora del cuajo se cagan con los fusiles, le temen demasiado a la muerte. Dependen de las bondades de la fuerza bruta, de cuánto quiere permitirles Quientusabes. Se lo digo a cada uno que pasa pero no me creen. De repente dejo de verlos y luego me entero de sus desdichas… Me las arreglo sola, ¿te gustan? —le extiende la mano a Nilo, con la palma hacia abajo, produciendo una notable alineación entre los pezones despiertos bajo su blusa y el ojo atento del visitante.

—Un tono más claro para tu piel.

—Tú sabes.

—Te juro por la ADMON que no sé pero presiento que un malva da bien.

—Te dije a la derecha, abajo, en el sótano. Y no jodas con mis tetas, mis credos ni mis uñas.

—Malvada, de verdad.

—Es que veo cosas, herencia de mi abuelito haitiano.

—Y a mí qué me ves.

—26-07-56, entre las nueve y las diez consulto y acepto cenas.

Montón de gracias a la Casandra voluminosa. Pasillo, escaleras... luz. No hay ventanas verdaderas salvo un rectángulo dentro de otro, no tan evidente resultado de dos superficies de diferentes tamaños pintadas sucesivamente sobre la pared y despegadas sucesivamente. Hay tanta luz que puede verse el sótano de una sola mirada. «Lúgubre» le hubiera llamado Dolores a lo que en la Real Academia de la Lengua Armañola es «El taller del Artista». Descamisado el Nagüe Armando, de espaldas a la puerta del sótano. La calvicie incipiente, apenas disimulada por el corte militar, recibe brillo y calor de dos bombillas gigantes en el techo. Él, que nunca silba, parece obsesionado con esas notas de Mademoiselle de París mientras prepara el té de la hora. Se nota animado, después de todo. Ya sabrá que un alemán que vende chocolate y tanques de guerra anda con pregones de comprarle un par de piezas. Beca llama beca.

Lo sabe y se dispara, incontenible de verbo: También sabe que de mejores albergues lo han echado. Imagine, el nagüe Nilo la frase pintada con toda la calma del mundo, saliendo de la taza del baño, dibujándose a través de las literas y paredes de ocho cubículos, hasta descansar a los pies del retrato de su Dueñoyseñor a la entrada del albergue. «Polisemia», quiso explicar Pablo; «policía», replicó el Chutemas. Al rato llegaron con los pastores alemanes, no clérigos germanos sino animales hambrientos de yerba, C-4, polvo, gusano calígrafo, esperpento grafitero… No consiguieron probar nada. Pero hicieron reunión con rector, corrector, brazo de borrar, papel y todo trapo sucio acumulado durante los primeros tres años de cada uno en el Instituto. Los Pornosabios dijeron ser el alma de la evolución, aunque esa noche todos tenían catarro y guardaron cama como coartada; Pablo estornudó, el Sobrín citó a Batista: «Salud, salud, salud» y un servidor hizo clic con la boca. A nadie le dio risa y se acabó el relajo. Decidieron un castigo preventivo. Un año fuera del albergue para los becados y toda clase de advertencia para los otros. Creen que van a empujar a uno de vuelta a la loma. Lo que jode es no soltarles en las carotas que sí, que están en lo cierto. Limpiaron hasta la última línea. Lástima que no quedara documento, pero hace rato hay un arte así, vindicador de lo efímero. Terminamos con un pie en Polvorosa y el otro casi en la villa esa, donde te arrancan verdades y mentiras por medio de un gorila desdentado. Un año sin albergue funciona como un pasaje para el lejano oriente. Pero no hay quien haga virar al Nagüe. No más restaurar altares a los santeros de Santiago por un saco de arroz. Tiene un plan: Por las mañanas las clases en el Instituto y en las tardes la vida como pintura en sí; aquí o en casa de un tío en el reparto Alamar que dice ayudar. Si la cosa no marcha como la pinta seguirá en el equipo de los come coles, aprenderá a digerir raíces culturales si no queda otro remedio. Albergue serán las piedras, pero de La Habana no lo arrancan, no. Para eso pincha duro. La Bienal se nos viene encima. Un chorro de galeristas y coleccionistas de todo el *primo* mundo cayendo a ver qué se cuenta por acá. Con alemán de por medio el meneo cambia; siguiendo instrucciones de Quientusabes, Jar otorga los permisos de salida… y de regreso. Y *Bitte anschnallen!* El Nagüe seduce Berlín, París, New York. Después el mundo, la galaxia y el universo con todas las estrellas del gremio serán arrullados por sus inmodestas manos prodigiosas. En la próxima sonda que lanzarán al cosmos en busca de vida inteligente incluirán unas piezas del Nagüe de entonces. Ese día, frente al noticiero, el estúpido-como-un-pintor del Chutemas, la decana y toda la camarilla al borde del retiro se acordarán de su cara de Nagüelegido en el albergue de ayer, cuando les tomó instantánea con la mímica y lo sentenciaron a tomar el expreso a Oriente. Deslumbrados, habrán de contemplar desde muy abajo al Nagüe que subvirtió la pintura cubana con la poesía de sus lienzos en tiempos de caníbales. Este sótano de pasado sórdido se gana su futuro célebre ahora mismo, con cada pincelada suya sobre esos lienzos. Para empezar.

Regresa el Nagüe Armando a los pigmentos, a La Habana oculta, al silencio, a la pomada que le transfiere chinura al té. «Te comiste la U en el cartel de afuera»—casi le dice Nilo al Nagüe mientras observa el ajetreo roedor de éste con el pote de azúcar y escucha su música del interior, con escalas sólo ascendentes. Quiere preguntarle si también maquilló a los niños sediciosos a cambio del Taller del Artista, de dónde sacó tanto pelo de yegua, qué sabe de los perros volátiles, si también él tiene el número de Casandra para «armar la gorda». Armando la gorda... ¿Habrá pensado el Nagüe Armando en las consecuencias que para la Física Cuántica tendría la existencia de un país sin antes ni después de cierto día clavado en el almanaque? Cártamo Termidor. Por ejemplo, la fecha de su deportación para Santiago jamás llegaba pero así tampoco llegaba el coleccionista ni la Bienal de La Habana. Quisiera ofrecerle su apartamento para que termine el curso escolar, si no fuera porque ya casi ni él cabe debido a la fábrica y acumulación de tanto ícono afrocubano en yeso.

–¿Y tú qué? –demanda Inquisidor Armando. El hilillo neblinoso del té redibuja la expresión severa de su cara al levantar una de las comisuras de sus labios.

–¿Qué de qué?

–¿Además de la yesería, a qué te dedicas? –prosigue el Nagüe sin darle tiempo a la respuesta–. Según Dolores desarrollas un vehículo mágico, tipo máquina del tiempo con cierta propensión a desmoronarse debido a la precariedad de los materiales.

–La puse a un lado en las prioridades, me faltan piezas que no hallo en las bibliotecas ni en los botes de basura, de momento es un proyecto.

–Entonces no haces nada, confiesa –infiere Armando y le extiende a Nilo el neofigurativo vasito plástico–. Sopla que te quemas. Vaya onda la de llamarle a toda acción imaginativa «proyecto». Son artes visuales, no «mentales». Si se te olvida eso vas camino de la obra cero.

–Que no la cebra ora –remeda Nilo.

–Que no somos escandinagües, mulato. Mira, respira los aires –pide el Nagüe y da el ejemplo con rápido alzar del mentón y agitarse de las aletas de su nariz–, dime que no sientes la vibra de la *Christie's & Sotheby's* sobre el cacharreo de los conceptos, pidiendo verticalidad, vetusto óleo, pared. Pintar es la palabra de orden.

Pintar, a pintar, apuntar, escribir, ordenar. La espera, el desespero, el disparo, el disparate… Se quema el Nagüe. Casi merece que Nilo le cuente de los meses que lleva a la caza de palabras en las madrugadas y en todos los huecos de tiempo que encuentra. Le dirá del reverso de la escritura:

–Leo.

–¿Y qué lees, nagüe? –se interesa el Nagüe Armando.

Nilo enciende un popular impulsado por los rastros de mentol en el paladar, sostiene el silencio por el lado desafiante de la pregunta. Su mirada recorre el lugar, se detiene en un ángulo donde el Nagüe ha puesto a secar un cuadro: Una virgen se muerde los labios entre sollozos, tiene en los brazos el cadáver de un soldado que puede ser su hijo. El soldado lleva por cabeza un árbol de ramas cuyos frutos son monedas plateadas. En la habitación de la escena pintada, una ventana descubre a lo lejos el faro del Morro de La Habana (de postal, harto pintoresco, no apto para titular nada). Meteorológico: despejado el cielo, la mar tranquila. Hay un punto ámbar oscuro agitándose en el azul más intenso de la tela. Con la suave brisa de las palabras, Nilo hace navegar el nombre de su libro allí; su no-libro, la huérfana alimaña de papel condenada a vivir de prisa, gastándose de mano en mano, oculta a las miradas profanas bajo forros de revistas rusas anteriores a la *perestroika*: El dueño, no el autor, es un presunto disidente al término de una cadena de esnobistas, vanidosos intelectuales, maestros del Instituto y varios lectores serios. Complicada cadena a la que de seguro no son ajenos los segurosos de Savonarola, él, que regalaba *El ser y el tiempo* y *Fenomenología del espíritu* a los obreros destacados al despuntar su proyecto. El protagonista crece entre amorosas morriñas al desamparo, desamor a manos de la muerte, tentaciones, pactos, renuncias y generoso extravío. Lo lees y te llega el deje de lo vivido. Uno escribe de otro que cuenta sobre otro que se va del país, que se queda, que se lo traga el mar, que no se lo traga. De pronto el mar, su espuma, es de caballos blancos encabritados en manada, pedos, *eidos* y pelos de barba. La voz del tipo va extraviándose entre cuartillas y pesadillas. Cada vez más, cuanto hace le resulta mero pretexto en el intento de seguir siendo; la novela es asidero de papel inflable en el potaje de negaciones y extrañamientos donde navega su vida. Así es como decide salirse de la metáfora y navegar de verdad, por los mares del qué sé yo y el quién sabe a dónde, porque Ítaca está en ninguna parte. Un guardacostas cubano lo rescata. A la salida del hospital le descubren el manuscrito-bitácora y lo acusan de hacer propaganda enemiga. Por ahí voy, pero ya adivino que el agonista vuelve al mar.

–¿Cómo se llama el nagüe que escribió eso? Me dijiste...

Roja

El Nagüe pregunta de un modo especial. Sus pestañas entre-chocan en la pregunta cual hojas de ventanas cerradas con miedo vecinal. En Nilo alienta la desconfianza porque incon-tables son las pieles que protegen y aprisionan a un hombre. Tal vez enfrente, a la espera de la respuesta, sentaron al delator. Medio miedo. El remedio contra el miedo es echar a andar desde el temblor. Arduo es ocultar el rostro en la escritura y ardua la conciencia del sigilo. Toda huida es aplazamiento, demora útil sólo a corto plazo. Además, a quién le importa una novela contada ahí parado, sin el aura legitimadora de la letra impresa que enaltece la estima de las autorías.

Irresistible para el Nagüe un nombre de mujer por autor. Eso, una replicante, bíblica cornucopia del pecado y la disculpa.

Verde

–No es un nagüe –replica Nilo.
–¿Y entonces?
–Una nagüa, nagüe.
–¿Un agua?
–Se llama…
El nombre-de-mujer-cualquiera se resiste al dibujo. En cam-bio, vagas líneas del cuerpo surgen en la mente de Nilo, se yer-guen, rellenan y echan a andar sobre callejones de La Habana Vieja. Tarde nubosa, dominica. Un agua. Las formas evaden lagunillas que duplican nubes entre adoquines pulidos.

Anda ella con sus cuarenta, amansa los cabellos batidos por el viento interno de sus cavilaciones. No es difícil verla a la mesa de un café vestigial. Cambia risas con un hombre mucho más joven que ella pero de nombre y rostro tan imposibles como el suyo. «Las volutas nunca serán como antes», se lamenta ella. Él calla, la mira, busca con la mirada el librito rojo que sabe acurrucado en alguna parte de las ropas. «Se le sale una pata al prebendador», dice el joven y estira los labios para señalar la esquina escarlata asomando de un bolsillo en la chaqueta de la mujer. Ella no para de reír y no dejan de saltarle las ubres más que firmes para sus cuarenta. Por un momento una mueca suave enturbia la risa. «Primero, la RAE no contempla esa palabra. Segundo, para ti las volutas serán lo que prometí para ella, pero no olvides que por el prebendador me desordeno», asegura mientras acomoda el librito en el bolsillo. Muy cerca del café un estrépito de ventanas cerradas con asco pasma la promesa de diatriba. Piden la cuenta. Él tomará rumbo al malecón por la Avenida del Puerto. Ella remontará un convento y cuatro ministerios en un dédalo de calles. Y no hay un camarero viejo de manos temblorosas que extienda apresuradamente un mantel de cuadros blancos y rosados sobre la oxidada mesa de hierro verde.

ROJA

Fascinación del Nagüe Armando en franca solicitud de préstamo del libro. Nada de eso, aún no lo termino y el prestamista más cercano ya va pidiendo, por favor, que se lo devuelvan.

Uno de los vasitos neofigurativos se vuelca sobre las baldosas. Nilo piensa en el ánima implacable de Brecht y en las invenciones de Rorscharch mientras la mancha inunda los poros del suelo; simétrica, sepia, despaciosa. ¿De quién es la pulpa cuando esto pasa? De Newton. Por favor, déjese de trilladas, no quiera estar en todas y cuente de una vez el nagüe Nilo.

Verde

Ahora el joven persigue a la mujer de viento, le queda a un brazo de llamarla rizándole suavemente un mechón de sus cabellos grises. Ella se detiene, alza los ojos al techo mugriento del soportal de Galiano por donde camina. Voltea el rostro y sorprende el gesto de Adán con índice laxo en el momento de la creación en La Capilla Sixtina. El mismo además de parar un taxi invisible que saliera de la tienda, a la izquierda de ambos.

–Perdone –hubiera preguntado él–, ¿es usted la dueña de la risa?

–¿No ves que soy la risa misma? –hubiera dicho ella si en la calle no estallase sordamente la lluvia, si con el aguacero el soportal no se convirtiera en vena por donde los transeúntes se desplazan como un torrente que huye de otro.

El estudiante y La dueña de la risa juegan a que deben leerse los labios si tienen algo que decirse. Los labios son jeroglíficos a descifrar de rebote en los cristales de la tienda. Hombro con hombro, fuera del cara-a-cara, se adivinan de reojo, vacilan sus siluetas siamesas. Imperturbables, ausentes a la agitación en el fondo, ellos ejercen la jerga muda de los peces y no advierten cómo el taxi invisible atropella en la acera a un señor de paraguas floreado que venía en su gloria. El joven atropella las preguntas, afirma que los accidentes no existen mientras el accidente ocurre. Ella despliega el recuento de una escritura donde habita dada a historias sobre nombres, hombres, mujeres, dioses, diablos, héroes anónimos, Historia Universal Privada y Derecho Isleño Propio… Siguen ajenos al tumulto en la acera, ignoran el pavor en los ojos del taxista, el paraguas intacto y el cuerpo tendido bajo la lluvia derramándose en la alcantarilla. El joven clama por la seña de una estancia a cubierto del ruido. «La seña será tu locura, pero, ya que insistes, baja hasta la Avenida del Puerto y espérame en el café vestigial, frente a la estación de poesía –arguye, solicita y advierte la mujer–. Peces como nosotros vivimos al asecho del propio río. Y a veces uno mismo es el río y el río puede ser morada de los espíritus malignos». El estudiante insiste en saber el nombre de la mujer que ríe. Ella consiente, casi llega a inscribirlo rasgando con un dedo la capa de polvo si los trazos no se licuaran, si ya no se deslizaran en turbias cascadas sobre los cristales sudados. En el interior de la tienda una empleada los mira y encoge la nariz de modo espasmódico, liebre que no descifra a dónde apunta la señora con mulato desde afuera. ¿Qué compran? ¿Por qué no entran? El joven y la mujer no ven la liebre desde el otro lado, traman una despedida que no ocurre, se salen del encuentro con sendos giros simultáneos. En el torrente unificado de sangre, gente y lluvia cuatro bárbaros de azul los miran partir en sentido opuesto al evento. Los bárbaros todos tienen trajes teñidos y es tan tristemente trágico que el Tintorero tartamudearía.

Roja
la gota de aceite
en el pincel del Nagüe Armando.

–Increíble –apresura el Nagüe evitando un suspiro–, tengo que hallarla como el Joven y enseñarle mis pinturas. Eso si no se largó por premios en París o socios en Miami y todavía anda por ahí, hecha un reguero de comunista mística por toda Cuba.

La publicación es fresca, acaso un par de meses –concede Nilo–. Dudo que le interese escurrirse así, de pronto. Lo adivino en una frase del protagonista a la salida del hospital: «Nada se dice de la mujer extraña, replicante de soledades miles en páginas dispersas donde sus pasos marchan». Dice «pasos marchan» y a mí me suena como si no se marchara nunca.

–Esos condimentos los paladeé antes: Exilio, astucia, silencio; la balsa de la medusa del artista adolescente de una perreta caribeña. Te digo que hay que encontrarla a ella, nagüe. Lo que me cuadra es la mujer, un comino el libro si lo comparas con la mente que lo lanza. A quién le importa hoy la novela de rompecabezas. Prefiero las sucias, pura porno, por la franqueza anatómica, la frivolidad descarnada, el descaro sincero que apela a lo elemental en mí. O, por el contrario, aquellas de estructura pudorosa y tiempo firme, que te llegan de vuelta de los experimentos narrativos con alguna luz sobre la condición que apesta lo virginal del mundo. Esto que me cuentas es un enredo fortuito, hermoso pero fortuito. La gente se cansa de juntar migas de pan en la lectura para llegar a una idea clara que le sirva de guía para la vida. Y se cansan las casas editoriales y sus agentes. No me sobra tiempo para iluminaciones oscuras. Leo para verme de la manera más sencilla, sintetizado y no descompuesto. Me gusta mi rostro y no me interesan las estéticas de la autocrítica ni las epopeyas. Ya paso de Memorias del subdesarrollo y me duermo con las eneidas…

Nilo no escucha cómo trepa el Nagüe por las proyecciones del autor, cómo resulta que puede ser la escritora alguien fascinante en lo personal, ya fuera de la literatura y demás bola de gatos del intelecto, un cuerpo… Nilo mira otra vez a la virgen. ¿Ella ríe o llora? Avanza hasta la ventana. Afuera no llueve. Las nubes gordinflonas no aparecen. Es una estafa de clima, de clímax. En el cuadro el punto que va por el mar es un insecto náufrago en el barniz. En la calle la gente rueda feliz bajo el sol, es la mar de glorias. Si algo anda mal tiene que ver con ese niño parado ahí abajo. No el insistente de «abuelo, ¿siempre es veintiséis?». Otro, uno que parece llevar ahí toda su vida. Mira a Nilo como los niños de su edad suelen mirar a sus héroes de cine; un poco más arriba de los ojos de Nilo, un inquietante poco más. Nilo mira sobre sí y ve lo que miraba el niño: Aquella mujer-escritura de viento flota ventana afuera, su cuerpo sutil rodea a Nilo y desciende rumbo al niño abajo, en la acera. Inminente el beso, el niño levanta los pelos de la barba con sus dedos en pinza, se deja besar. Ella le dice al niño que estudie mucho, que lea todas las novelas de viento posibles si quiere encontrarla de grande en un café vestigial. La mujer viste como virgen en traje térmico, con cuello Mao. El párvulo quiere tener en su manecita de hombre fuerte una flor. Quisiera pero no lleva más que ese fusil de madera para asaltar el cartel.

La mujer cae en un ataque de risa que la puede ahogar. No muere, se desliza; bajo sus pies se mueve una callestera del año 2000. La risa de ella se ahoga en sonrisa. Luego es Kuroi y se diluye en un adiós, un alenin, siempre una despedida. La callestera cambia destellos con el traje térmico de cuello Mao. La mujer se aleja lentamente sin mover los pies, llevada de espaldas a su rumbo, sin dejar de sonreír y agitar su mano en dirección al niño y el joven. El niño deja de mirar a la mujer de viento, alza la mirada y apunta con su fusil a la ventana desde donde Nilo todavía le sonríe a la mujer.

Roja extendida

Los proyectiles destrozan la ventana y fragmentos del cristal y del marco caen a los pies de Nilo que se ha echado a un lado.

–¿Y rata por qué? –pregunta el Nagüe y sorbe té.

–Nadie habló de erratas. Tengo la gloria baja de aire y me llegué por tu bomba, a ver si llego al próximo taller de glorias.

–Bomba, reina mía sólo por un día, nagüe, la perdí en la playa.

–Una bomba se perdió en la arena, en la arena, en la arena… –canta Nilo y bate la voz entre palmadas gitanas.

Bajo la luz crepuscular de uno de sus cuadros emanan de Armando destellos del agente Fernando.

III

Veut-on que Je disparaise
Que je plonge a la recherche
De l'anneau? Veut-on?

Rimbaud

1.

Los días eran trastazos, duros bastonazos de ciego en una cristalería. Hubiera sido imposible definir el momento cuando pigmentos y palabras trabaron combate por el dominio territorial de las imágenes, una lucha cruenta por algo fugaz como un cometa que rehusaba descorrer su velo al entendimiento, a esa fracción individual de aprehensión total del mundo a la que aspiraba acceder Nilo por medio de las artes. Frases encapuchadas escapaban por callejones oscuros por no estar allí, en la justa esquina de la masa gris, la palabra con su uniforme azul. Formas negruzcas o pardas danzaban en círculos sobre las telas en blanco para luego marcharse sin dejar huellas. ¿Dónde lograba esconderse la llave sin réplica de ese «algo» que otorga sentido a todo acto de creación? No sin esfuerzo vería la luz un objeto de pensamiento y emoción que, además de traer gozo al artífice en el instante inmediato de echarlo al viento, aportara un camino de luz, de sabiduría y amor universal. Pero ningún esfuerzo humano ha llevado consigo garantías de realización, sólo posibilidad y riesgo. Eventualmente algo de «algo» pudiera quedar claro después, en la adultez de las acciones, cuando obrar y vivir ya no se distinguieran; cuando, sin mover un dedo, morir y barnizar la obra de vivir implicaran un mismo acto.

Cierta medianoche Nilo ventiló una sospecha. Quizá la carcoma de sus desvelos no era libidinosa y triangular como había supuesto. Gendarmes del logos lo arrojaron del mundo tras los ojos y de la cama. Sintió en la lengua un ardor inconsolable y un deseo inexplicable de gritar. Hizo de la Remington un telégrafo y estuvo gritando en Morse toda la quieta madrugada. Los vecinos, exhaustos de cubanidad, roncaron arrullados por el repicar sincopado de la máquina. La parrafada se estiró, arrasó márgenes y devoró sangrías; se hizo adulta a las ocho líneas y a las veinte fue senil. Se detuvo. Debió ver su expresión yerta, de visionario en naufragio, o la vio pero aún no le estaba dado describirse. El dedo meñique sobre la eñe y un hilo de baba que amenazaba con descolgarse de sus labios. ¿En qué rincón del castellano la palabra obscuro...? Entonces vio, en el espacio en blanco donde el tipo debió golpear, la cara de su padre, el anillo sostenido en el aire, entre los dos. Vio también unos diminutos tigres de fuego atravesar el aro que, moroso, descendía hacia las aguas. Se vio a sí mismo hundido en el azul, que tres metros más tarde se haría tan turbio que cegaba. Era el mismo azul que un tiempo después lo abrazaría como a hijo pródigo. Nilo escuchó, entre los ruidos del cerdo de Lógicus en el apartamento contiguo y los escarceos de la costa recordada, aquel chasquido en el agua, la palabra final de una misión riesgosa en las entrañas de algún monstruo. «¡Vaya el niño divino!» –dijo el padre y le dio un beso–, quizá nunca vayas preso ni te acusen de asesino». Nilo tosió, la eñe se hizo. El Nilo de baba se precipitó anegando una grieta en el piso donde una hormiga loca que seguía a otra encontró la muerte. Boquiabierto, el estudiante de la eñe recuperada recordaba días antes, cuando abandonó a la perdición aquel anillo de su padre. Indiferente, como quien incinera cartas de familia para desocupar espacio, lo había visto saltar de su mano y rodar a la hojarasca, junto al borde del trillo de asfalto que servía de atajo para llegar al Instituto. Esa mañana de viernes, mortificado por la visión, Nilo rodó los muebles y los santos y apuntilló nueve cartones en las paredes del apartamento. Los encoló en las horas tempranas y al mediodía salió por una docena de naranjas. De vuelta al apartamento se trancó y no se le volvió a ver hasta la tarde del miércoles, cuando el Nagüe Armando le devolvió la visita. Nilo asomó a la puerta y el santiaguero exhumó del primer plano la faz de los sepulcros. Ojeras como lentes oscuros adosados a la cara, los *braidlocks* revueltos entre la cola reseca y virutas indescifrables, un bigote incipiente todavía incapaz de filtrar sus emanaciones de cocodrilo ebrio. Saludos de lejos, de lado. Armando hubo de sortear la gloria tubular desmembrada, lagunas de aguarrás y nubes de moscas revoloteando sobre el promontorio de hollejos de naranja. Un paso al otro lado de las cáscaras de huevo y el santiaguero quedó atrapado en una estancia de formas circulares resueltas con agua, carbón y unas pocas tintas coloridas entre el azul cobalto de la *Windsor & Newton* y el siena tostado de la *Grumbacher*.

–¿Qué te parece? –le instó Nilo sin rodeos y ladeó la cabeza hacia los cartones diseminados por el cuarto.

–Lo que se sabe no se pregunta –respondió Armando luego de una ojeada–. Todos los anillos son el anillo y lo demás no es obra, sobra.

–Sobra de sobras en las cavernas de la obra, del Louvre.

–Eso, nagüe, retórica pura. La idea sería llevar todos esos aros hasta un límite formal donde se vuelven irreconocibles, llenar con ellos el Louvre, el MOMA y el Hermitage si te alcanza el brazo y a sus curadores les juega, ya no sólo con los muebles de los dueños del circo sino también con sus políticas.

–Sería pero no en serio. Seriar tiene ese riesgo del aburrimiento…

–No te va a doler, nagüe, créeme, es cuestión de orden.

–Tienes un plan, el flan perfecto.

–El primer movimiento es estudiar qué husmean, cuál es el propósito, qué asunto les parece importante, paquestán…

– ¿Pakistán, arte cubano en Pakistán?

–No, Nagüe, paquestán, si sabes paquestán por ahí te cuelas en el motivo y llegas a una selección consecuente de la excusa-tema. Le sigue la revuelta hasta el mareo de los potes nunca vacíos de la buena pintura-pintura. La tercera movida es bailarla bonito y seducir en su lengua de negocios a los legitimadores que puedan beneficiar los fondos vacíos-vacíos de tu bolsillo; eso si no eres un buscapleitos o demasiado tímido para gozar de las filantropías. Para cerrar el despegue, disminuyes la cantidad y el tono agresivo de las primeras pinchas y te cuidas a la hora de producir motivos nuevos; entonces véndase caro, hágase de una familia, adopte un perro, cómprese un carro, váyase a esquiar y resuma el tema con el aya de la francesa.

–No te pregunto por ese orden de cosas –replicó Nilo–. Si me aplico va y sobrevivo en ese mundo de modelos operativos y cultas catapultas con barbitas bien cortadas que apuntalan nociones y conforman criterios de selección, criterios que pro-mueven cada vez más la joroba entre público y artistas, alimen-tan más gruesos manuales de derrota en sociedad, y suscitan más orejas cortadas y disparos en el pecho, ya sin trigal, que las dos guerras mundiales juntas…

–Entonces qué te preocupa, además de las estadísticas.

–No me preocupo, me pregunto por la relación entre las potencias alusivas de lo pintado en tanto símbolo de mi reloj despertador al servicio de terceros…

–¡Qué tanto en tanto ni qué potencias alusivas de qué símbolos! Sir Culo, capitán de los negocios redondos. Si me lucen como llantas de glorias, frenesí de logos de la Audi, ula-ulas a granel, habaneras contorsionistas o la Declaración de La Habana, que no te inquiete mi pensamiento. Sólo puedo aplicarle a eso que me pones delante lo que sé y siento desde mi fondo de vida. El arte y el negocio del arte comparten una vecindad objetual pero no son del mismo pueblo moral. La carta de triunfo es seguir adelante con el gesto artístico y dejar que la gritería le siga. El respeto por las obras viene de su capacidad de extenderse en el tiempo más allá de los aplausos y las objeciones del mundo en el que se generan. Eso, por encima de las modas, a partir de una convicción total llena de dudas sólo para ti, dudas mudas que te seguirán hasta la tumba. Sabes como yo que la nebulosa del contenido sufre descuentos y añadidos de interpretación que traicionan el impulso de la primera línea, mancha, planteamiento de oficio.

—Ahórrame la paja intelectual *ab ovo* pasada por agua de tautologías, Armando Citadino, genio de la guámpara…

—Como le llames y me llames, nagüe. Insúltame pero el asunto se hincha y revienta en tu cara de taumaturgo si no entiendes temprano en tu carrera que uno pinta lo que no puede bajarse de otra manera. Bien pintado igual bien dicho. No te dividas, más bien simula que no simulas y vencerás.

—Tanto mejor si con el chispazo retiniano te procuras los frijoles, la semana en Cayo Largo, pasajes a Dusseldorf, residencia en Roma y trajes de diez mil manchados de óleo en el taller del millón.

—Te faltó la simultánea televisada de todos los hambrientos del planeta, las moscas… Pero es algo así –sonrió Armando–, nunca fue obligatorio asumir el pedo de la conciencia crítica ni andar naturalmente peludos como querría Rosseau. Por mi parte prefiero las consciencias y los pubis afeitados. Entiende que la gente escoge, toma partido, si te parece mejor.

—Como escogemos un paraguas, atropellados por el tiempo. Así es cómo pintar se va reduciendo a un desempolvar archivos, atrapar ecos, referir conceptos, refreír preceptos, sazonar categorías, razonar fechorías. Dime si no adviertes un crecimiento acelerado en las poses de indígena laborioso pero indomable, con guiños metropolitanos más o menos colgables, alma-cenables, deducibles, indudables, embutidos de estética y supercherías de circuitos de arte.

–Dicho así es burdo –replicó Armando–. Yo pinto y la cultura es telón de fondo, om primordial pluralizado, orquestación del universo que interpreto a favor de mi sueño. Lo que hago quiere ser paraguas abierto bajo la lluvia de cadáveres que la postmodernidad arroja con sus tentáculos en malabar. Me muero estúpido como un pintor, ya lo sé; nunca loco o muerto de hambre conceptual. Tengo la voluntad de gestión para colocar y hacer valer lo que hago en las paredes de los manipuladores de la plata, los señores definitivos que aguantan el arte como institución. A partir de ahí me planteo las libertades para obrar hacía donde me dé la gana con el famoso espíritu. Dejo a los otros el panfleto culto, el ademán de dirigir nubes. Me quedo con el alemán de hacer yo ver la astilla.

–Una vez ligeramente millonario, las ganas y las libertades se juntan con facilidad diabla –asintió Nilo y tomó las tres últimas naranjas–. Dejadme pintar y dejadme pintar en paz, ¿no? Con la camisa no se discute, se le pone...en evidencia...las costuras.

–Nagüe, la modernidad es un jugo de palabras.

–Y el poder es una estrategia en jugo. –Saltaban las naranjas entre las manos de Nilo, una de las tres siempre en el aire, fuera del ensarte de palabras, excluida–. Y nuestro jugo es amargo pero es nuestro jugo.

–Y nuestro pero es ambiguo pero es nuestro pero.

–Y nuestra pera no es nuestra porque somos tropicales y no del hemisferio que impera.

–Y más aperada que esférica toda la madre tierra.

–Y tierra y más tierra sobre las ideas madres.

La argucia hincó la piel del jueves haciendo brotar las penurias finiseculares de las bandadas de artistas que dejaron la isla. Y, puesto que la serie circular terminaba en nueve, si no le importunaba la ratería a Nilo, el Nagüe se llevaba aquel par de cartones en blanco para fines más angulares. ¿Y la máquina del tiempo? Ya sabes ¿Y la novela de la nagua? Devuelta. Y no se perdiera del Instituto, como Lola, que hacía una semana no asomaba. A ver Nilo qué tío muerto se inventaba, de modo que no lo tronaran por tamaña ausencia. Nilo debía lavarse, comer caliente, dormir unas horas. Había sido una visita de médico, de curador.

Nilo asintió y despidió al Nagüe en la escalera. Puso huevos a hervir y tomó un baño. Desnudo en la cocina, mientras quebraba la cubierta de las posturas todavía humeantes en el borde del fregadero, pensó en Dolores. No la veía desde la noche alumbrada de San Lázaro, el jueves pasado, cuando apareció compinche de la risueña. Nilo se preguntó si por esos días le había ocurrido a ella lo mismo que a él, lo mismo puntualmente cada minuto. Entonces la imaginó desnuda a esa hora, consagrada al cascar de huevos en el borde del fregadero, tras la ventana de su balcón mirando el emblema de los CDRs cambiar hacia el violeta; llave ciega, escudo en bandera y machete estilo cimitarra violetas. Siguieron los trámites de sueño. Pero el agotamiento había llegado a ese momento cuando el cuerpo dispara las endorfinas, los párpados se alzan y el ardor en la lengua carga nuevamente. Así supo Nilo que el sueño no era para él entonces y se sentó con la novela. Le pareció que el protagonista más que andar saltaba en puntillas por aquellas páginas. El tiempo ondulaba suave y el joven trasnochaba incesante al abrigo de poetisas lascivas, pretensioso el tono y engolada su voz autoral. Vaporoso en la frontera de lo fantástico, como quien no cree en los manuales de filosofía, menos en la economía y, aún menos, en las profundidades autoritarias del sujeto absoluto, Nihilo, el hombre anfibológico, se daba a su propia lectura. En rápida comparación de las presentes calidades de vida el autor salía perdiendo, si la referencia era su personaje. Uno de los dos decidió inquietar a su engendro, contaminarlo con sus desvelos y lo lanzó, pues, a la maleza de preguntas donde habitaban sus propias preguntas. Claro que ninguno de los dos sabe quién escribe está página.

El joven protagonista camina entre las paredes de un alto corredor sin techo. Desde el otro lado de cada pared llegaban las voces de dos ancianos sordos quienes, entre balbuceos y ataques de risa, comentaban un acertijo. En compañía de aquellos ancianos a los que jamás vio el rostro, el joven caminaba y envejecía, a cuestas la esperanza de hallar en aquel diálogo esclerótico las claves de su caminata. Una mañana de máxima elucubración, ya no tan joven, el protagonista sintió crecer alas en su espalda, alas que batieron y lo elevaron a gran altura sobre las paredes del corredor. Mientras se dejaba llevar a lo alto el joven miró debajo: Las paredes eran dos anillos concéntricos y los ancianos resultaban lentos puntitos entre los cuales se proyectaba aún en círculos la sombra del joven, ahora barbuda y alada.

Con lo terrible en los ojos de su personaje llegó a Nilo la sensación de alivio en la lengua que en vano había procurado desde la noche del viernes, cuando se encerró en el apartamento. Mientras la mañana llegara acordaría tregua con sus párpados y así la cacería de guaguas no lo agotaría igual, quizá no echaría de menos los beneficios de una gloria tubular. Pensando aquello la mañana lo abofeteó.

A medio vestir recogió los desechos de la semana esparcidos por todo el cuarto. Salió a la terraza y encontró que el cubo de la basura llevaba tiempo desbordado. Esos percances se repetían sin explicación plausible, desde que, meses antes, Regina se había ido a vivir con Silvano, artesano y excombatiente de Angola radicado en el barrio Vedado. Todavía con los pies en el estribo del camión de mudanzas ella le insistía a Nilo en permutar los dos apartamentos por uno más espacioso donde vivirían felices todos. «Todo tiende a empeorar en este paisaje –cifraba Regina–. Silvano bebe pero no sabe dañar a nadie. Con la pierna también le volaron cualquier maldad. Verías que le sabe un mundo al yeso y cómo controla mil conexiones y detalles del negocio desde su silla de ruedas. Si quieres te mudas con Dolores, seríamos cuatro y docenas de santos que van y vienen. Ella tiene amistades por allí, le gusta la zona. No entiendo cómo prefieres quedarte en este rincón perdido, a cien navajas de guapo por kilómetro cuadrado, poco de ciudad, mucho de campo, latas de agua escaleras arriba, hollín del central hasta los tobillos, el apagón constante. Marianao, candidato por la UNASCO, si el mundo tuviera nalgas, a ojo de culo de la humanidad. Por lo menos piénsalo, ¿no?». Nilo sacudió la bolsa plástica y los desechos se acomodaron revolviendo las pestilencias adormecidas en el cubo de la basura. El hedor le hizo girar la cabeza en una mueca y sus ojos fueron a dar con jirones del pálido cielo de diciembre. Una bandada de pájaros cruzaba el azul del ojo de culo mundial. Las aves más inteligentes comenzaban a reparar en la escasez de los insecticidas y lentamente retornaban a las zonas menos envenenadas de la ciudad. Pero se trataba de aves marinas. Pelícanos, decenas de pelícanos siguieron a la primera bandada. Con aves marinas sobre Marianao, Nilo imaginó que durante la noche un raje de mar se había tragado enormes porciones de tierra firme desfigurando la costa norte, replegándola hasta lugares lindantes con el barrio. Pero a esas horas, aún bajo las aguas, la emisora que marcha junto al tiempo estaría trasmitiendo incesantemente la noticia de la catástrofe. Alboroto no hubiera faltado, cómo no enterarse. De todas maneras, alboroto ausente, no había que fiarse; jamás desestimar la pesadilla primaria de isleño universal. Lector incidental del vuelo de las aves, Nilo confirmó que, aún sin gloria tubular, sería un buen día para visitar a su madre. Alentado por los barruntos de cambio profundo en su alucinación el estudiante no dormirá, ha de aprovechar la fresca reinante en las calles para batirse con las guaguas.

2.

La fresca es una brisa parásita de los amaneceres. Se cuela tiernamente entre las ropas y llena el cuerpo de brío emprendedor. A partir de entonces el día se inflama hasta reventar sobre las cabezas hacia el mediodía. El país del eterno verano se ríe de diciembre, el mes más cruel por anticiparlo todo; se burla de los apasionados de los cielos grises y las gélidas ventiscas. «Seis y treinta. —susurran la fresca y la emisora que marcha junto al tiempo en el apartamento contiguo, en el cuarto de Lógicus—. Huracán sobre el azúcar: Serranos pinta de blanco a Metropolitanos en el estadio Guillermón Moncada… el plan lechero se ha cumplido al ciento cincuenta por ciento en Ciudad de La Habana… matanceros concluyen terraplén con anticipación… grupos sediciosos preparan el golpe… brigada de jóvenes comunistas franceses visitará la isla… un millón de bicicletas chinas se incorporan al tráfico…».

Nilo escucha en el aire el susurro aparejado de la emisora y la fresca, adivina el acaecer urbano en la trama del día que nace afuera: los carreros del pan desfilando sigilosos rumbo hacia los puntos de despacho oficial o de contrabando, cientos de viejecitos automáticos despertando, arropándose a la vez, saliendo a marcar el turno en colas de cafés vestigiales. En el aire se mezclan noticias, ladridos, chillidos de cerdos que serán deglutidos en los próximos días de festejo. «…irá un aniversario más del triunfo… —predice la emisora—, …irá un ani…». Llega la guagua, se detiene junto a Nilo. La ruta veintidós cumple una ronda más, una especie de cumpleaños, como la Revolución sobre la tierra, como la tierra en torno al sol. «…se deben a perturbaciones magnéticas en la superficie del astro rey…».

No queda espacio dentro de la guagua, ni falta. Basta un pie en el estribo y un agarre firme de la puerta. Colgando en las puertas de la guagua la travesía transcurre diferente, como en película de noche de sábado, por el seis. Ir en escena, le llaman al acto los conocedores. Dentro, en el tumulto, el paisaje es táctil, de un orden olfativo y una visualidad inmediata de los detalles, casi un sabor. En cambio, en el racimo de viajeros que cuelga de la guagua, la fresca acaricia el rostro y el mundo ocurre a escenario abierto, ininterrumpido, sin el encuadre de las ventanas que predeterminan los bordes de lo observado en cada instante. Precario el equilibrio, un desafío la inercia y el timón en manos de otro, todavía la sensación de libertad paga el riesgo. Acompañan a Nilo en el racimo unos adolescentes que le ofrecen resquicios en el estribo para compartir la fresca y una mirada limpia del mundo a la mano. Las pañoletas de sus uniformes hondean al viento muy cerca de los ojos de Nilo, latigan levemente sobre el ruido del tráfico y las voces de sus portadores, velan y develan intervalos del paisaje. Impresión volátil es el paisaje de un mundo cuya extensa corporeidad parece advertir que tocarlo es un manosear irrelevante, porque el todo de las calles y la gente no cambia con el mero contacto físico de sus soñadores, sino en porciones aisladas y siempre a expensas del modo en que los controladores se organizan para disponer de lo físico mientras pueden, en una esquina perdida de la dimensión cósmica. «…astro rey». La guagua sigue por avenida cincuenta y uno, dobla en calle ciento catorce; luego avenida treinta y uno, cuarenta y uno, veintitrés, calle Infanta… Una semana antes estaban todas donde mismo. En aquel parque idénticos viejecitos engrasaron sus bisagras después del café. Los carreros, igualmente sigilosos, regresaron desde los puntos de despacho asignados. El año pasado, detrás de las paredes de aquel mismo ministerio, semejantes jefes de empresa estamparon rúbricas y extendieron informes acerca del sobrecumplimiento de los planes lecheros. Detrás de similares paredes cubiertas de musgo, grupos sediciosos prepararon meticulosamente el golpe que no darían; porque a unos chivatos poco les importaba en la memoria la suerte de otros grupos, los masacrados de otras pascuas; cuando la palabra Revolución evocaba algo distinto del lapso inveterado: viejecitos sobresaltados, carreros sigilosos, ministerios inflados, grupos sediciosos... Si para M.D la repetición es peligrosa, para N.P los peligros se reiteran bajo diferentes caras. «...ada de jóvenes artistas...». Si un estudiante dado se dedicara eternamente a las claves de una metamorfosis de lo manido a lo reinventado, algún toque de verdad total le sería otorgado al final de su investigación. O no.

Quizá un toque plausible, aunque no verdadero, es el de los dedos mentales. El cambio de la mirada puede traer el cambio en las calles, la siembra de vida auténtica en los cuerpos circulares que trasiegan en las avenidas. Por ejemplo, la guagua: En lugar de encontrarse en el plazo de un minuto frente al Hospital Militar, bien podía internarse en un bosque de obeliscos atravesando calle ciento catorce. La avenida veintitrés haría las veces de calle Zapata, pero cortando en diagonal el dédalo de tapias del cementerio de Colón o de La Lisa. Qué tal si ambos cementerios se unificaran en el área que ocupan normalmente la Biblioteca Nacional, la raspadura de la Plaza de la Revolución y la Terminal de Ómnibus. El Instituto existiría cual fortaleza encantada capaz de aguardar la noche en la cima de una montaña llamada Belascoaín y amanecer en el antiguo cuartel militar Columbia, hoy Ciudad Escolar Libertad, en las proximidades del río Almendares o del Quibú. Del mismo modo alguien que quisiera visitar la emisora que marcha junto al tiempo, fácilmente pudiera tomar la lancha de Regla y atravesar un lago en El Cerro, evitando el rodeo en guagua por las calles de La Lisa...

¿Son menos reales esos seres recreados, deslizándose más allá de los días y las noches, sobre calles resbaladizas, entre monumentos metamórficos? ¿No es la costumbre ese modo de existir las cosas, ese divino artificio biológico que contrapesa el caos? Pero una vida auténtica qué cosa es. Acaso el orden vigente de las calles y la gente resulta, acción de por medio, consecuencia de la pregunta misma. Eso, factible acción de por medio, por medio de los dedos de carne y hueso revolviendo asfalto, concreto, cristales, oro, plomo; carne y hueso en campos de batalla, escuelas y hospitales. Escalpelos electroquímicos en manos de escalpelos electroquímicos, demos el corte, vayamos por puntos en esta cavidad:

- Todo empieza en la arcilla nevosa del cincuentainueve, cuando La bella se hirió el dedo con el huso en que hilaba fibras para una camisa.
- Pasan vertiginosas las vallas, las calles, las otras guaguas y la gente accionada, como en uso.
- Para los marxianos «acción» es una categoría central de La doctrina. En sánscrito, *karma*.
- ¿Central de qué, del sueño de La bella durmiente?
- Círculo en el botón de la eterna averiguación.
- Acción al centro del círculo germinador de toda contestación.
- Eterno básculo, Eterno Retoño: *Nil novi sub circus de soleil.*
- ¿Qué y quién importaban en el principio, qué y quiénes importan ahora: La bella que duerme, la camisa , el huso, el uso, la función, los actores, el público, la ficción, el príncipe, el astro rey con todas sus manchas?
- ¿Caben juntos chivatos y estoicos, indolentes y conscientes, buscavidas y sacrificados, nihilistas y cosechados, ateos y devotos en todas direcciones?

- Tómalo con *karma*, todos caben. La respuesta es la camisa, la camisa es de todos aunque la bella duerma.

–¿Y qué hay de cierto sobre los grupos sediciosos?

–Ellos aportan color, tintes de esperanza a los que quieren el cambio en la cara externa del anillo, nada que ver con el radio que dicta los paradigmas de la era, cuyo punto de generación es la médula del mago que porta el anillo, el Gran Influyente.

–¿Te explicas?

–Simple: La pretendida ciclicidad del drama humano es, por excelencia, la falacia encubridora del acaecer humano. Nada nuevo bajo el sol. Las mismas cosas se suceden una y otra vez por su escasez, lo que abruma y distingue son las combinaciones. A un hombre que viviera eternamente al cabo de muy poco tiempo le sucederían todas las cosas posibles. Entonces ese hombre se haría llamar Dios, sembraría en lugar suyo a otro hombre dándole como única riqueza la muerte, acaecer puro en torno al cual giran los modos de la transformación. Como el universo es curvo, Hombre Nuevo correría en círculos hasta descubrir que la pretendida ciclicidad del drama humano es, por excelencia, la falacia encubridora del acaecer humano. Nada nuevo bajo el sol. Las mismas cosas se suceden una y otra vez por su escasez, lo que abruma y distingue son las combinaciones. A un hombre que viviera eternamente al cabo de muy poco tiempo le sucederían todas las cosas posibles. Entonces ese hombre se haría llamar Dios, sembraría en lugar suyo a otro hombre dándole como única riqueza la muerte, acaecer puro en torno al cual giran los modos de la transformación.

–Si así lo dices…¿Pero no crees que hay algo de absurdo en la giratoria continua de apariencias y realidades trastocadas?

–El absurdo emplea una parte de sus fuerzas en la mímesis de lo cotidiano y la otra parte en desmentirse hacia lo trascendente.

–¿Quién habla?

–Qué te importa. Mira cómo esa pañoleta vuela de su uniforme, triángulo al viento que alguien mañana leerá flamígero en los cielos, al otro lado de tu ciudad inventada. Señal para la revolución en torno a la revolución, pañal para un renacimiento.

–Si miento.

–Si no miento.

–Si miento.

–Si no miento.

Los compañeros de estribo apuntan orejas hacia Nilo en busca de sentido detrás del ritmo, alguna definición en el balbuceo. Pero las palabras se evaporan con la misma ligereza de esas canciones pegajosas preferidas del viento. Ahora la voz es del chofer de la guagua que grita, grita, grita creyéndose muy gracioso. «¡Parada de Coppelia aquí! ¡Mulato, deja cerrar la puerta, que si se rompe se acaba el viaje!». Coppelia no está allí, del otro lado de la calle, frente a la parada, como de costumbre: El chofer ha detenido la guagua un tramo antes, lejos de la turba de iracundos a la espera que se divisan en la parada de siempre. O los dedos mentales lo han cambiado todo. Lo primero.

La barriada del Vedado y sus calles preservan el reticulado perfecto. Salvo las comunes mutilaciones que ocasiona el abandono acumulado, el corazón de la urbe permanece ileso, ninguna esquina permutaba, cada salidero de aguas albañales ocupa su lugar. Las aves marinas sobre Marianao han errado el vuelo. Rampa abajo el mar se divisa tranquilo, echado detrás del malecón, a la espera de cierto movimiento en falso de la tierra en cuestión.

3.

–¡Asomando la pirámide…! Ahora mismo me preparaba para visitarte –confesó Regina y cerró la frase con un beso en la frente de Nilo–. Anoche conseguí unos cocos y Silvano me ayudó a preparar el dulce. Terminamos a eso de las tres de la madrugada. Una locura.

–Locura de coco que todo lo cura –versó Nilo mientras la abrazaba–. Le pareció distinta. El pelo un poco turbio y las comisuras de los labios demasiado hundidas. La voz era la misma, algo acojinada en aquellas papadas que con tanto esmero había cuidado en los días de Matías. Nilo recordaba las mañanas de domingo cuando aquella voz, la de su padre y la suya se unían para cantarles a los peces de las presas en el Parque Lenin. Arrojaban piedras sobre las aguas y remaban en la presa de La guayaba hasta caer la tarde. Comían en el restaurante Las ruinas y luego se iban a jugar al eco en el anfiteatro vacío antes de la noche… Las ruinas. Después de la permuta nunca transcurrió toda una semana sin que Regina apareciera en el apartamento de Marianao, flan en mano y noticias sin importancia de parientes perdidos. O la vocación higienista: Yo no te enseñé esto –le decía a Nilo y desmantelaba telarañas tiznadas por el hollín de la chismosa–, vivir solo y vivir así de cochino no son la misma cosa. ¿Qué tal si te embullas y traes a Dolores a vivir contigo?

Más cochino es el tiempo que con sus patas apelmaza en un instante la suma de visiones escondidas bajo la costra de los años y los hechos. Esas formas de Regina, hasta ayer firmes, traslucen el desgaste del correr hacia la muerte. Las formas de ayer y todas las formas entre hace diez años y este instante, se desbordan con premura ante los ojos de Nilo. Justo en esta mañana, cuando calles y paredes, niños y carreros sigilosos se repiten sin cesar, es ella lo único diferente.

–Conjuntivitis hemorrágica epidémica –diagnosticó Regina ante la mirada asiática del hijo–. Prepárate para los fomentos y acomódate para el café.

Nilo se desplomó en el butacón de la sala, de frente al cuarto donde dormía Silvano. Si fuera cierto que el cansancio vuelve más pesados los cuerpos, Nilo hubiera atravesado el mueble y descendido a las entrañas del subsuelo. Regina regresaría con una taza de café o unos fomentos y vería al hijo en el fondo del abismo. En casos de un cansancio cercano a la muerte uno siente que flota. En su flotar, Nilo dejó vagar la mirada en busca de ese palmo en el espacio donde la vigilia recesa y sobreviene una separación provisional: De un lado la materia inerte y del otro un navío cuya proa desaparece entre las nubes del ensueño donde rigen otras leyes. El palmo calmo al ojo que Nilo buscaba en las superficies encaramadas del apartamento no se mostraba, en su lugar se sucedían cotorras con aristas, venados con reba-bas, relieves de frutas y peces tropicales todavía sin color, parejas de españolitos cuyas pieles y ropas se fundían. Una manada de elefantes pastaba de espaldas a la puerta, blancos todavía. En el cuarto, bajo la silla de ruedas de Silvano, una Virgen de la Caridad del Cobre lloraba, daba pasos de un lado para otro arrullando en sus brazos a un niño descabezado. A un lado, dos San Lázaros idénticos conversaban distraídamente apoya-dos en sus muletas. Los perros de los santos habían parado de lamer las llagas de sus dueños y peleaban por una cabecita de niño que rodó bajo la cama. Los perros comenzaron a ladrar y Silvano dormido. Yacía de lado, la mirada fija detrás de Nilo; abierta la boca, una lengua seca se insinuaba entre los dientes. Un brazo quedaba oculto bajo la sábana y el otro colgaba de manera demasiado incómoda para un durmiente. Y no era difícil aceptar que dormía, de no ser porque de los ojos desor-bitados y fijos brotaba la misma muerte. Nilo podía verla allí alojada, adivinaba cómo la matadora había socavado vísceras y despegado el alma para dominar desde aquellos ojos.

Era menester hacer. Saltar, correr, gritar: ruido, mero ruido, pero hacer. Ni el obrero más agotado del mundo tiene potestad para quedarse quieto a la vista de un muerto así. Uno que mira derecho a los ojos y suplica, desde su parálisis, por algo que no alcanzamos a saber. Se siente que el difunto exige, más que implora, porque lleva consigo la diadema del gran acaecer. «¡Hágase el ruido, derrámese el hacer! ¡Muera el silencio que me anula!», gritaba la muerte a través de los párpados abotagados, todavía tibios. Más allá del silencio y del ruido, los recuerdos, como los hechos, son testarudos. Nada es tan tenaz como la memoria allí donde no la llaman. En esa muerte pequeña Silvano vivía, a su pesar, los días finales de la guerra en Angola, una vez más: Sintió el suelo ceder a la pisada, el trueno surgir del polvo, su cuerpo elevarse y el impacto de la caída. Silvano tuvo tiempo de ver volar su pierna por los cielos y abatirse a unos pies de su cuerpo. Él no sentía dolor pero aquella parte suya se retorcía, arrojaba su sangre sobre el polvo; igual a un compás loco, se plegaba sobre sí misma en claro intento de incorporarse y correr hacia los arbustos cuando tropezó con el cuerpo tendido de Nardo el trovador, a quien la metralla le había entrado de frente. Los ojos del desmembrado y los del muerto tropezaron por un instante.

Desde los primeros días, bajo el fuego de las emboscadas y entre los estallidos de las minas que destripaban caravanas, Silvano nunca se preparó para la muerte. La imaginaba atravesada como el cuerpo de Nardo, cuando cumplida su misión casi pudiera estirar un pie y pisar las calles de La Habana. No calculaba que aquellos eran los días finales de guerra y que la tierra de buena parte de sus ancestros reclamaba la remesa de cuerpos robados en otros siglos. Mirando la mirada del muerto en su sueño cubano-angolano, Silvano creyó entender algo: La muerte propia, la muerte del trovador y la de todos los que no regresarían de África eran muertes escasamente distintas de una misma muerte colectiva, gloriosa y vacía al servicio de un ritual. En un decenio la gran masa de los sacrificados de aquellas guerras apropiadas no pasaría de ser un punto, una línea, un espacio blanco en los cánticos de la historia oficial de la isla. Televisarían el desfile del velorio múltiple, el espectáculo de las familias cercenadas en pasarela bajo la raspadura monumento de la Plaza de la Revolución. Números irracionales en el número oficial de cajas vacías, con ornamentos de banderas y retratos de los héroes podridos lejos de casa años atrás… El mundo se le iba a Silvano cuando aparecieron los camilleros. Al despertar estaba en Cuba. El equipo de médicos destinados a los mutilados de guerra debió esperar varios meses antes de confirmarle lo de la esquirla en mal lugar de la carne, allí donde una cicatriz pequeña se le dibujaba. Luego de una variedad de consejos por parte del departamento de sexualidad militar, y la promesa de Silvano de asistir a consultas y terapias de grupo, le dieron el alta. Desde entonces comenzó a preparar el disparo en la sien que lo sacaría de la miseria impotente de su miembro de miembro del Partido. Como las armas no estaban realmente en manos de ningún pueblo, resultaba un calvario conseguir una pistola en las calles de La Habana, sin una pierna y con fama y cara de militante delirante. Decenas de sacos de yeso era todo cuanto conseguía con facilidad. Así que se dedicó a la yesería en espera del arma para volarse los sesos. Entonces apareció Regina. Primero en calidad de traficante de íconos de yeso y luego asomándose a los restos carnales del héroe. Vio Regina el muñón y la parte distrófica por donde entró la esquirla. «Todo tiene remedio», le dijo. Nunca más soñó Silvano con el rostro del cantor ni su pierna se incorporó más en las batallas de sus pesadillas. Regina había traído en las maneras una cura para la angustia. La idea del disparo en la sien envejeció y murió tras la sien de Silvano sin mayores daños.

Nilo, en su viaje por la retina de Silvano, llegó a la pubertad, a la voz de la quinceañera que lo apremió entre las sombras con besos lenguaraces en la negrura de un cuartico en El Cerro.

Tanteó y tuvo en sus manos la cara que sabía de fiesta nerviosa, registró los pechos que sospechaba fresas, alzó el vestido, levantó la liga, aró con cuatro dedos los vellos que anticipaba bellos y bordeó la humedad que prepara el carnaval. Al pulgar con su canto exterior, siguió el del medio y luego los otros, de dos en dos, de tres en tres. Quiso Nilo ser su mano todo, saltar sin más dilación al fondo de aquel centro entero y ocuparlo con todo su ser. «No hay prisa», le decía ella con voz ronca de ganas y él sentía ahogarse las palabras en el torrente de sangre que golpeaba en su oído. «Es peligroso, si no vamos a la cama se sale». Se alargaba el juego, se alargaba el tramo de Nilo presto a hendir y la muchachita levemente se resistía aferrada al butacón. «De frente y de pie, lo mejor es elevarle una pierna y sable con ella», había escuchado decir Nilo a los Pornosabios del pre. Fue entonces que, sable en la diestra, tiró de aquella parte de ella que sabía hermosa. Su corazón se detuvo y pararon los gemidos de ambos. Con el impulso, aquello en la siniestra del estudiante había tropezado con el conmutador. De repente la luz no pudo menos que iluminar el acto, la pieza de pierna, larga y bien torneada como su contraparte en el cuerpo de ella. Era una parte sin vida pero llena de una preocupación formal que la aproximaba a la carne viva, a la verdadera. Casi, pues la carne es débil, no así las prótesis Cuba-RDA. La muchacha usaba el mueble de bastón, como si de la mezcla de luz y silencio resultara un viento que pudiera arrancarla del suelo, había plomo en su mirada y la pierna única todavía lograba sostenerla. Nilo sopesaba el objeto teniéndolo en vilo por el tobillo, igual a un carnicero burlado. Entre sus piernas el monstruo tieso trocó en humilde oso hormiguero adormilado.

—Devuélvemela —ordenó ella y extendió el brazo con la mano lista para recibir el diámetro del tobillo. Nilo proseguía en el estupor, barredor de visión vertical sobre aquel prodigio de imaginería médica, absorto en la joya.

–No sabía.

–Se zafa. Te dije que era mejor en la cama.

–Lo siento.

–En la escuela todos saben.

–Nadie me había dicho y ni siquiera cojeas.

–Sé que te mueres por saber qué me pasó, cómo me las arreglo…

–No.

–Mejor si no quieres saber, pero fíjate que a esta –dijo ejecutando un agarre inurbano del montecillo reciente de su pubis– no le falta nada. ¿Qué buscabas con tanto estilo?

–Calzarte –confesó Nilo en un suspiró y dejó caer el objeto esculturado sobre la cama.

En los ojos de la muchacha se ablandó la mirada de plomo. A plena luz, con la destreza de una modelo de marca, se deshizo del resto de las ropas y en una maniobra muelle derribó a Nilo con todo el peso de su asimetría. Él se dejó derribar, dejó que el sexo de la muchacha, como un animal cariñoso y hambriento, le husmeara el cuerpo camino de su cara. Nilo sintió lo que pudiera un dedo de su tamaño, un largo dedo pensante estremecido bajo llovizna de sal. Patria la salobre, veterana de guerras filológicas, sin asomos de bastón ni cojera, metáfora viva de la conquista de las apariencias; ella tan joven, ama de llaves de un lagriducto en el Cerro, madre de todos los patriotas, lágrima de playa sola, de pierna sola y no de dos. Vivirse a la Patria, un vivir.

El aroma del café deshizo el par de recuerdos y los lazos entre ellos.

–Casi ni respira pero no te alarmes –tranquilizó Regina con aires de costumbre–. La explosión le desconectó los párpados por dentro y apenas puede cerrar los ojos cuando duerme. En cualquier momento guarda la lengua y te saca de la duda. Prepárate para el café y acomódate para los fomentos.

Los algodones empapados del colirio se posan sobre los ojos de Nilo como dos nubes de hielo y así no ve cómo Silvano guarda la lengua y se revuelca entre las sábanas, plácido. El café, hirviente cascada negra bajando una escalera. Regina cuenta del precio en la calle del café sin polvo de chícharo, de las trampas de la política a la economía, de las palomillas que nunca se posarán en la libreta de abastecimiento; sigue con la definición leninista de clases y de ahí a las rarezas de la comunista que vive con su madre ex burguesa ida de la cabeza en el caserón de enfrente.

—El otro día acampó una pareja de peludos en su jardín. La vi como escudriñaba a los muchachos desde la ventana. Ya que se trata de una comunista de verdad, según fuentes oficiales de la cuadra, pensé que la mujer los iba a requerir, denunciarlos al CDR o a Vigilancia, hacer que los echaran. ¿Qué crees que hizo? Tomó el auto y poco después regresó con un jovencito de tu edad, algo mayor quizá. Silvano acababa de salir a la calle, serían las ocho en punto, recuerdo la música del noticiero en la TV. cuando ellos subían las escaleras. Así que busqué mis lentes para entrar en detalle. Debe haberme tomado un siglo pues, una vez de vuelta, ya no quedaban muchachos en el jardín y arriba habían cerrado las ventanas. Hoy en la mañana le conté a Silvano y me dijo que el tiempo verbal del país andaba trastocado por los experimentos de sus narradores y su espacio agujereado a causa del nuevo vacío epistemológico en la ética del poder. Que estábamos presos de la guayaba de QTS en cuyas manos el bien y el mal ya no estaban donde antes. Como no entendí ni jota, él se rascó el muñón y pasó a un gran danés que lo acosó en su juventud.

—¿Cuán grande?

—No me dijo.

—¿Lo mordió?

—Hablaba de un filósofo, anormal.

—¿Y los filósofos no muerden?

—No, pero si están afilados cortan. Y éste cortó la breve carrera de filósofo de Silvano y lo rebanó en Angola.

—Guapo rubio, sin nalgas reales, con acento extranjero corta nalgas mentales en los carnavales académicos de La Habana de los Setenta. Otra…

— Otra vuelta a los algodones y quedas nuevo.

Esta vez Nilo ve girar a Silvano antes que las nubes frías se posen de nuevo en sus ojos.

—¿Cómo se llama?

—Vicaria.

—¿Sicaria?

—Vi, Vicaria.

—La flor, no; la mujer de enfrente.

—Nunca lo recuerdo, pero es medio bíblico el nombre, creo.

Las horas desbrozaron las palabras dejando sentado que la venta de estatuillas marchaba bien. No así el yeso, que encarecía por minutos en la bolsa de valores de La Habana y el punto proveedor en el hospital había salido por el techo con un cargamento. Silvano paraba el negocio hasta el próximo año, cuando retoñaran nuevos puntos, pondría a buen recaudo el exceso de pigmento y barniz, cajas y cajas de brillo . A Nilo no le quedaba más remedio que hacer maravillas con ese saco que le pasaban. Con suerte el gobierno concedía licencias y los artesanos lisiados héroes de guerra emergían un poco de la miseria. Y sin embargo se vivía. Ahora lo que había que levantar eran los fomentos. Nilo debía llegarse a La Liga contra la Ceguera antes de ir al Instituto, porque la inflamación persistía y qué cosa era un artista visual sin ojos. Podía tratarse de una alergia. Cuando regresara Nilo, que llevara a Lola; a ver si le terminaba el cuento de los calzoncillos de fuerza para el campeón de los pesos completos y las protuberancias clitorales de las artilleras.

Nilo esperaba que su madre cantara una ranchera a modo de resumen como en los tiempos de Matías, pero ese era un tiempo muerto en el vientre de un tiempo de ruinas. Ella se despidió sin tararear siquiera. Nilo se golpeó el bolsillo de la camisa en busca de los populares. Camino a la parada, como policía de sí mismo, cacheó sus ropas hasta recordar la caja clavada en el abismo del butacón de Regina. No regresaría por ellos, respiraría unos minutos más, a la larga.

El fuelle espiral que descuella de un pito de fiestas se estira y repliega por un mecanismo eólico sencillo pensado para hacer ruido, siempre el mismo ruido. La columna de aire lanzada por el soplador activa una membrana cuya vibración produce una escandalosa nota desinflada. El repliegue ocurre cuando acaba el soplo y el aire que no consiguió una vida de nota regresa cerrando con su depresión las paredes de papel del pito, así reconfigurando su Fibonacci.

Otra vez el viento en la cara de Nilo, el pie en el estribo, el saco de yeso junto al pie. En las calles los mismos escolares del año pasado ensayaban asaltos remotos, usaban iguales barbas postizas y escopetas de palo. Eran hijos de carreros sigilosos, nietos de héroes ex barbudos, biznietos de patilludos sacarócratas; genes sorteados de negros esclavos y reyes africanos, de nobles y bandidos peninsulares, de taínos sobrevivientes de su exterminio y avispados mercaderes chinos. Cancelada la visita a la Liga contra la Ceguera. Regina se equivocaba, eran estos ojos de estudiante que sale de seis noches sin días, ojos fritos de poco dormir y mucho querer ver la verdad del mundo en toda forma que circula ante la mirada. El pito de fiestas, recogido sobre sí, apuntaba hacia el Instituto; se desplegaría rumbo al anillo del padre y culminaría en trompeta triunfal llegando a la oficina de la facultad, en la cara de la decana. Era asunto de mentir ligeramente, proponer la conjuntivitis hemorrágica epidémica como explicación de las ausencias, parecer verificable, contagioso, posponer la entrega de un certificado médico y reservar para peores ocasiones los recurrentes tíos muertos del Nagüe Armando.

Nilo hubiera querido llegar al Instituto abriéndose paso por una neblina espesa que convirtiera muros y faroles en cosas vivas. Le estaba deparado que el mediodía reventara sobre su cabeza como en el agosto más bochornoso. Su reino por un cigarro. Las piedras se rajaban formando una arenilla intransitable al paso de Nilo. El camino de los faroles tenía el aspecto habitual y conservaba su carácter de rodeo inútil para llegar a las aulas. Con el trillo del bosquecillo quedaba resuelta la evasión del duro mediodía y era posible llegar más rápido a la Facultad si así lo deseaba. Nilo dedicaría unos minutos a buscar el anillo de Matías. Se detuvo en el sitio del trillo de asfalto donde lo había visto rodar semanas antes. La sospecha de puntapiés le hizo desviarse unos pasos. Las afiladas hojas de caña santa perturbaron las primeras tentativas. Entonces el estudiante optó por dejar del todo el trillo y adentrarse en la vegetación, hacia la hojarasca y ramas secas caídas entre la hierba crecida y el abundante helecho. Su reino por medio cigarro. En contraste con el chorro de luz que peinaba las copas de los arbustos, se imponía una sombra difícil para buscadores de objetos pequeños. Encorvado por el peso del saco de yeso, lacerado por el filo de las hojas de hierba y con decenas de insectos volándole a la cara, Nilo tuvo la idea de abandonar el intento. Aquello, única reliquia del borroso Matías, no era de su vanidad. Para Nilo niño, bajo la manía retadora de su padre, el anillo sólo le había traído atoros con agua de mar; luego serían ataques de coriza, de rastrear en los nidos de polvos de Lola y Nilo en el apartamento. Barriendo con los ojos la hojarasca, Nilo se culpó de un sentimentalismo relicario que implicaba también la herencia kármica del padre de su padre quien fuera el séptimo portador y consejero secreto de célebres suicidas de la epopeya cubana; culpó al pedacito de oro viejo por los desvelos recientes y se dispuso a sembrarlo en el olvido. Hombre erecto otra vez, soberbio sobre el barro, escupió en la hojarasca. En ese momento lo agreste dejó de perturbar: los insectos cesaron, el polvo en el saco de yeso se hizo ligero al hombro, el follaje tupido de los arbustos concedió una brecha y un hilo de luz rebotó entre las hierbas. Nilo caminaba en dirección del brillo que se entrecortaba con el movimiento de los arbustos en lo alto, cuando en lo bajo una pirámide blanda se interpuso. Resbaló el estudiante. El saco de yeso se estrelló contra un arbusto. La nevada se cernió sobre la pirámide y tapizó un rectángulo de espuma de goma beige de orines patinado. De bruces tendido en la hojarasca estuvo TranquiNilo. Resopló el polvo de yeso en su nariz, tomó largo aliento y subió al rectángulo beige a su lado. Se estiró, alcanzó el anillo y se lo llevó a un ojo como anticuario celoso. Anillo en ojo giró sobre sí en el lecho, cielo bordado de ramas y hojas por techo, entre helechos, a imaginar hechos tras los desechos: Érase una pareja sin dinero ni tiempo para una posada; cercados por la oscuridad, las alimañas, los ruidos de la noche, esperados por sendos otros en casa, tal vez. Bajo algún stress alguno de los dos no logró alejarse mucho para evacuar sus tripas. Canela. ¿Cómo puede oler a canela una pirámide de mierda? Apuro de él o de ella, definitivamente ninguno divisó anoche el brillo de oro en la oscuridad. Nilo se llevó el anillo al anular de una mano que le pareció sólo familiar. El aro quedó trabado en la segunda falange, se negaba a desplazarse con la facilidad fatal de siempre. Aquello no era suyo, a menos que el dedo se hubiera robustecido independientemente de su cuerpo desde la pérdida del anillo. Hizo Nilo otro esfuerzo y el aro cayó ceñido en la base del dedo, no aceptaba creer que aquellas no eran sus manos ni aquellos sus dedos. Prefería imaginar que alguien cambiara aquel anillo por el suyo; de ser posible, que perteneciera a quien trajo a la escena unas hojas de canela sobre las mantas y el medio cigarro por el que cambiaría su reino. Llevado a la nariz, lo que parecía un generoso cabo de Popular de apenas dos días, resultó franca pata de mariguana, minucia de ilegalidad revolucionaria, bastante para cinco años de rejas si por el trillo los perros pasaban. Un remedio para la paranoia era el esfuerzo lógico en diferente dirección: Para que el intercambio de anillos fuera dado se requería el concurso de un azar económico-filosófico y poético consistente en obedecer, en primer lugar, a una conciencia de «a cada cual según su necesidad», y en segundo, la certeza del regreso poco probable del otro dueño de anillo al matorral. Difícil. Pero podía ser. Precisamente esto, la conversión de un vago «poder ser» en un ser irrebatible resultaba lo mortificante. Algo caía en su lugar o un lugar de sus manos crecía para caer en ese algo. Con el rostro, las ropas y las manos blanqueadas por el yeso Nilo se acomodó en el lecho; miró el dibujo del mediodía entre las ramas en lo alto, encendió la pata, aspiró profundo y cerró los ojos. Expiró despacio. Dolores había iniciado al estudiante en el uso gnoseológico del tetra-hidrato, en la combustión cerebral de hidrógenos para la creación de túneles de acceso a datos abandonados o maltratados por la educación dominante. La misión del vuele: encontrar los lazos que apartan del centro. Destejerse, zafarse del nudo público, deslizarse entero, desnudo y bien engrasado entre los barrotes apretados de la mente, dominatriz en decadencia… Esclavamente, en busca de los lapsos perdidos de Dolores, Nilo desvía el cauce del tempo en su nota. Altera letra, se anima y junta su latir de río al latir de lago sin fondo en ella. Cuando la encuentre le contará lo del anillo, le obsequiará uno de humo o de verdad, o de ambas cosas: «Raros se desposan»… Dolores entiende de rarezas. A ella no le asombraría el percance del anillo porque eventos de tal índole se hicieron para ella. Para la Indolores lo inusitado acapara sus horas, ella convierte las rutinas de la naturaleza y de su diario humano en suceso extraordinario, la normalidad es su descanso. Una patada y Nilo ve a Dolores convertirse en Lola, la hipernova Lola, su estela... Otra patada y ella enciende una vela en plena luz del día, explica que no se explica; se aplica, dice, a la búsqueda de un hombre inteligente si no ilustrado, a la vez ciego a la razón pura, de corazón vidente y singar iletrado como un dios, uno dadivoso o dadaísta que se parezca a todo y a nada y la deje entrar por sus ventanas con esa vela en alto. No hay dueños para ella, no se han diseñado. O dueño es Nilo de una alegría nada seria, que parece broma. O hay que ingresar el cuerpo, desinflarlo y rehacerlo. O engrasar la Remington, aligerarse y recomponerla. O ya su sangre no tolera el jugo de naranjas en conversaciones de arte y dinero con el Nagüe. O conjugados en los poros de sus manos la tinta y el carbón envenenan al estudiante. O la emisora que marcha junto al tiempo interfiere, desinforma, deforma la arquitectura de esas manos suyas. Esa tos, aquella tos de infancia; aquel mar, el padre aquel y el invariable O... Otra patada y un catalejo es un grupo de lentes circulares alineados para ver a distancia.

El claro de luz que antes había delatado la presencia del anillo, llega hasta los ojos de Nilo y colorea con chispas de rojas, naranjas e índigas tinturas la piel interior de sus párpados, su paisaje de memorias y anticipaciones. La patada de cierre y le crían ampollas los labios y los dedos. Pájaros de todo canto y desconocidas criaturas de la hojarasca suben el tono de sus voces y Nilo escucha en ellas el lamento y la euforia del hábitat que ha ocupado, el contrapunto de sus anfitriones involuntarios en sinfonía espontánea, llena de asombro y vida que nadie piensa. Cristales verdes afganos estallan y cavan túneles en el haz de pensamientos sobre Dolores Sativa. Hay minas de amor bajo el suelo de la República de Ganas.

Los perros no debían pasar y no pasaron.

A la salida del bosquecillo aparece el Instituto bajo el sol, vibrante como fortaleza encantada; a la espera de la mañana siguiente junto al río, donde las frases de algo polvoriento como un cometa tomarán su baño de transparencia.

IV

Compromiso individual en la emulacion cederista por la sede del 26 de julio

C.D.R. No.

Nombre: _____

Zona Nº: _____

Yo: _____

en mi condición de cederista y conociendo que las tareas emanadas por la organización son totalmente voluntarias, pero que al comprometerme a su realización asumo la obligación moral de cumplirlas, me comprometo a:

Guardias programadas

_____

Guardias extras _____

Realizar patrullas zonales _____

Guardias operativas en zonas _____

Donar sangre _____

Realizar trabajos voluntarios _____

(Poner fecha y cantidad)

Participar en reuniones bimestrales _____

Cotizar en tiempo y forma _____

Entregar materias primas _____

_____

(Especificar y cantidad)

Combatir cualquier manifestación que no esté acorde a nuestros principios

_____

Participar los días de la defensa _____

Contribuir con el embellecimiento y mantenimiento de la cuadra

_____

Otras tareas (especificar) _____

_____   _____

Firma cederista   Firma presidente

I.

El sol se apagará un día. Si el cometa no rozara, si la bomba no estallara, si la isla y todos sus continentes no se hundiesen, si no cayéramos sin conciencia y de narices en el charco de dos pulgadas a pocos metros de la casa, un día el sol se apagará. Para nada importa si faltan huecos negros en la punta de la entropía y desmemoriados repetimos los mismos cantos, ciclo tras ciclo, de un Big Bang en otro; de cualquier modo un día, en algún giro de la galaxia, el sol se apagará. Una mirada sobre lo perecedero de semejante inmensidad nos desnuda oscuramente. Desnudos bajo esa inmensidad descubrimos lo nimio de la duración que nos pertenece, la vida breve, la dimensión insalvable de la barrera humana. Más allá de la oscuridad, desde lo profundo de un campo de estrellas cualquiera, un lazo llega a nuestro centro y algo de aquella inmensidad nos eleva por un instante sobre la brevedad de la vida. Entonces, como en un poema sublime, con el poder seductor de las religiones, el ser comunista ofrece mitigar nuestra sed inmediata de durar, derribando la barrera, dejando a un lado el lazo que la atraviesa, entronando la ilusión.

En tierras distantes gente asediada por sus demonios había escrito para los insulares la lección: «¿Cómo se hace, tabarich?». «Fácil, camarada: La vuelta es disolver la idea de espíritu en la noción de conciencia y a esta asegurarla en la maya de la materia, con todos los blindajes de la razón». Puesto que los barbudos triunfantes nacieron para la negación que tocaba, dieron un paso al frente, dijeron adiós a Dios, a santos y vírgenes, arrojaron crucifijos y rosarios sincréticos, los viejos amuletos de guerra. Los nuevos dioses debían nacer de la tierra, cultivarse y librar la definitiva pelea cubana contra los demonios, se llamaron El Partido. «¡Que nos echen los galgos!», se dijeron, y decidieron urdir con las hebras de la razón un sistema social como una camisa. Sin misterios, la camisa sería capaz de abrigar a todos de las inclemencias de todos y curar la mala herencia. Desafiarían al sol y al más allá porque serían tanto como pudieran trabajar y confiar en su historia de seres con mayúscula. Los fusilados, los desterrados y los enterrados en vida eran tejedores inadaptados, cabos sueltos, hebras que saltan de la ropa del Diseñador en Jefe y que el viento se lleva, así en las tiranías como en las revoluciones.

Nadie contaba con el desgaste. Abocado a su fin el siglo XX, desvanecido el cambalache con el país de los soviets y clausurado un oleoducto de nueve mil quinientos cincuenta kilómetros, se deshojaban de los almanaques los planes quinquenales de desarrollo para los cubanos. Hoy todo el tejido de la camisa se resiente, desde la fibra hasta los tintes; el cuerpo social siente el frío del mundo atravesar la envoltura y Quientusabes escucha los ladridos que se aproximan, la nueva vuelta de rosca, el embate de la joven contrariedad. «Se desmerengan», chotea Quientusabes para no caer en la depre frente a su pueblo; chivo con tonteras, quiere ignorar el peso abrumador de los hechos sobre los años y el peso de estos sobre la materialidad de su cuerpo. Él encara el aliento de los galgos del ciclo, siente compasión profunda por los dueños de las palmaditas compasivas que van posándose en su hombro desde todas partes. «Tienen que estar jodiendo», se dice, experimenta lástima por los perdularios desconfiados, por los exhaustos partidarios del próximo paso que ya su mente confunde con el paso dado. Insiste en que los dioses del cielo no volverán nunca y que el misterio no asecha sino muere, como el capitalismo muere. Para el país y el mundo entero jura él frente a las cámaras, que en verdad es ahora que el porvenir comienza, porque, no jodan, El Partido inmortal es.

2.

Es noche de jueves y hay oscuridad anunciada, de ocho a once. Enciendo una chismosa para no sorprenderme a tientas a la hora del apagón. Espero, fumo. Ya pasaron las ocho, no es una oscuridad puntual. Los tiznes de la llama en la chismosa se elevan y dibujan figurillas danzantes en el blanco agrietado del techo. La luz de flúor dicta una quietud sin que la abandone su temblor ligero. La llama y yo esperamos a Lola que vendrá a las once, cabalgándolas. La noche oscura reinará en las calles deprimiendo a los poetas mientras del cielo caerá junto a mi puerta Lola. Abriré y la veré nacer entre las sombras del pasillo, se hará la luz en el bombillo, una aureola de halógeno detrás de su cabeza. A contraluz besaré a Lola, mi santa con trenzas, la que nunca toca a las puertas.

Escucho voces, ahora es un ulular distante que se define diálogo mientras se acerca. Son los vecinos. A través de todos los poros del edificio, las voces circulan y algunas palabras se enredan en las telarañas que van del techo a mi frente. Palabras con calidad de alimento para la araña del estudiante. Lógicus y Efusivo especulan acerca de cierta recuperación de respeto por lo religioso en el país. Es diecisiete de diciembre, día consagrado al Babalú Ayé del panteón yoruba de los barracones; Lázaro, a secas, todavía sin lugar en el panteón católico que dicta El Vaticano. Como quien no quiere, Quientusabes ha ordenado a sus compinches adecuar, recomponer la agenda; suspender, en cada circunscripción de cada región de su isla, la asamblea de rendición de cuentas de los delegados al Poder Popular programada para esta noche. Con los santos no se juega. Y, si se juega, con cuidado. Mi ejército de babalúes en yeso apenas abandonó el molde, es la fase Segal. Las figurillas no serán adoradas hoy, para entrar en el combate de fe de los cubanos deben esperar por el policromo vivificador que les dará

Silvano el año que viene… Escucho el ronronear del transformador junto al tubo de luz en el techo. El ruido se disuelve, lo pierdo entre tambores que empiezan a salir de los escondrijos del barrio. Los cantos en lengua vienen llegando como algo que se pudiera oler, tocar. Hay en el aire una mixtura de aguardiente y tabaco. Una humareda densa confiere espesor a este cuarto. Creería que la liturgia se despliega justo a mis espaldas si no supiera que soy yo quien fuma. Entre los hilos que me unen al blanco del techo veo a los compañeros exonerados de la asamblea apresurarse a los toques de santo, persignarse frente a los íconos, tocar con los nudillos bajo el altar, pedir algún deseo y prometer lo indeseable… Se me desata la paradoja, me deslizo en la lógica mística del sistema, de su gran camisa de fuerza: De repente el coqueteo con los cielos de por sí no mella el acero evolucionista del Hombre Nuevo, suerte de dios menor entre los hombres. Los «compañeros del C.D.R.» pueden continuar así llamándose entre ellos sin remordimientos revolucionarios en la resaca, a la mañana siguiente de los alcoholes. Así, de un gesto de supervivencia en otro del cuerpo en jefe, la camisa concede la integridad atea de su meollo en pos del misterio como otra hebra de credo para la camisa. Hacer creer que se cree lleva la promesa falsa del arrepentimiento, el pragmatismo intrínseco de las hipocresías. El futurólogo en mí se pregunta si llegará el día cuando Quientusabes y sus acólitos marcharán en procesión, repiqueteando tambores, elevando cantos gregorianos y trompetas chinas en compases de La Internacional. Para entonces las monedas con rostros de héroes yanquis pululáran sin pena por las calles; la escoria, gusanera de otros días, transfigurada en respetable mariposa volando allende los mares. O el albedrío tomaría trono haciendo ripios de la camisa. O el caimán con todas las palmas al lomo se hundiría y Simbad y sus marinos abandonarían los hoteles y sus nínfulas de mínima tarifa para volver despavoridos a sus naves. O los diccionarios mejor informados sólo definirían: «CUBA. femenino. Vasija parecida al tonel, pero mucho mayor. // figurativo. familiar. Persona que tiene mucho vientre o bebe mucho vino». Una vez más escucho voces.

El cerdo canadiense que habita en el apartamento de Lógicus marcó las once con su alarido. Nilo sopló la llama de la chismosa. Hubo un parpadeo del fluido eléctrico, pero no. Voces eran voces y a esas horas Efusivo y Lógicus no conversaban más. La persistencia de las voces podía conllevar a gravedades inconfesables de la mente, es muy fácil saltar al abismo cuando se pierden los bordes del diálogo interno. Era preferible saber que las voces subían las escaleras llevadas por sus respectivos cuerpos. Nilo exhaló el humo del cigarro contra la cuartilla, dio espaldas a la Remington y se dirigió a la puerta. Del otro lado escuchó la voz de Lola seguida de una risa de mujer que no era suya. Entraron las dos casi de un golpe, como arrojadas por la grande y fría mano de la noche.

Ahora que Nilo ve llegar a Dolores junto a la mujer con el rostro lleno de risa, no es difícil recordar. Durante las noches segundas, ya renegados del Bosque de La Habana y acomodados al apartamento, la risueña merodeaba como un fantasma en las conversaciones de ellos llenando las medias verdades de Lola. De modo que Nilo debía conocer uno de estos días a la gran amiga, producto de su imaginación: triste y vieja puta hotelera que una vez salvó haciéndose pasar por hija y policía extra secreta. Acaso la mayor de las primas de campo que los azares le plantaban entre las piernas desde la vez que la sedujo entre cuevas y arroyuelos, pepinos y cuentos chinos a los doce años. Sólo una historia se repetía aunque ello no indicaba verdad alguna sino una preferencia cinematográfica: un encontronazo en la Isla de Pinos cuando era isla de Lesbos, a la salida de una biblioteca, justo cuando sendos hijos de puta se largaron con otras en pleno festival de la toronja y a una no le daban más ganas… A fin de cuentas, Nilo debía desaparecer si la mujer aparecía cualquier día porque, desde entonces y para siempre, ellas eran uña y carne y pelo y saliva; dioscuris de las implicaciones y el damequetedaré.

Era extraño que los Pornosabios del Instituto no comentaran, a pesar de alguno conocerla de atrás, delante y de todos los flancos espaciales contables. Nilo mismo llevaba un año de recorrerla día a día creyendo conocerla y no había encontrado evidencias, signos palpables de una Lola ambidiestra.

Ahora lo palpable se llamaba Magda. Su mano de presentarse la delata desconocedora de los menesteres campestres. Los cuarentaipico pican su piel descubriéndole los cincuenta y aún conserva la dureza de las mujeres que no han manoseado los torpes ni los años. Viste blusa y falda de un *laster* rubí *y* plataformas casi rojas tejidas a mano, aros de plata rodean su muñeca consumando un talante fuera de fase para el gusto en boga. Descolocada de perchas mujer pero igual de convidatoria y delicada como un mosaico bizantino. Ella mira sobre los lentes. El placer es mío, Nilo.

Disculpen las damas el desorden. Comprenda Nilo las cosas privadas que ellas deben hablar, favor y cortesía de ir a la cocina y preparar un tecito. Risa en ráfaga penosa y breve, casi un «perdón pero ya sabes». La cocina.

Levántate Nilo y anda. Haz como que no están allí, perfumadas de noche sagrada, perfumadas tal vez; conviértelas de nuevo en voces, róbales el cuerpo. Ignorancia contra postergación si hubiera un después. Por qué no un luego, cuando estuvieran hartas de recontarse y se acordaran de él, por una de esas leyes frontales de la naturaleza. A ver, despacio, no hacer ruido con las tazas para ayudar al oído. La mujerona habla de volutas que volverían a ser las de antes y de Filósofos Muertos ansiosos del regreso. Por ella, ella enseñaba otra vez. Un librito sería incinerado con un chasquido de los dedos de

Dolores. Entre las dos cuidarían mejor de Abuela. Silencio. Dolores mira a la cocina, pregunta por el tecito y prosigue. Por la otra ella regresaría nuevamente a la escuela. El líquido se nubla, la visión de Nilo experimenta corrimientos al sepia. Nada se supone que Nilo deba escuchar. Antes de subir el tono, las dos debieron pasar al cuarto y privatizar el diálogo, sacarlo de las miradas de los babalúes en yeso, del micrófono unidireccional y lente gran angular incorporados a Nilo en su alerta. En su rabo del ojo los bastoncillos tocan un gesto en la sala, un accionar de los labios, un susurro inaudible a causa del líquido hirviente cayendo en las tazas. Nilo evita arruinar la ceremonia, escoge no adivinar lo que va en esa frase de la tal Magda, sirve la excusa-té de la noche. Por qué el susurro habría de implicar un signo construido en complicidades de otros tiempos, un mecanismo para desatar la intriga de los deseos en tipos eventuales ¿como él?

La intriga tintineaba triangular. Pero aferra-té a la elegancia de no apresurar el sorbo sólo porque tienes frío, espere por lo otro, no se desborde, controle su testosterona, la dopamina. Ellas deben beber y comentar de una vez lo maravilloso que te quedó la infusión. En cambio, ellas piden limón. En serio que el jugo de limón baja la presión. Los nervios de Nilo se amotinan contra su razón, lo exaspera esta manifestación particular de la ley detrás de la ley del fleteo. Un cartel para la puerta del apartamento:

SE SOLICITA

LECTOR DE BORRAS

BORRADOR DE LECTURAS

Los lentes de Magda tienen caderas, delgadas piernas plásticas que se adentran en el gris del pelo y abrazan las sienes. Detrás de los cristales la mirada de alas caídas se desliza, traiciona la nariz recta, anuncia que de un momento a otro un fragmento carmín del mosaico bizantino puede saltar hacia los rincones más húmedos de Lola. Dolores para ella.

Proceloso el ronronear en el tubo de luz.

Un grado más y queda abolido el invierno. El apartamento se inclina hacia la sala y lo triangular se impone con urgencia de restauración museológica. Nilo está a punto de abandonar la bandeja con las tazas sobre la mesa, junto a la Remington que todo lo ve. Siente que puede perder el balance, quebrar las reglas del amor galante en Occidente y caer hacia las dos. Ellas sólo una en Shiva, danzarín de lo destruido y otra vez creado. Cuatro brazos de un mismo cuerpo, el aro de fuego en torno a cuerpo incinerando ciclos de mínima eternidad con el auspicio de una danza indetenible. Nilo niño-año muerto bajo los pies de la deidad, escuchando desde la muerte tambores de resurrección.

—Muévete, que se enfría —dice la dueña de la risa dirigiéndose a Nilo, deshaciendo el anuncio, la anunciación. Dolores sonríe y un dedo bizantino viene a cerrar la cremallera invisible de su boca.

—Si no se calientan pronto se parten de frío.

—Las volutas —superpone Dolores.

Ni lo pienses.

La figura no habría de cumplirse; quedaba suspendida como una bandeja en el aire, pendiente sobre un después, en otra noche o dimensión. Beben y se dejan adentrar en la madrugada hasta que el claxon rabioso de un Moscovich se abre paso desde la calle entre los cantos del último tambor.

No hay explicación. Lola tiene una sorpresa para Nilo pero ya le contará en el Instituto. Se despiden parcamente en la escalera. Parten las dos, como tragadas por la misma grande y fría mano de la noche. Hembra la noche, prusiana homicida en su lento desnudarse para los ojos de otra mujer: la mañana.

Desde el librero líneas de Balzac me saltan a la cabeza todavía humeante: «Cada mujer con la que uno se acuesta es una novela que no se escribe».

Igual, como bastardillas como bastar de ellas...

Volver a la Remington, a la caza de las palabras, de algo legendario y polvoriento como la infinitud del ser comunista. Repensar los chances de escribir un par de novelas a la vez. Dormir, si fuera posible, soñar toda una semana.

3.

Serían las tres de la tarde de un día más que cálido para ser el primero de las Pascuas. Una idea descabellada en descabellada cabeza. ¿Sabes usted los riesgos de pedalear en medio de la vía forzando con ambas manos el cierre de un paraguas floreado, desatento al tráfico urbano y a los mandos de la gloria tubular?

Dolores accionó los frenos del Moscovich tan rápido y fuerte como pudo. Las ruedas enloquecieron sobre el pavimento resbaladizo de la curva y el auto giró varias veces antes de abrazar el poste metálico del alumbrado a la entrada del Instituto. Ambulancia y policía tardaron y con ellos tardó la sana costumbre de apaciguar espantos, aislar y despejar la escena. El señor del paraguas y Dolores no vivieron para agradecer la presteza con que estudiantes y profesores acometieron la tarea de separar carne y chatarra. Un mechón de pelo aquí, un jirón de piel allá, el rescate redundó en carnicería cuando vecinos y pasantes se sumaron al amasijo sanguinolento de combustible, metal y carne, como si el Estado cubano hubiera legalizado en aquel punto el cruel mercado negro de la carne roja. Del cráneo calvo asomaban los sesos, como blandos cangrejos en salsa de mangle rojo. Sobre el pavimento exangües muslos de mujer, a la espera de sal y parrilla...

El alma de Lola se elevaba a las alturas, su cuerpo sabroso se subdividía en manos de gente mal nutrida pero todavía humana. No hubo reportes de saqueo, no tráfico ilegal, no zombie arrestado, sólo humanismo, demasiado humanismo.

Nilo no estuvo allí para tomar la sorpresa que le anunciara la Lola de la semana anterior. Pensaba que acaso verla era aceptar el cumplimiento de lo inevitable, hablarían de la partida inminente de ella a vivir con Magda, el desenganche con él, los percheros vacíos… Allí hubiera estado Nilo de no acortar el camino a las aulas por el trillo del bosque donde aguardaba por su búsqueda el anillo del padre. Supo de Dolores horas más tardes, apaciguado el espanto en la entrada, cuando atravesó el umbral de la oficina con el rostro ajado por las noches de insomnio, con una colección de excusas de alergias, conjuntivitis hemorrágica epidémica y velorios de queridos tíos muertos, casi tibios… La secretaria Lástima y la decana tomaron del brazo a Nilo y este no tenía que explicar las ausencias porque todo el mundo, al menos de lejos, sabía lo que era perder un amor. Y es que Dolores era tan, pero tan…Dolores, intensos dolores en los muros de una oquedad insondable. Dolores era, del verbo ya no estar. El velorio comenzaba a las ocho de la noche, luego de las averiguaciones policiales y los pormenores del trámite legal. No autopsia. Por hoy las clases continuarían. Recordara Nilo la proximidad de las pruebas semestrales. Mañana las actividades en La Facultad quedaban canceladas para que los allegados asistieran al entierro de Dolores. Pero Nilo quedaba dispensando ahora mismo de ir a clases, podía ir a casa o al Hospital Militar, donde a esas horas cocían los restos de Dolores…

Horas antes Nilo había concebido la muerte como el puro acaecer entre las aparentes tantas cosas que pueden sucederle a los hombres. Había escuchado la voz misma de la muerte en alabanza al ruido de dolor laborioso que la exalta. ¿Qué eran aquellos pucheros de la decana que tan poco sabía de Lola, qué el impulso de ver a los desconocidos padres de Dolores en el hospital, abrazarlos entre sollozos y soltar los suyos? Eran los ruidos del impulso sentimental, meros ruidos de la mente que no acepta idea de morir, que no asimila lo insobornable de su naturaleza. Por el ojo de los siglos Nilo accedió a un gesto de horror autoconsciente en la cara de Rembrandt al correr de la pincelada sobre el vientre abierto en La Lección de Anatomía, densa en las luces, fluida en las sombras. Tuviera pues, la solución a esas preguntas, una calidad de ataraxia acústica: dejarse atravesar por los ruidos de dolor del mundo, negarse a su extensión, a su repetición sin aporte. Saber que, en tanto ruidos, mucho le debían al temor atávico de la muerte propia, y se precisaba convertirlos en algo que hablara a la vida con pleno aliento de vida. En ese instante, como si escuchara de Nilo aquel lamento que negaba los lamentos, un estudiante desenfundó su clarín en la facultad de música, a unos pasos del joven al borde del Buda en cuestión. El instrumento brilló en manos de Anónimo Talento y lo especular cruzó la retina de Nilo dejándole una leve ceguera de luz. A la ceguera siguieron las notas justas desgranadas. Diana en *Blue* y el *feeling* de la locura, el dolor y la muerte encontró su canto, uno de elevada y profunda libertad.

Los deseos de alzar los puños al cielo, la tierra y sus combinaciones se deshacían bajo el influjo de la música y en dirección contraria pasaba el Chutemas saliendo de la biblioteca de la Facultad con el libraco de los pintores rusos bajo el brazo. Apresuró el paso para interceptar a Nilo. Parecía muy tenso aunque la fluidez de sus palabras no lo revelaran: también él había participado en la monstruosidad, afuera, a las tres de la tarde. Si no fuera porque la muchacha se adelantó en la vía unos segundos, él mismo en su *Vjumina* se hubiera proyectado primero que ella contra el excéntrico del paraguas. No era hombre de muchas palabras para ocasiones así de tristes, pero quería enseñarle algo a Nilo.

—Míralos –le dijo al joven poniéndole en las manos las tantas libras del volumen–, gente de rigor. Podían dejar de comer pero no de pintar, dejar de amar pero no de pintar, de vivir pero no de pintar. No importa si ella se riera ahora de lo que digo: el arte y la vida hay que llevarlas con rigor. Si aflojas te rindes y si te rindes no llegas.

Estaba claro, «ella» debía ser Dolores, lo de aflojarse se refería a la cara de llevar horas llorando por Dolores y Rigor era una especie de profundo conocedor de reglas y supervisor perpetuo de las mismas, que nadie como el Chutemas podía ver tan claramente: un señor ceñudo, vergajo en mano, afilándose los bigotes Stalin, moviéndose con pasos de rompehielos en torno a los ejecutantes novicios del arte y de la vida… Pero «llegar» a dónde, a egresado del VJUTEMAS, propietario de *Vjumina* (superación de la gloria tubular), autorretrato en láminas de libracos por el estilo. Dudar.

Nilo miró la nariz del Chutemas. Era de esos hombres que parecen roncar despiertos por el ruido que emiten al respirar, estereotipo de sonoridad en el interior de una escafandra cuyo usuario agoniza bajo los rigores de un desierto sideral. Nilo se fijó en los ojos: bolas desprovistas del brillo vital que confieren las venas en lo blanco, canicas pulidas por cientos de sesiones metodológicas y congresos de pedagogía. Pensó Nilo en Ensor, el pintor, en sus máscaras y en su decir un nudo corredizo de la razón que oprime la enorme idiotez o la nariz de un pedagogo, del Chutemas pedagogo en este caso.

A la escucha de lecciones que van por el éter de los tiempos, Nilo dejó al profesor balanceándose en la cuerda de Ensor, de allí lo descolgó una vez agotadas las condolencias y agotado el aliento del hombre. Hora de devolverle los libros, las libras de libros, las liebres y perdices en la nieve, abedules y trineos, bagatires esteparios, cosacos hasta la madre de Vodka, largos vestidos negros, nobles zaristas, montañas de calaveras y cuervos, bateleros del Volga, el Nilo en el Volga...

–¿No? –demandó el Chutemas con propósitos de sí que sí.

–Verdad –respondió Nilo y al cerrar la palabra recordó a cierto personaje de la TV, adulto corpulento y velludo vestido a la marinera, cuya respuesta a cuanto le preguntaran resultaba en el mismo laconismo: «Verdad», decía el personaje y sin la menor complicación se largaba en su carriola, cualquiera que fuera la verdad.

Nilo caminó sin conocer el rumbo exacto que tomarían sus pasos una vez alcanzada la salida que en verdad también fungía de entrada. Las puertas del Instituto, alas entrejuntas, detenidas entre abiertas y cerradas. Pensó que algo así había sido Lola, prólogo y epílogo indiferenciables por aquel antojo perpetuo de mentir a todos sobre todo sin guiños ni pistas de ninguna clase y en ninguna clase. Habría que dudar sobre la seriedad de su morir... Este, otro de sus juegos: El juego de los dolores.

Nilo se detuvo ante las puertas y volvió sobre sus pasos, se quedaría. El último turno de la tarde era la clase de Filosofía. No hubo miradas especiales para el estudiante viudo. O las hubo pero enseguida fueron cambiadas por un silencio cómplice de la silla vacía de Dolores. Los Pornosabios no estaban, tampoco el Nagüe Armando. El Sobrín, luchando por un énfasis perverso en cada sílaba, acercó a Nilo su pequeñez grotesca en verdad más que dolida, llenos los hoyuelos en las mejillas regordetas, apretados los labios.

–Mañana es El día; decidirán si nos botan del instituto o nos Botan del Instituto. Condenadnos, no importa, en algún lugar de la mancha somos evolucionarios de leche pacífica, excomulgados alter marxistas, semihéroes en el mundo libre, casi mártires instantáneos de rígidas coyunturas.

–*To sign or not to sing* –añadió Pablo con ademán de galán de novelón brasileño y extendió la hoja con firmas de estudiantes del Instituto. El papel se proponía como aval de las buenas trayectorias conductales de los acusados del desorden, documento espurio de muy simbólica utilidad a la hora del juicio final de la inquitución, de la instiquición, enquistación… La rúbrica de Dolores estaba allí, sus letras finales tal vez. Entremezclados con los Martínez, Pérez, López y González de la clase, aparecían Kandinskys, Malevichs y Chagales; por nada, sólo por joder con la ignorancia de los jueces en el edificio central.

–*To sing* –respondió Nilo y estampó las iniciales del poeta inglés, línea quebrada que terminaba en un serpentear. Conformes, Pablo y el Sobrín retornaron a sus mesas en isabelinas reverencias.

La tarde iba resultando insoportable para esta época del año y de su vida. A través de las ventanas el cielo desplegaba los tintes purpurinos del tenue invierno cubano. Una bandada de pájaros sin nombre se movió entre los violetas, naranjas y rosas del firmamento. Nilo pensaba en el nombre de su angustia y en las formas inconclusas del último jueves que alcanzaba a recordar cuando el timbre anunció el comienzo de turno y pintó en la extrañeza un rectángulo verde.

Entonces la vio allí, aparecida, caída desde lo turbio de su memoria, recortándose contra el pizarrón, anunciándole a los escasos concurrentes su asignación como nueva profesora de la asignatura. Sería sólo por unos días, la profesora Aurora era víctima de hepatitis viral y ella, Magda Entralgo, prestaría servicios a la Facultad como suplente durante las horas-clases restantes del semestre. La dueña de la risa no reía. Bajo la delgada capa de afeites el mosaico bizantino de su rostro dejaba entrever el paso de tenebrosos ejércitos. Detrás de los lentes la mirada de alas caídas se había desplumado; se mostraba fatalmente seria, saturada de la heroica preñez del Che en el billete cubano de tres pesos. Atendía a ninguna parte; caminaba entre las mesas de un extremo a otro pasando de largo junto a la silla del estudiante sin mirarlo. Nilo buscaba el tropezón de las miradas, temeroso de atraer la atención de los otros por medio de preguntas indiscretas. Esperaría los cinco minutos entre turnos. La abordaría y si no quedaba otro remedio la haría recordar. En vano. Los cincuenta primeros minutos terminaron, transcurrió el tiempo del receso y nadie reclamó receso. No podían parar de escuchar a la sustituta, el efecto hipnótico de su voz. Una voz pausada, timbrada de argentina, proveniente de algún aparato ignoto escondido tras las caderas. «Con los ovarios», secretearon los Pornosabios sin sospechar que la mujer había reído alguna vez. Ella hablaba del viejo programa de Gotha, de Marx, de las riquezas materiales que correrían a raudales, del trabajo depurado ya del lastre del dinero y por fin convertido en necesidad vital de los individuos para el grupo. Insistía en el entendimiento de la acción en tanto categoría central de la doctrina…

El minuto cien trajo la tímbrica sorpresa del gesto de la maestra: las palmas de sus manos entrecruzadas se oprimían en mutua frotación y el tintinear de los aros al girar acompañaban su voz, su declaración sobre la unidad indispensable de las masas en la lucha de todo el pueblo.

Los estudiantes abandonaron las mesas en lento tropel. Sólo entonces ella dirigió una mirada a Nilo entre los cuerpos bostezantes que salían; una ojeada larga, limpia y del todo seria. Detrás de la seriedad, rescataba Nilo el roce vago de los dedos bizantinos sobre labios de gitana tropical.

Cuando el penúltimo estudiante atravesara el umbral del aula, ellos quedarían solos. Luego de la demora exacta, desde la retaguardia, Nilo le asestaría con la pregunta por la risa. «La risa soy yo», respondería ella y entonces estarían más próximos a la primera y última noche que la vio reír, próximos a una especie de convicción que no habían de llamar verdad porque ya estarían muy dentro del reino de Dolores. No hubo giro ni pregunta, el Chutemas asomó a la puerta el medio cuerpo tortuoso y sofocado de su respiradero.

–¿Magdalena se llama usted, no?

–Magda nada más. El resto es suyo.

–Según me dicen entra usted por Aurora.

Jorge el Chutemas no confirma, degusta el nombre de la hepática en su lengua, se contamina con la alusión. La presencia de la nueva le importuna porque hace patente la ausencia de la hepática misma.

–Sí, hasta las semestrales –precisó Magda–. Para entonces debe recuperarse, según me dicen.

–Bueno, Magda, tenemos reunión con la decana en unos minutos. Es cosa rápida pero hay que asistir. Tiene que ver con el accidente, supongo –Magda asiente y lo acompaña.

Caminaban despacio rumbo a la oficina donde aguarda la decana. El descenso brusco en la voz del Chutemas tenía que ver con ese rezago escuchador de Nilo que camina detrás. Picaporte en mano la decana los invitó a pasar y con labios apretados ejecutó un melancólico ademán de adiós para Nilo que siguió de largo, como si no se percatara del saludo.

4.

Afuera nadie diría que el sol ha roto las piedras durante el día. Otra vez el aire es húmedo y frío como la fresca en la mañana. El cielo resulta demasiado oscuro para la hora. Es la segunda vez que son las siete y treinta del mismo día. Normal: atravesando Greenwich este tiene dibujada una larga línea (M). Ahora hace falta Lola para un comentario del posible ser-en o saltar-sobre la línea indeleble que define si estamos o no vivos, de este u otro lado del mundo. Preguntarle: «¿Dolores, es la muerte línea-muesca en el timón del demiurgo o línea-excusa para hexaedros de madera, flores, literatura, bombas y economías?». No hay más dolores, sólo un par de recuerdos: el bosque y una luna opaca como el ojo de un pez atrapado en la red de meridianos mortales y paralelos que se cruzan. Parásito el recuerdo de los labios de mariposa de su centro y una cadena de lunares pardos, de una a otra punta de las caderas, réplica minuciosa del archipiélago japonés… Ahí delante, instalándose en la memoria futura, queda una mancha roja denegrida. Nada borrará la línea; acaso la lluvia, la luz y el paso del mundo borrarán la mancha. Quién puede afirmar si la mancha es rastro de Dolores, del calvo fatídico de paraguas floreado, una mezcla de ambos o dato carente de toda relevancia que no sea química, física, del simple orden sub-humano. Vejado por el impacto y los ruidos de la tarde, junto a la mancha que la noche traga, el poste del alumbrado inclina su estatura, reverencia los vestigios. Nilo quisiera ser un poste, un insecto que persigue luz, una mosca, un Moscovich, como ese que viene de frente en diabólico desplazamiento rasante; con faroles apagados y bocina muda para no llamar la atención de un grupo de estudiantes en la acera contraria.

El auto se posa sobre la mancha. Desde el interior una voz le pide a Nilo que haga el favor y entre. Es una voz marxista, marciana.

—Se diría sangre pero es petróleo, lo que imaginas sucedió al otro lado de la calle. Monta detrás y tiéndete en el asiento, sin preguntas —ordena Magda con claro aliento etílico y extiende a Nilo una botella sin etiquetas que extrae de la guantera.

Para Nilo las excusas huelgan mientras el fuego dorado del contenido de la botella se apodera de su pecho en catarata. Se está bien así, de feto ardiente; ejercicio fenomenal de iniciación a otra vida, con orejas y el estómago calientes, cómodo para el sueño anciano hijo de una semana:

Un señor con barbas, largas alas en las espaldas, manos y voz de anciano, arenga a una multitud, miles de entidades de un naranja plateado aplauden sus palabras. Todos repiten a coro el nombre del anciano y este con un ademán moderado de la mano pide silencio a la multitud. Mediante toques suaves altera el orden de las vergas-micrófonos que emergen del estrado. Los toques crecen deslizantes y en medio del silencio crecen gemidos en los altavoces. Las vergas-micrófonos crecen, se dilatan y contraen y otra vez se dilatan en ritmos espasmódicos; una esperma cristalina salta de ellas con estrépitos de cañones mientras los gemidos devienen en alaridos que se agravan en franca pérdida de revoluciones por minuto. Hay disco manipulado pero no vemos al disc jockey. El anciano bebe de la esperma a borbotones, se harta, eructa, deja escapar unos pedos nucleares y apenas moviendo las alas se eleva al cielo, muy despacio. Fervorosos los congregados miran a lo alto; ejecutan aplausos que son como un aletear de castañuelas e igualmente remontan el vuelo a un cielo casi líquido, tras el anciano. Semejan una bandada de estrellas fugaces, plateados peces voladores saltando hacia la oscuridad del cielo… Vestida de Lola, Dolores irrumpe en el sueño. Recorre el patio del apartamento en Marianao y mira a las estrellas. No pares de soñar –le pide a Nilo–, cuando vayas llegando a Greenwich te despierto.

Ahora Nilo sueña que cierra los ojos en el asiento trasero de un Moscovich, acurrucado, oculto sin saber por qué. En el piso del auto, bajo el asiento delantero, hay un papel amarillo estrujado; algo más delgado y frágil que una ordinaria cuartilla de oficina. Nilo extiende el brazo, alcanza el papel y lo desdobla con suma cautela, hurtando siempre el gesto al retrovisor por donde Magda mira a cada instante. Entre las arrugas del papel se aprietan las letras de modo casi ilegible. El favor de un poco de luz en el interior del auto y las titulares en mayúsculas ayudan:

Las letras desaparecen y en su lugar un conjunto de líneas emergen de las fibras del papel, se entrecruzan y forman círculo de círculos que devienen en aros variando a vértices, a planos de triángulos, hasta configurar un rombo rojinegro con estrella blanca al centro. El rombo desaparece y el ciclo recomienza. Sólo que esta vez, desde el nacimiento hasta la próxima desaparición del rombo, las líneas que lo definen cambiaron el orden de sus progresiones en el espacio del papel. Acontecen tildes nerviosas allí donde los remolinos del pulso se afirmaron, hay una curva de centro corrido un segundo adelante, un pelo, una quemadura ínfima, una micra de burbuja en el acetato, un empate del rollo que no ocurría antes; esos pequeños detalles que revelan lo imperfecto de la repetición vista con detenimiento. Habrá que observar el objeto bajo otras luces, más adelante, de momento se impone esconderlo en el *jean*, con mucho cuidado de no pulverizarlo en el acto. Hay un fuerte bache en el pavimento, el auto salta y un número importante de neuronas en la corteza cerebral de Nilo se estremecen, se reagrupan y cambian la dirección y sentido de lo soñado. Ahora Nilo se sueña con las manos atadas a la espalda, en una celda hiperiluminada aunque sin ventanas, el espacio de pronto se llena de un frío que paraliza y le sigue un calor que funde, mientras la noche y el día son impuras suposiciones. En la celda Jorge el Chutemas camina en torno a Nilo, golpea una de sus manos delicadamente con un vergajo:

–Escucha bien, Medusa, si te quedas con esa página del *Tractatus* los dos moriremos en breve –el Chutemas no tiene la mirada de los sueños, hay en ella un entrechocar de hoces y martillos que pueden traer la primera chispa de un incendio.

–Siempre moriremos en breve, mamaxila sonámbulo –replica Nilo.

El Chutemas se detiene, estira el morro, entrecierra los ojos.

–¡Devuélvela te digo! –grita el maestro y con súbita maniobra del vergajo cruza la cara de Nilo; este se limpia con un hombro la sangre en sus labios y se compone el rostro con una fuerte sacudida de la cara. Como es rutina en la Villa del señor, donde sangre hubo sangre desaparece, aún si el dolor persiste.

–Te doy otra oportunidad, testaferro del fracaso, despierte, lléguese al apartamento, bájese esta novela, regrese, desáteme y salgamos por esa puerta.

–De lo contrario qué.

–De lo contrario te ahogas en el capítulo VII.

El estudiante no siente miedo del vergajo que en cualquier momento puede desprenderse de las manos del Chutemas, si la chispa de ira en sus ojos no acaba de asimilar el lenguaje de la insurrección. Al otro lado de la pared de los sueños del estudiante una presencia le roba los miedos. Son los bufidos, el rechinar de dientes, la adrenalina que transpira Quientusabes cuando importunan su presencia en algún lugar de la isla.

–Mira, caballo, pueden borrarme el cuerpo pero la talla queda en el aire. Tarde o temprano todas las hebras sabrán que fueron timadas, tiradas al abismo en nombre de otro ismo… De nada valen las patrañas presentes contra los poderes del tiempo cósmico. Los dormidos despertarán y sabrán que hoy te llamas Jorge y mañana Magda, Silvano, Lógicus, el Nagüe…

–Escupe el concepto y habla claro, no sales vivo de esta pesadilla si no me dices dónde está la página.

–Ya deja de ser un secreto que cualquiera puede ser Quientusabes si estudia la cara oculta de la nación, si apuesta a plantar la ilusión de cielo en la tierra de esa nación, si logra condimentar y torcer a su favor la masa, la cantera y los cuadros que le dan forma a la masa. Siguiendo las pautas del cubismo que nos ocupa, resulta que *Tractatus*, Proyecto Necrófago y este diálogo son intercambiables, con rigor hablando, caballo…

—¿Con Rigol ablando caballo? —casi ríe Magda y su pelo gris desdeña la inercia, sutil barre partículas de polvo en el respaldo del asiento, forma una galaxia madura en la atmósfera del auto—. Dormiste los minutos exactos. ¿Tienes idea de dónde estamos?

Entre la mirada entumecida de Nilo y la avenida veintitrés hay un espacio donde las sombras del sueño se deslizan y realinean lo visible: veintitrés es un largo corredor flanqueado por celdas, mudo y quieto como en fotografía. La silueta de F.C. en pijama se aproxima, llegando desde el fondo del corredor, mirando a uno y otro lado, a través de barrotes que la mente de Nilo comienza a interpretar como árboles; árboles ganando verosimilitud como barrotes de una cárcel sin techo.

—De verdad que no caigo.

—Es un techo alto, mejor no caigas. Esto es mi casa —explica Magda. Pero no es exacta, se trata de un caserón del Vedado con descuidado y oscuro jardín, cumplidas escaleras pareadas, pensadas en el *cinquecento* de los nada sencillos Médicis, cuando bibliotecas y venenos eran auspiciados sin definitivas distinciones. En el espacio entre escaleras hay un nicho con emblema de los CDR. En lo alto del muro derecho que cierra el jardín, un pétreo gato prieto otea la avenida—. La gente piensa que es de piedra.

Magda hunde en la cerradura una llave que a Nilo le parece enorme, la llave de la ciudad. El grueso portón artesonado cede y entran los dos, Magda secunda, con cara circunspecta pero gesto cortés. Domina la oscuridad en el espacio, las formas se alimentan de la luz que viene desde la avenida a través de algunas persianas entreabiertas. Angosto el recibidor, parece inventado para una mesita baja de forro mullido, una que apenas deja libre el paso sólo por sostener un candelabro de la latón de siete brazos. En cambio, la sala se extiende en proporciones inútiles, confina cocina y comedor a un rincón lejano a la derecha, al cual no tomaría mucho tiempo llegar en tren. Por mobiliario Nilo cuenta en el lugar una docena de cojines dispuestos en media luna, todos apuntan a un aparato de televisión apagado que apenas si sostiene su masa peligrosa de cátodo y caparazón sobre sus cuatro finas patitas de madera pintadas de negro. Al centro de las almohadillas sobresale un objeto más, algo muy vertical para mesa, demasiado voluminoso para vaso de cerámica o lámpara de pie. Magda enciende la TV y el objeto cobra figura humana, respira. Se trata de una pequeña entidad sobre una esterilla de mimbre, sentada en posición de loto, de feto, de gato arropado, de simple garabato. Poco a poco los caprichos en las emisiones luminosas determinan la consistencia formal de una viejecita: estriados brazos, cuello y rostro en rico atavío de cintas y velos entrecruzados.

–Llegué, Abuela –dice Magda mientras mueve en redondo el selector de canales de la T.V. Al centro de la docena, Abuela permanece hierática, no parece importarle que el licenciado Rubiera anuncie sol bueno y mar de espuma para mañana. La penumbra en el lugar convierte el aparato de T.V en un oráculo y a ella en una sibila añeja.

–El me dio un brebaje, el medio es un masaje… –dice la viejecita con los ojos fijos en el aparato y repite las palabras con la misma regularidad que Nilo halla bajo sus pies unos escalones gastados.

Escaleras, cuartos y más cuartos. El cuarto de Magda según la cual entramos en su mundo. Y es un mundo de puntal alto y paredes de un azul carné de identidad, decorado a rodillo con dibujos de caracolas o volutas de capitel jónico. No queda espejo, pero sí su marco intacto, allí en el tocador de caoba, junto a la puerta del baño cuya bombilla ayuda a iluminar el entresijo del espacio. Sobre el tocador un teléfono, el libro del directorio y un vaso de cristal de Murano con girasoles frescos. Además de una cama, donde al menos caben dos pares de Nilo, un escaparate de canastilla se arrincona ante la estatura de cinco estantes que topan el techo. Al frescor de las ventanas abiertas, se impone la atmósfera viciada por el polvo ducho de los libros. Revisando el mundo de Magda, Nilo escucha el cierre discreto de la puerta. Ella queda allí, las manos detrás, sobre el pomo aún. Del otro lado de esa boca se ordenan los sonidos que Nilo escuchará. Cualesquiera que sean las palabras, banderillas de amenidad asoman por las comisuras de sus labios. Nada que diga ella amenaza la extraña paz de Nilo.

Me pregunto por qué no preguntas qué hacemos aquí –dice la mujer y Nilo casi resuelve la duda, esboza una respuesta, pero ella ahorra–. Creo que en el fondo no quieres averiguarlo. El asunto del poco roce en clases… si te digo que hace diez años que milito en El Partido….

–La historia del tabaco y luego me haces una oferta irrefutable para que borre alucinaciones. De paso me olvido de tu risa de jueves.

–Nada que olvidar, se trata de mejorar el orden de lo que recuerdas, de optimizar las conexiones con una verdad central. Sólo quiero que leas algo sobre la vida y muerte del cosmos y el ocho acostado que te contiene.

–En algunas culturas los velorios son fiestas. Traje del auto el fuego dorado, el auto de fe orado, el auto fue horadado… Quedan dos tragos.

–Eres un chamaco pero con talento para las distinciones. Observa que no es igual un entierro que un homenaje.

–No es lo mismo un hueco negro que un hueco en un negro.

–Bueno ya –ordena Magda cabreada por el infante y coloca entre sus manos un librito–. Toma, mejor te sientas y lees calladito a ver si no tengo que explicarte el tema durante el resto de la noche. No necesitas saber lo que busco en ti, todo lo que quieras saber está ahí pero no es un saber garantizado. Mañana lo olvidarás si no puedes vivir con su entendimiento.

Las eses, casi ce-haches clásicas de locutora radial habanera, sobresalen axiomáticas. En la habitación no hay otro lugar donde sentarse sino en la cama. Nilo obedece mientras la mujer se acerca a las altas ventanas abiertas del cuarto. Veintitrés y Nilo se miran sobre el hombro de ella y él siente como la piel se le eriza, piensa que se trata de un soplo gélido de los pocos que factura el invierno humilde de la isla. Se equivoca. Lo estremece el librito que ella le ha dejado entre las manos. El tamaño y aspecto de las hojas entre los dedos de Nilo le evocan pasajes confusos de sueños y lecturas recientes, de una causalidad sospechosa, irrealidad materializada. Con los dedos mentales Nilo palpa el *jean*, puede jurar que allí ha guardado una hoja del mismo librito entre el sueño y la vigilia; piensa que los afanes crípticos de esa mujer en la ventana terminarían con una sola palabra que él pueda extraer del texto. La luz de la avenida, el favor de las estrellas, el baño de luz del baño colaboran con la lectura. Sólo se suceden garabatos ilegibles, tinta descolorida sobre pulpa seca en desintegración acelerada. Todo el arrebato caligráfico puede ser la premisa de cierta claridad sobre el estar aquí y ahora, un desafío de iniciación. Nilo espera de la mujer un despliegue contrario a los ademanes taimados en la clase hace unas horas; explicaciones sencillas como en los cuentos de Lola. Pero la que ahora puede brindar el otro lado de los cuentos permanece allí, en silencio, junto a la ventana, mirando afuera, a la capital y sus luces de paupérrimas luciérnagas. ¿Qué tiempo puede transcurrir antes de que ella gire y diga una palabra? Son poco más de las ocho a juzgar por las voces de los locutores en el Noticiero Nacional que Abuela escucha a todo volumen en la sala, bajo los pies de Nilo.

A esta hora en la funeraria de Zapata el velorio madura. En la oscuridad del hexaedro Dolores la veloz se precipita al extremo de aquella madurez cuya falta exasperaba al Chutemas. Acaso se queja de las suturas que redibujan su rostro. La novia de Franknilostein. Una ética necrológica declara «caja sellada» y le roba a los dolientes la última imagen directa de Lola. Para sustituir, los precavidos Papi y Mami desempolvaron y trajeron la única fotografía que guardaban, la de una Dolores quinceañera en flirt, cubriendo en abanico su abundancia precoz tras vinilos de Roberta Flack y los Van-Van. Los Pornosabios hacen su ronda en torno a la fotografía sobre la caja, van y van y van... Mañana al mediodía será el entierro y Nilo tampoco asistirá a la lentitud de la parábola que describe una flor lanzada cuando rozan los mármoles, los pucheros de la decana y el Chutemas, la forma de una nube tras el panteón de los bomberos y, sobre la trama de sollozos, el himno del veintiséis de Julio en boca del hermano menor de Dolores, pionero viciado de épica, que siempre confunde los rituales y con el cual de seguro cuenta ella para la ocasión...

La correspondencia entre lo imaginado y su eventual realización en el entierro de mañana, sólo es robado a Nilo por la memoria intrusa de otro proyecto de separación, febreros atrás: Perdidas tres partidas de ajedrez casero, a la mesa desnudo él, vestida ella, Lola Palabras, preconizó. Para ella, seguían juntos debido a una corriente de mágica fugacidad racional-instrumental que nada más les dejaba una lanilla de confort emocional. El conflicto extensión-intensidad presagiaba un final JJ y era saludable una temporada de distancia para burlar al Señor Tedio y ventilar libertades y diferencias de cada cual. A Nilo le parecía esta una tesis estructuralista de fuerte raigambre leninista en tiempos de la NEP. Pero si eso creía ella, y a él le sonaba bien desde su orgullo, que no kundera el pánico, el despecho elemental del gorrión definitivo. Si de verdad los dos así lo querían, era tan sencillo como un paso adelante y dos atrás varias veces. Luego ya verían qué hacer con la resaca de los días de placer virulento y toda la dulzura perdida. Lola Palabras lo mismo podía no cubrirse la boca al toser que cubrirle la boca a Althusser con su canto: «Dolor, dolor que me ocasiona, mi bien, este cruel entendimiento...», de más allá del techo le bajaba en tono el bolero a Nilo Moré. «Nilo, morí», devolvía ella y fulminaban sus narcisos revolcados de la risa. De la risa al beso, al pleno hallarse sin razón ni coyunturas; deshuesados adolescentes tardíos de izquierda a derecha y al revés, siempre en torno a un centro, dos huracanes por un ojo ligados. Luego apareció Magda, el Moscovich se interpuso y ahora no hay más paso adelante para Dolores que aquel gigante de su humanidad rumbo al lado nunca visto de la luna. Evaporados aquellos pasos desenvueltos, destejidos labios y vuelos de aquel tiempo adorado por él, Nilo. Podía llorarla un río pero en castellano no pasaba.

Magda sigue en la ventana y a Nilo le gusta verla allí. Se pregunta cómo encaja Dolores en la sabiduría sexual que los amantes cubanos llaman «de trampolín». Sobreviene entonces la visión brutal: Dolores en lo alto, tabla tendida sobre la superficie de mujer futura. Nilo ha resuelto así el contacto durante toda su vida: impulso, salto, cabriolas en los aires de la oratoria carnal, consenso en la superficie penetrable; intermedio de una vacuidad coqueta, impacto en la humedad, oscuridad del vientre, tierna fuerza de fricción, derrame... Dolores era la promesa de una diferencia en el automatismo, sus piernas apenas se abrían y enseguida el velo del mundo insensato se corría librando al joven de vastas colecciones de ansiedades. Sabía ella cómo trasmutar la noción de «saltar» en la de «perderse» y al calor del cambio en las nociones parían joyas de orgasmos, unísonas venidas de antología secreta. ¿Cómo pensar ahora en la entrañable muerta cual simple y llana tabla? Una vez más no hay espacio para pensar, porque los ojos se le llenan de esta mujer inmediata que poco a poco se quita las ropas y libera las ricas masas oprimidas por la tiranía del *laster*. De espaldas, la maestra de marxismo se acerca al estudiante; pantalones a la rodilla, una mano se apoya en la ventana y el canto interno de la otra mano sortea los muslos fuertemente cruzados sobre el pubis, la mirada todavía clavada ventanas afuera, donde el plano se le nubla a Nilo. Cebra herida de sombras y persianas entreabiertas. Qué mira ella, acaso el ojo del alba, gemidos de gatos pétreos en el jardín… Otra vez la luna espía acopia evidencias, siempre en los conjuros; con su luz de gobierno sobre las mareas, las premuras y las cosechas, las piromancias, las menstruaciones y los variados mareos. Nilo experimenta deseos de tocar aquel pecho encendido de materialismo y empiriocriticismo, de tan exigua glándula como el suyo. Lo desea, más ahora que ella a dedos propios chasquea su sexo, como unción entre el huevo y la cuenca húmeda de un ojo, leve pero aún audible sobre el entrechocar acompasado de los aros en la muñeca. La luna se azula y la mujer conserva la piel tranquila. Nilo observa cómo no se entera ella del frío que invade la estancia desafiando los alcoholes del fuego dorado en las venas. Las espaldas largas, largas asesinas de las nalgas, están muy cerca del joven. ¿Más tabla?

Ya pasaron las ocho, ¿Cómo se explica Nilo esas ganas amorales en mala hora? Siente puñaladas de escalofríos en todo el cuerpo como si la culpa cortara. Nilo deja caer el librito sobre la cama, abarca con las manos los hombros de Magda y dibuja una Y sobre la espalda; deja correr las manos por donde yacen las nalgas de mujer hecha. El recorrido sobre esas carnes lleva la conciencia de los aplicados al fin de los tiempos, a la última noche del mundo. Pero el espacio se estrecha, acaba en la zona donde las curvas de Dolores imperaban como reloj de arena. Los dedos de Nilo rasgan el aire, yerran el toque del mundo febril que se estremece ante él en forma de nalgas. Y entre las nalgas un ojo clama por su asalto, guiña. El experimenta alivio de pensar que la tabla también lo recorre, no le importa si ella obedece las parábolas del librito o le ocurre en la sangre algo anterior al bien, al mal y al resto de las jorobas humanas. El tenso problema de «todos trampolines de todos» se afloja con un pensamiento de sexo a medio cristalizar: Si sólo existen trampolines, sin clavadistas ni aguas, entonces vienen a ser ilusorias las intrusiones de cualquier culpa en la mente de la piel que encuentra a otra piel, superfluo el sentimiento de traición a lo amado junto a otro cuerpo. El mundo, en tanto usuario-objeto, admite el uso como función y así se desenvuelve, entre manojos de clarividencias y carretas de frivolidades. Tras este pensamiento la cremallera del jean de Nilo estalla y una porción del sexo erguido queda al descubierto.

«….el amor», es el fin de la frase que acaba de pronunciar Magda que avanza de espaldas hacia Nilo. Él intenta adivinar si antes la voz marciana ha dicho:

1. Quiero hacer…
2. Acabemos de hacer…
3. Es bello hacer…

Con suave fuerza, de maestro, toma el estudiante a la maestra por las caderas y procura una sentada respetuosa, de academias marcianas del siglo XXX. Con la mano que le queda libre de sí misma ella colabora en el encaje, trae desde la boca una saliva gruesa que debe asistir la entrada de Nilo por el camino correcto. Empuñado, lubricado y hábilmente conducido por el culo de Magda, Nilo apuesta por «Es bello…», consiente; para las voces marcianas siempre es bello y posible hacer el amor. Los de Marte no sospechan que esa estancia inmediata del amor ya está hecha, que va en los huesos de la especie y en las venas de la cultura, que basta con encarnarla en sus recovecos; así, en ida y vuelta, obedeciendo vértigos; así, rozando en la oquedad de Magda los labios mariposa de Lola, su besar mojado para siempre pretérito; así, crepitando en el vaivén masticador la viscosidad despierta… Angosto el culo de Magda, de membrana musculosa con inteligencia propia, sus paredes se pliegan y distienden con ríspida sutileza, sostienen contrapunto con el latir de las nervaduras que alimentan el miembro del estudiante y lo exprimen hasta la apnea, amoratándolo desde la base hasta la cabeza. De amor atándolo va ella con bandazos de cintura y olas de pensamientos dichos brasas. La dueña de la risa afirma, niega, musita palabras en lengua arcaica, gime soprano asmática, impecablemente sucia calla con mano propia el pálpito entre sus muslos. Su área llora, su aria llora... En vano Nilo se esfuerza por escuchar lo que apenas articula ella en su castellano malablao legible, de bestia ruina de Constantinopla. El aroma de mariscos en el cuarto se acrecienta. El caudal mental de Nilo escala en los nilómetros, rodea en su curso la grupa elefantina de Lola, diez pulsares más de una glándula y ya es suyo el delta primoroso de Patria. A la salobre Patria llega el estudiante como quien invade Alejandría una vez más. Revivirse a la Patria es vivir. El toque de la imagen en el olfato del joven alcanza a Magda como en réplica telúrica y ella acelera sus movimientos espirales, dialécticos, de tuerca que aceita su vocación de rosca. De los labios de la mujer surge el nombre de Dolores con cadencia de súplica, el ruido de los aros en arrebato entrecorta el nombre que va en los gemidos. Nilo no cree haber dolido así, quiere rogarle a Magda que repita. El ruego no baja de la mente ni sube de la garganta porque no hay voz posible entre lo perdido y lo encontrado, porque el vértigo se alimenta de lo inaudito, crece y miles de volutas giran en las paredes como iridiscentes polimitas. El sexo de Nilo hiende al ritmo que las volutas giran, persigue un fondo en las alturas más allá del tope de mujer, de la marca en el techo y de los mojones que luminosos tiritan sobre la noche del jardín. Riquezas materiales corren a raudales desde Nilo. El grito sale de la garganta de Magda lacerada por el golpe de sable egipcio, los lentes le saltan del rostro. Ella desenvaina, retira de Nilo la seda grumosa de su vagina y extiende la mano hacia los lentes. Por un momento todos los aros se hacen uno en la base de la mano extendida, suenan, callan… Los lentes se estrellan contra un estante. Nilo, que sólo ha escuchado el grito de su esperma: «¡Atrás, que es por el culo!» y no el grito de la mujer ni el ruido de los cristales, registra un largo silencio de su corazón. Anticipa el joven la imagen de una Magda que salta hacia la puerta, por las escaleras y luego a la calle; sigue el ruido de la gente afuera, el tráfico detenido… En cambio, ella se hinca de rodillas frente a los estantes, recoge fragmentos de sus lentes con dedos de cuerpo trémulo, de etérea campanada. Nilo queda sentado en el borde de la cama, parda mancha contra el fondo púrpura de las sábanas; mira a unos pasos la triste figura de Magda agachada, moza marchita que se desvanece al despertar las tranquilas aguas. Y es más triste cuando ella mira a Nilo con esas dos miradas, las de una bizquera camaleónica que sólo pasaba inadvertida detrás de los lentes. Todavía a gachas la profesora se lleva la armadura vacía al rostro y escala con sus miradas los estantes donde habitan los Filósofos Muertos. No falta ninguno, están los de siempre donde mismo desde los años en la Universidad; allí se muestran los perennes, los padres de El Proceso. Y mirar así es el error y es peor de triste. Desde lo alto los filósofos descubren la mirada despojada de muletas cristalinas y entornan sus blancos ojos de papel al techo. Lloran de risa, una risa retumbante y luctuosa. Magda oprime en el puño los cristales, un hilo rojo brota y se desliza sobre el brazo desafiando el río de venas bajo su piel. En su curso un tramo del hilo demora en llegar al suelo. Cae. El pomo de la puerta gira y la figura de la vieja sibila se hace en el umbral. Un ojo de Magda la divisa y asoma una señora lágrima, el otro persiste sobre los filósofos; ambos rompen en el mismo llanto, cada uno por razones geométricamente distantes.

–¡Abuela! –exclama Nilo sintiendo que debe decir algo, se cubre rápidamente y la zona cubierta cobra la apariencia de una carpa de circo. Bajo la carpa Nilo siente aún los malabares, aplausos, rugidos y latigazos, las luces de una erección espectacular.

—Usted se calla —ordena la viejecita y la carpa se derrumba—. Los *lingams* hablan cuando las vírgenes se desfloran.

Magda se incorpora y avanza hacia la puerta.

—Granma… —comienza ella una frase entre sollozos, de presuntos matices tiernos. Por qué en inglés, se pregunta Nilo. La frase no termina porque Granma ejecuta una cabriola y patea el vientre de Magda como Nilo no ha visto desde Bruce Lee, en las películas del sábado de su adolescencia.

Magda yace en el suelo y la viejecita avanza. Un segundo ataque puede ser letal y Nilo decide evitarlo. Se interpone.

—¡Apártese!, Magda no debe llorar. Nunca entenderás que los comunistas no lloran. Y dígale bien claro a su madre —señalando con la cabeza hacia un lugar al otro lado de la ventana, a espaldas de Nilo— que mejor lea el muñón de Kierkegaard y saque los ojos de mi habitáculo si no quiere que se los saque con mi Nihon.

Unas cosquillas de rizoma se apoderan de Nilo. Como el Cauto cabe en el Nilo, el joven se sobrepone al impulso de constatación narrativa y trata de dilucidar la estrategia con cautela: si se vira hacia la ventana a donde mira la mañosa viejecita, esta destrozará lo que resta de Magda en el piso. Pero él es fuerte y ágil, eso piensa. Podrá esquivar un lance de Granma, asir los cuatro pies de pellejo y huesos que la sostienen, cargarla, llevarla su aposento y allí darle algo de tomar para los nervios.

—Sus pies son la quilla de un barco —advierte Magda escasa de aliento. Nilo se desentiende y avanza hacia Granma. La imagen se nubla y regresa acompañada de una sensación protuberante entre las cejas. La vieja y todo el cuarto se pierden lentamente en una niebla clara, de anestesia.

—¡Ahueca!

5.

¿Qué tiempo ha transcurrido? Una hora, un día, una semana. No importa, de algún modo es igual que en la mañana: hercúleo abrir trabajosamente los párpados con el peso de algodones encima. Un peso frío, blando, blanco; nubes pasajeras, redondas como la mancha de la chismosa en el techo, huella circular del apagón que ocurrió en algún momento. Hay un sol afuera. Desplazando la mancha, aparece borroso el rostro de Lógicus. No cambia, tiene el mismo chayote por nariz y brazos de lagarto de cuando Nilo era un niño y vivía al pulso de la fiesta guerra. Ha transcurrido un tiempo intermedio, unos diez años que suenan a diez menos cuarto de mañana. En verdad, cuánto. Pudiera ser nada, lo que dura la patada voladora de una sibila, lo que un apagón, un patagón en Tropicana, un botellazo en la frente con mensaje de náufrago dentro, un perfume de lirio traído de un paraíso en infierno, una partida sin rumbo, en delirio.

–¿Entonces qué? –pregunta Lógicus mientras exprime los fomentos.

–¿De qué hablamos?

–Tienes un chichón con estrella de David en hematoma, justo sobre el chacra del tercer ojo.

–No jodas, en serio…

–Ya quisieras. En serio es que amanecía cuando cuatro mulatas del equipo nacional de voleibol te dejaron recostado contra mi puerta con una botella vacía en la mano, esa.

–¿Las increíbles morenas del Caribe?

–Las mismas. Dormido cantaste en ruso, hablaste de los ojos de tu madre mirándote morir en un carro de la policía, un *Tractatus*, una dama escarlata…

Nilo cuenta mientras se despierta. Lógicus especula, apuesta el cerdo a que eso fue una voladora, con el calcañal, *kakato* o con el canto del pie, *sokuto*; la amenaza a tu madre, sin dudas *nihon-nukite*. En los ochenta, Lógicus padeció el furor kara-teka, fue discípulo de un tal Sensei Morita y conoce técnicas sofisticadas de Jiu-Jitsu. Bien puede instruir a Nilo si este lo desea. Descuente y dése cuenta Nilo: La loca de la nieta anda conectada con el G2 o con la CIA o con los dos, contrarias y contemporáneas lealtades. Componte, contente Canallón: La cabeza de la Mata Hari desapareció de un museo en París unos meses antes del triunfo y Quiensabequién la esconde, mima y consulta. Siempre queda el viejo Tarot. Es preciso barajar y leer las cartas en noche de semana santa junto a mantras y rezos de unos pocos libros: La plataforma programática del Partido Comunista de Cuba, El monte, el Tetragrammaton y el Tao-Te-King con introducción de Jung.

Nilo deshecha la sopa filosofal del chiste, ahora mismo le pesa demasiado la cabeza, no aguanta ni un grano de mos-taza más. Quisiera pensar en Magda pero le viene Lola, de súbito, como planilla de compromiso individual en la emu-lación cederista por la diócesis del veintiséis de julio. Magda y Lola fueron al Nilo; Lola se ahogó, ¿quién quedó, qué fue primero, la patada o la venida? El estudiante deshecha todo camino de pensamiento nacido de Lógica. Lógicus dice que se marcha a conseguir comida para el cerdo, íntimas para sus visitadoras y pasta dental pero… volverá. La última palabra con acento de actor austríaco, para que Nilo cambie esa cara. El joven decide incorporarse, buscar en los bolsillos del *jean* y leer aquella página que desprendió del *Tractatus*. Índice y del medio al *jean*, suave, suave. Polvo, los dedos —dedos que nada más consiguen polvo en los bolsillos del *jean*. Y el polvo desa-parece en el aire del apartamento antes de tocar el suelo entre los pies descalzos de Nilo. Así el joven entiende ahora el manar de la vida, entre orillas que lo encausan y rodillas que lo atra-bancan para causa alguna. Tal vez algo de vida queda fuera de la vida, en los márgenes del libro que trama el estudiante, en el instante anterior al salto sobre la piscina de mutuos clavadistas, al pie de la tabla rasa del placer. Algo podía atesorarse fuera del alcance de los condenados al sancocho del pensamiento ansioso, en el vacío necesario de la contemplación que ayuda a librarse de lo que no libera, con la tranquilidad que permite aprender de la naturaleza y de los renglones torcidos de la vida mejor que de los libros. Nilo observa el paisaje dactilar de su mano, en la profundidad del dibujo se agazapan partículas de papel y tinta del texto que no leerá, polvo de secreto que lavará el agua. La guitarra de Lógicus cuelga de la pared frente a los ojos de Nilo, entre un cactus de las suculentas y un almanaque del Instituto de Turismo ilustrado con banderas rojas, diablillos y un Chevy del cincuenta y ocho: «La guaracha, un arma de la Revolución», versa sobre la boca del instrumento remedando cirílicas. La cuerda tercera salta del clavijero y pende del puente del instrumento. El hilo de acero forma un delgado arco cuyo extremo libre se agita en el aire buscando dónde herir. Nada más se calma la cuerda y Lógicus regresa al apartamento cantando «suave, suave», deposita la carga, manos en la cintura respira profundo y toma asiento en la cama junto a Nilo:

—Estuve pensando en tu rollo y creo que mejor te alejas de esa mujer. Ella la pela peligrosamente con su obsesión. Una obsesión venérea si te descuidas. La sentencia PRIMERO DEJAR DE SER QUE DEJAR DE SER COMUNISTA, la sentencia. Vive ella según las pautas de un pie forzado singular en la historia de esta nación caliente, sin lugar posible para los seres con cuerpo, cabeza y tiempo propios.

—Explícate o déjame dormir.

—Me explico, pero dime si esto no te recuerda algo —consiente Lógicus. Se extiende y toma un muelle de colchón de una de las bolsas que ha dejado sobre la mesa; lo sostiene entre ambos y luego le imprime un impulso que lo hace rodar sobre las baldosas hasta las botas Centauro de Nilo, bajo el aparato de televisión–. Es para ti, lo recogí en el placer yermo de la esquina, me mandaron mis muertos. Acuéstate otra vez, eso… más fomentos. Sólo me lo explico a mí mismo. Acabas de atravesar una experiencia sicalíptica de comunismo por carambola que dura más que un chichón o el tiempo perdido de las novelas. Ladrona de cuna de Newton, amazona socialista, tu Magda es de una especie en extinción de la Doctrina Excreta, así llamada por sus iniciados. Ella intenta regenerarse dentro del absurdo diario por medio de una metafísica sobregirada de ilusiones, de propensiones sexuales que la confirman. Ponte, observa cómo se entrelazan los motivos de su hambre de Serguei. Camino a su cielo es capaz de arrastrar consigo a eso que alimente su simbolismo: mata de plátano, pulido cabo de arado, lengua de vaca, pepino, desodorante de bola, bicicleta, muchacho o muchacha. Su capacidad de trance la lleva al monte político carnal, allí le hierve la vocación mística y entonces pobre del utopista aquel que consienta y la deje aterrizar su vicio de trascendencia. Para tu Cocomordán de menta, o Culo de marañón, como se le conoce entre los consagrados al arte de amarx, sinceramente venirse siempre es un morir y muere porque no muere última puntada de la Camisa Indestructible. De menta, sí, pero no demente como aparenta, también sabe ella que ese momento tardará y que la suma de todas sus vidas no le dará el chance de renunciar a SER por la causa. La causa de once varas. Lo veo así: En su versión de fin del mundo el sol se apaga, las naves terrícolas escapan rumbo a un sistema de estrellas donde una gran comunidad escarlata aguarda el abrazo humano. Los anfitriones del brazo izquierdo de la galaxia seducen con su doctrina a los del brazo derecho y juntos extienden alfombras a los viajeros armónicos que, a punta de arte y ciencia, sobrepujaron el impulso de auto aniquilación y el gran apagón. Supermanes constructivistas de las Galaxias Unidas. Durante un quinquenio los amigos estelares celebran el triunfo de la razón universal, sin clases sociales ni otra religión que el amor al trabajo de volar de una a otra estrella en busca de lo mismo con lo mismo. Y allí sueña ella que se encuentra a Dolores en su aureola, intocada por yerros y hierros, Quientusabes en el clímax de su decrepitud, el Ché de los *t-shirts* y el del billete de tres pesos, el Camilo de la sonrisa amplia y en el billete de veinte pesos, dormido en el fondo de un mar de flores, sin visible agujero de bala, el héroe de Yaguajay junto a Kennedy, Marilyn, el hombre de Tiananmen y la Tereskova. Y claro que no faltarían, de pie frente al barranco del saber enciclopédico, los Filósofos Muertos, melenudos poetas alzados en lomos de tomos y lomas de panfletos sobre, desde, por y para la cultura occidental, eternos perseguidores de lo que hubo antes y de lo que habrá después, cuando el sol se apague. Hablando de megalómanos, se dice que Hitler tenía la mano sobre un mapa cuando le avisaron que Cuba le había declarado la guerra. Preguntó, le dijeron, levantó la mano del mapa, miró y avisó a sus generales que allí sembrarían tomates en su momento. Además, viejas tuve en Guadalajara, Ucrania, Cachemira y Bangkok que no tienen la menor idea de dónde queda Cuba en el mapa y son más felices que tú y que yo. ¿Oye, cómo se partió esa cuerda?

6.

Página perdida del *Tractatus*

V

Fluctuat nec mergitur

I.

Rasgué de un artículo en la revista Bohemia que hallé junto a la letrina del campamento:

Jorge, el último representante de su especie, la tortuga de Abingdon que vive en las Islas Galápagos, se niega a amar. Le han ofrecido aparearse con tortugas semejantes a él, pero no quiere. Su destino es la extinción o la inseminación artificial. No sería la primera ni la última de las especies que desaparece. Hace cincuenta años lo hacía la Tarabilla canaria de Lanzarote y en 1991 el colimbo gigante de Guatemala. Dos de los candidatos a seguirle son el rinoceronte de Java, del que sólo quedan cincuenta ejemplares, y el Okapi, que, descubierto en 1991, tiene un futuro incierto. Son las piezas cobradas por la depredación humana.

Recogida de papas y no de tomates le asignaron a La facultad. Un mes de doblar el lomo en el acopio de papas para el rey. Papá Montero, el anti-papa, todavía afirma que sabe cómo producir los tubérculos, distribuirlos mejor que nadie, además de erradicar la tuberculosis de una vez. Vamos, que su sistema no falla. Y por lo mismo: bajo el astro rey, todo; fuera del astro rey, nada. Y hay que saber nadar, y nadar bien.

℘

A la salida de la ciudad, mientras las bocinas de la guagua que nos traería a Artemisa berreaban por mí, compré libros de uso. Luego de baño y boniato leo hasta las diez, cuando declaran silencio y apagan la luz del albergue. Sobresalen las notas al margen, garabatos de un número de comentaristas anónimos llenos de reproches y alabanzas, de buenas y malas preguntas; algunas líneas mejores que la parte impresa del libro. Descubro en los anónimos a unos auténticos artistas del margen. ¿Marginales, marginados, marginalistas? De regreso revenderé los libros ya leídos, probablemente al mismo vendedor. Antes dejaré mis notas sobre las notas; carta a la deriva que comenta algún principio sobre la lectura como escritura.

ↀ

La literatura nota al margen (no fuera) de la vida. Como una gran cuartilla la vida viene a ser literatura que el demiurgo dicta y el libre albedrío edita.

ↀ

Si hay demiurgo, si hay literatura, si hay vida. También dudar de la duda, porque no conoce la felicidad aquel que sólo duda.

ↀ

Los márgenes no acotan lo decible. El vacío desconoce las cuchillas de la imprenta.

ↀ

Un sueño

QTS despertó: Ha soñado ser la solitaria tortuga Jorge que corría por toda la isla; tras él, la zarpa aciaga. El vetusto corazón desbocado, la barba hirsuta tiene el molde de la de un rapsoda griego. Suda copiosamente; mayestática sopa en pijama verde olivo de rojo pompón.

Sentado en la cama QTS duda si al despertar ha gritado el guardiasamí. No parece, ya hubieran irrumpido. Es un alivio que todo permanezca en calma, que nadie asista a lo medroso de su faz enjuta. Nadie sabe qué sueño ha tenido.

Melancólico, QTS recuerda ahora como uno solo varios sueños de su vida: los de siestecita en la finca del padre en Birán, otro en torno a Dios en un colegio jesuita, cierto sobresalto feliz en la época de La colina, aquel realísimo de entrar en La Habana saludando a la gente desde un tanque, el persistente de corcel brioso cabalgando por la estepa rusa. Aquí se detiene. Un dolor lo atosiga: imagina a la muerte sentada al teclado de sus costillas. Hay notas de tocata y fuga. El escozor arremete creciente dentro de él… pero también se corre. Se calma Q.T.S con la noción común de que el cáncer no se desplaza así de fácil por el camino correcto en busca de su liberación. Este es un dolor del tipo que puede echarse afuera más fácil que a la gusanera. Eso, ir al baño, aventar la pena, ahogarla. La palabra de orden es defecar.

Apremiado, QTS se calza las pantuflas aterciopeladas compañeras del pijama verde olivo de rojo pompón. De un paso alcanza la puerta del baño. La tira que sujeta el pijama tiene ese nudo inoportuno que casi le arruina las uñas. Resuelto el nudo, pero no queda tiempo de sentirse a gusto, sabroso, desnudo como acostumbra cuando da del cuerpo. Le urge dejar libre al menos el área de salida, no quiere dejar evidencias de lavandería, su mierda es suya. Rompe el bloqueo, inspira profundo,

«Será más rápido de lo que se piensa», se dice QTS lleno de aliento. «Bastará un leve pujo». Dos, tres, cuatro pujos más… Demora. Alisios de su vientre vician la atmósfera, preconizan huracanes, barren el agua debajo, ocasionan marejadas, tímidas salpicaduras ocres en los bordes de la taza más transparente… Demora, no bastan pujos leves, se requieren medidas enérgicas. Las venas del cuello pudieran reventar manchando de sangre los azulejos de la pared. Estos pensamientos constriñen, estriñen. Relajarse es la palabra de orden.

De repente el rostro de QTS se ilumina: humo de tabaco. Hace mucho que no fuma. Las restricciones consecuentes de su pública renuncia al vicio, lo esporádico y furtivo de las bocanadas, habían convertido el humo de tabaco en laxante inigualable y secreto favorito. Con el pantalón replegado hasta los tobillos, QTS llega al escondrijo debajo de la cama, allí donde la compañera mucama no llega. Es el arca de la patria, el arca del patriarca temeroso ante la ronda de La parca. Busca al tacto; qué tenemos por acá… los pendientes de Celia, el collar de semillas de Santa Juana, una pluma de ganso del hermano, la Parabellum, la falsa cámara fotográfica aún con una bala en la recámara, una edición del Libro Guinness de los records, un grano de mostaza, la caja de fósforos con peonías… Oh, aquí está el saquito con brillantes nigerianos, el anillo de compromiso del hombre más valiente que jamás fusiló y los grados de coronel del más cobarde, una cinta magnetofónica con escándalos sexuales de dos gobernantes africanos y uno rumano, caducos todos, la fórmula variante criolla de la bomba H, fotos del *bonsái* genético de la vaca F2 que nunca envió a sus camaradas pigmeos… Se pincha Q.T.S con el colmillo de la perra Laica, se limpia la gota de sangre en un cuello Mao, acaricia el encendedor de un filósofo bizco y desliza hacia el fondo del escondrijo las cartas peligrosas de JFK y NK en el mismo sobre que sabe de Manila como el cuello de Mao. La caja de puros, al fin en sus manos, lo saca de la memoria de aquellos pasados futuros posibles del mundo en sus manos. Extrae el puro fastuoso, último en la caja, y retorna al baño. Enciende, chupa profundamente, exhala. Una niebla densa se eleva al techo, repleta las extensiones del lujoso excusado. QTS está dentro, dentro de QTS la niebla trabaja, diluye, desocupa. QTS exhala y fuera de él la niebla se agita, anuncia que el cuerpo ha dado ¡hostias!… La Gloria. A través de la niebla que se disipa QTS mira debajo. La gloria es sólida, sin hilachas, amarilla, espléndida en su flotar. QTS pasa al bidé, se purifica con maña. «Es una pena, un trabajo sucio pero no puedo fallarlo», dice en voz alta mirando de reojo a la Gloria, como si le hablara. Apunta, arroja el cabo del puro fastuoso al portento y acierta. Tira de la cadena. La Gloria enloquece en el turbio remolino de la taza más transparente, su regalo del Japón, posterior a la zafra de los diez millones, anterior a la *Glasnost*.

«Soy un corcel», repite QTS tendido en la cama. El sueño sorprende al hombre entre las sábanas transfigurado en corcel: Han descubierto petróleo bajo las celdas de una de sus villas. QTS visita el lugar y ordena gentilmente a los carceleros que ordenen amablemente a los reclusos chupar con energía por medio de largas pajillas hundidas en el yacimiento. Los reclusos no rehúsan, tampoco escupen el rostro de sus verdugos expertos en no portar máscaras ni dejar indicios de golpiza. Nada fuera de la rutina en La villa del señor. Pero el señor se amarga, presiente que alguien lo sueña del otro lado de una pared en su propio sueño. Con imágenes sobre el despertar un intruso orina las flores de su gobierno viejo de pesadillas y albores. Y Coleridge colorado, este sueño se ha callado.

∽

Magda, el socialismo en Cuba no viene a ser de índole mística, textil ni burocrático. Es que *we are all living in a yellow submarine, yellow submarine, yellow submarine...*

ᥱᥲ

«La risa es síntoma de un esfuerzo que de repente se encuentra en el vacío».

Spencer

«La risa nace de algo que se espera y que de repente se convierte en nada».

Kant

«Significa pues lo cómico, cierta imperfección del individuo o de la sociedad que impone una inmediata corrección. Esta corrección es la risa. La risa es, por tanto, un gesto colectivo con que se subrayase y reprimiese una distracción especial de los hombres y de los acontecimientos».

Bergson

ᥱᥲ

La visa es el síntoma del esfuerzo migratorio de un ser implume que de repente se encuentra en el vacío.

La visa nace de algo que se espera y que siempre se convierte en nada. Significa pues, el exilio, cierta imperfección del individuo o de la sociedad que impone una inmediata corrección. Esta corrección es la visa. La visa es, por lo tanto, un gesto colectivo con que se subrayase o reprimiese una distracción espacial de los hombres y de los acontecimientos.

Dequién

Hora de un diez. Son las once en el reloj de sol al centro del campamento. He trepado. Estoy sentado en la copa del eucalipto que marca los límites del campamento. Avisto un punto laborioso a lo lejos, entre suaves verde azules y el rojo de los surcos infinitos. El punto avanza bajo un sombrero de yarey torcido a la mambisa. Avanza más, con el mínimo de torpeza evita pisar los tubérculos. Los pechos del punto bailan tras la faz del asesino romántico impreso en negro sobre el *pullover* rojo, escapulario de su credo. Ya no es un punto sino un volumen al alcance de un salto. Otros diez volúmenes se le suman y abrevan de la pipa de agua a cubierto de mi árbol. Ella se rezaga del grupo, bebe una vez más, hace rebotar el chorro de agua en la palma de su mano, se irriga frente, rostro y largo cuello; las ropas se le mojan, una veladura de fango la cubre toda, se saca los zapatos y lava sus pies. Termina el despilfarro, se calma el charco de agua en la gravilla y la cara de la muchacha da con mi cara a contraluz. La muchacha gira y alza la cara en busca de mi rostro entre las hojas. El sol me respalda y ella se cubre el rostro con cinco o cuatro dedos. Su piel de producción europea evidencia los primeros toques mágicos del trópico. Unos volcanes diminutos en las mejillas compiten con las pecas. Jejenes.

«Enchantée», se filtra el encanto entre las ramas del árbol. Tremenda esa nariz bajo la cual Nicole La Porte, la bella, la sucia, saluda en nombre de Francia.

ℰℐ

Ahora sé que los diez vienen de la Ciudad Luz, la de infalibles desodorantes y prósperos perfumes. Los invitó el Instituto Cubano de Amistad con los Pueblos, cuyo jefe resulta el señor

Sergio Corrieri, el espía David del serial televisivo; el actor de Memorias del subdesarrollo, aquel que había «visto demasiado para ser inocente». Excepto el jefe de la brigada y otro individuo de facha asiática, hasta las mujeres lucen como el actor Gerard Depardieu. ¿Será una convención mundial de dobles de Depardieu o los invitados, como dicen, pertenecen a la nunca bien ponderada, la mera-mera parisina juventud comunista?

സ

Ahí va Nilo, naturalmente tarde para la reunión en el comedor del campamento. Se queda allí, de pie junto a la ventana, no tan a oscuras como en el justo ángulo de observar y no ser observado con facilidad desde adentro.

«...un modesto aporte que brindarán estos jóvenes a nuestra isla bloqueada por el imperio, un apoyo de fuerza moral al pueblo que defiende hoy los ideales de fraternidad, igualdad y justicia que un día inspiraron...». Inspirados por las palabras y por largos tragos de Havana Club, los camaradas de la brigada francesa movieron acompasadamente las cabezas en suaves síes durante el primer cuarto de la noche. En el siguiente cuarto ocuparon la cabecera de la mesa del comedor y consumieron su turno al habla: «En contraste con los cambios en Europa del Este, la experiencia socialista cubana es una conquista irreversible. La hermandad entre los pueblos no será aplastada por imperio alguno ni borrada por la distancia...». Unos pocos camaradas de la brigada cubana movieron las cabezas en iguales síes. Jaques Martinau alcanzaba tintes de un rojo de alizarina en las mejillas mientras oraba, como si le inundara la vergüenza de no haber nacido en la Cuba de La Revolución. Terminó con roncos vivas a la amistad entre los pueblos y alzó el puño. Ante semejante elocuencia y estilo los traductores callaron. En eso los Pornosabios asomaron llevando sábanas por túnicas. Eran césares, césares portillos de la luz que a coro entonaron «Contigo en la distancia» *a cappella*. Para coronar el bolero se llevaron los índices en gancho a la boca en O y ¡Pop!, se abrió la medianoche como triple botella de champagne. Rompió el alboroto. Las cabezas y los cuerpos de todos se movieron hacia todas partes, se mezclaron entre antojos de música electrónica, yuca con mojo, puro puro, salvajes son y ron; aunados en aromas de algo de cimarrón en eurodisco y de galo con poros destupidos por el meneo en el himeneo. A esas horas nadie hubiera visto a Nilo si se le ocurría dar un paso gigante ventana adentro y sumarse a la celebración de los pueblos o clichés de pueblo. Prefirió seguir desde afuera, con la mirada sobre Nicole hasta que la mirada de ella se acercara a la ventana y lo descubriera en la imantación. Eso les ocurrió en el cuarto tercero de la noche, cuando ambos traductores, ebrios como cubas, salieron del comedor seguidos por ambas brigadas a revolcarse en el cieno, bajo el chorro de agua fría del abrevadero y la mirada de todos. Los traductores cantaban a Edith Piaf sin acento, de modo que la traicionaban y nadie les entendía. «La vía en goce…» patinaba y patinaba. Se trabaron las lenguas de los traductores y el campamento fue Babel hecha trencito de humanité, carroza de licores y pasteles finos, de cuerpos ensartados, confundidos, girando en torno al reloj de sol bajo la luna. Entrando la Guantanamera por un lado en el cuarto final de la noche, por el punto opuesto Nicole y Nilo de la mano escaparon hacia los surcos, a donde las papas prohibidas del astro rey. Los ha visto la espía redonda de los altos, la de rostro de merengue y catalejo, más cierta y viva que las conquistas astrales de las revoluciones.

༺༻

Gema de idea dejar de fumar. No más alentar la mortalidad de células claves en este compás con que respiro. Quiero pensar que me importa durar y proseguir con el fluir de mis sedimentos, que algún respeto conservo por la justa densidad de mi agregado. Mañana, otro día perfecto para el pez que sabe barquear, pez barco cenar del Sena y discernir entre obrar para el astro rey y otro elogio de la pereza.

⁏

Se dice que un grupo de salseros escandinavos del campamento vecino vendrá con su música esta noche a deleitarnos. Una vikinga metamórfica descongelará un tramo de cintura a punta de punto guajiro. Sonrientes en el apogeo, como santos padres de leyendas, los tíos de campo mascarán tabaco mirando el futuro. El punto hijo de alguno de los tíos querrá un invierno eterno junto a ella, hija de Odín, bailarina de un Tropicana bajo cero. Escandinava de aviación. Mulaticos en la nieve. La guerra de los gorriones.

⁏

DEFECTOLOGIA DE LA ESCRITURA

a Virgilio, el miedoso valiente

En un país, durante un tiempo mágico, sus habitantes nacían, se multiplicaban y morían en calamidades, a manos de sus guías en ocaso, bajo plumas y plomos que estrujaban sus destinos en nombre de nuevas utopías. En ese país volverán a nacer y a morir los puros imperfectos hasta que la escritura de donde han nacido pare de ordenar la perfección de todos los destinos bajo sus manos o sombras de sus manos.

∾

Pornosabio I: Todo turista lo es por su apetencia exótica.

Pornosabio II: Por salud, aquel viene a bañarse con Rompe Saragüey, fangos y aguas de azufre; por placer, el otro desciende en auto por la avenida donde sabe que lo aguardan jóvenes de facciones típicas con velludos cartabones imantados bajo los vestidos típicos.

Pornosabio III: Cuéntame del turista político, el tipo aquel de los ideales que va tras las ideales, dado al abuso de grandes palabras bajo las que encubre el ensarte, la colección de orgasmos que vino a procurarse mande quien mande.

∾

No es así Nicole sino de una especie rara. Ella parece huir de las palabras, al menos de las kilométricas, densas, superpobladas. Escucha con animal sordera, con aquel silencio devastador para quien lo escucha. Pasan dos horas. Lo pienso otra vez y ahora creo que no: diríase que su silencio construye: El lenguaje es la revelación primera de cuán lejos andamos de las cosas en sí. Desaparecerá el lenguaje cuando otro modo de aprehender las cosas ocupe su lugar. ¿Será ese modo el silencio mismo?
Pasa un día, es difícil decir: una reportera del canal Cuba Visión sorprende a Nicole en plena faena agrícola. En surcos vecinos la acompañan Ahínco y Tesón, héroes del trabajo, millonarios ejemplares de El Proceso. Me encontró a cuatro pasos de la muchacha; la veo, la escucho. Desgreñada, maculada por la tierra, ella levanta su pamela de yarey y se enjuga el sudor de la frente. La reportera pregunta sobre los motivos de su viaje,

su inspiración. Nicole demora un suspiro, mueve la cabeza en suave sí y pronuncia gustosa las kilométricas.

∞

Segundos para la hora del silencio en el albergue. Me embalsamo entre las sábanas, apagan la luz y quedo yerto bajo el mosquitero (sarcófago blanco de género sutil), cubierto por largas y onduladas tejas de fibrocemento. Apagan. Hace frío en la noche y en los huesos. A dos literas escucho los ronquidos inconfundibles del Chutemas en su escafandra; a cinco o seis literas, el cuchicheo de los Pornosabios. Pasa una hora o dos… me debo un reloj. Afuera, en el albergue tremendo de la noche, escucho la fauna de la intemperie, los esquivos de la luz. Aquí me quedo, alerta a los ojillos fosforescentes entre mosquitero y techo, en la doble oscuridad. Ha de ser el lobo ubicuo que llevo impreso en la retina con ayuda del bueno, el malo y el horrible cine de horror americano. Cambio de influjo, atiendo el aroma de eucalipto que franquea las tablas sueltas que dan a mi cabecera. Me animo, los arabescos del aroma me llevan por los aires. Sábana en mano voy colgado del aroma a poca altura de la piedra y del polvo de piedra; despierto y estoy junto a Nicole, sentado en la cara oculta del árbol. Hojas del árbol reciben el vapor del cocimiento de hojas del mismo árbol. Ella mira a la luna y bebe. Cocimiento. Conocimiento. Yo bebo y anticipo interminables eclipses de Nicole saltándome encima como sólo ella. «Mi medicina eres tú», nos decimos con el pensamiento. No sudamos y ya sudamos. Entre las raíces del árbol extiendo la sábana y sobre ellas floto hasta mi París en Artemisa y que nos echen los galos por algo. Ella me extiende una cajita ilustrada con un caballo de madera y un gentilicio de ciudad griega, y otra, con mariposa azul chinesca, de amantes bajo la luna. Ser cautos para ser libres. Coger cajita.

Nadie ama dos veces bajo el mismo árbol.

Eucalipto

❧

LICANTRÓPICA

Anoche escuché aullidos, no junto a Nicole sino después, una vez solo bajo el árbol: El hombre lobo del hombre. El hombre hombre del hombre. El lobo hombre del lobo. El hombre del lobo bolo. El hombre bobo del bolo. El hombre lobo bolo.

❧

Era sábado, un sábado lento. La luz de la primera estrella horadaba una teja, revelaba nicotínicas nebulosas en el interior del albergue. Deseaba ver a Magda agigantarse en la nebulosa, al volante del navescowich interplanetario; quería escuchar el ruido de las gomas en las gravillas de la entrada, la bocina en la oscuridad. Me pareció haber deseado aquello antes, deslizarme al *déjà vu*. Según teorías rusas no hay tales reminiscencias, Platón era poco más que un poeta y yo un individuo, uno descuartizado entre el pensar, el ser y el tiempo en los surcos. Mis deseos de Magda falsificaban la percepción pasando por recuerdo para establecerse como ciertos. O mi nostalgia por Lola se confabulaba con lo más recalcitrante de mis hormonas para hacerme creer que algo vecino del amor podía provenir realmente de Magda. Era verdad en parte, me dolía la espalda pero entonces no pensé en Dolores; pensaba en eclipses de Nicole, otra vez en cierta cita sobre el tiempo y los amantes y sobre las citas en sí. Le dije al japonés parisino durmiente a mi lado que Nosequién era el último hombre y la noche de Babel el fin de la historia. Hoy sé que el de almendrados ojos no dormía.

Ꮫ

Aseveración

Un diario sin fecha no es un diario, sino el producto alquímico más próximo al verbo nilar: evidencia individual en La desenvoltura absoluta de la hipertelia nacional.

2.

Ahí estaba. Las piernas extendidas cruzándose en los tobillos, acurrucadas las manos entre los muslos y la mirada fija en la puntera raída de las Centauro, coloradas todavía por la tierra del campamento. Sentado así era fácil la operación de encapullar su cuerpo en una alfombra, arrojarlo en el maletero de un auto y luego al Quibú. Más río dentro del río.

El camarero dio tres pasos hacia el Nilo con las manos detrás como prudente velador de museo.

—¿Desea consumir algo? —preguntó el hombre con suspicacia de expendedor acaudalado.

—No —respondió Nilo—, espero a una amiga.

—El área de espera es afuera.

—Ah.

El seguroso de la puerta siguió a Nilo con la mirada hasta la salida. Ya lo había hecho antes, a la entrada, cuando el sésamo de cristal se abrió al paso de la francesa y el hombre convidó adentro con un collar de perlas en la sonrisa para ella y rayos Röttgen para los braidlocks polvorientos de Nilo.

—¿Puedo servirle en algo?

—Espero… —le interrumpió un índice de pulida uña registrando a un punto matemático más allá de donde la vista alcanzaba, sobre la cúpula de la heladería, entre sus mangles y manteles de cuadros sobre las mesas de hierro negras, u al otro lado, hacia la pizzería La red…

—El área de espera es afuera.

Afuera de qué. Los veinticinco pisos del Hotel Habana Libre ya estaban a las espaldas de Nilo. La molicie albiceleste de largos balcones solitarios quedaba atrás y Nicole adentro, allá por la esquinada cero tres del veinticuatro, buscando cámaras y rollos fotográficos entre nómadas maletas que viajaban por primera vez a Cuba. ¿Cómo explicarle a Nicole el «afuera» aquel en boca de camareros y porteros tan solícitos con ella? El adverbio terminaba en era, como «frontera» pero más cerca del sentido de exclusividad foránea y profilaxis contra el proletariado. Hubiera necesitado un dominio de la lengua francesa para el cual no cumplían las ripiadas lecciones de escuelitas nocturnas de municipio. Ella hablaba un inglés precario y poco se le daba el lazo romance de su lengua con el castellano. Ya había sido difícil evadir el convite a la habitación (arriba) y explicarle que prefería esperarla en el bar, a un costado del vestíbulo (abajo). Exactamente afuera.

Como «afuera» podía ser en cualquier parte, Nilo escogió el murito en la acera de enfrente, junto a la librería de veintitrés y L. En la fachada había pintada una columna donde rezaba la frase «LEER ES LA FUERZA». Sufrió el contagio y recordó el diccionario Español-Francés en la mochila. Esperar: ¿era *atandre* o *atander*? Zafaba el nudo de la mochila cuando Jacques Martinau se dibujó en la puerta de la librería al lado de la columna gráficamente en llamas. Hubo saludos, expresiones de calor en pleno enero. Si era posible, por favor, Jacques Martinau avisara a Nicole que allí la esperaba Nilo. *Bien sur, avec plaisir*, y algo como una despedida que debía equivaler en castellano al no perderse de vista, no perder la vista, vivir en Buenavista, acudir al oculista…

Con un poco de suerte, Martinau encontraba a Nicole. Podía ocurrir, debía ocurrir. Desde el principio a Nilo le había parecido un tipo hábil: por ser el jefe de la brigada francesa y porque los jefes son jefes aunque anden en cueros en materia de librerías en La Habana. Llevaba Jacques un rostro que se alejaba en sus detalles del resto de los Depardieu de la brigada y del de almendrados ojos, claro está; tenía mucho menos de Cipriano de Bregerac o Cristóbal Colón y más de Pinocho y del Jacques Martinau que Nilo conocía del texto de la escuela de idiomas. ¿Era un arquetipo humano de aquel rincón del mundo el Martinau del texto? El francés concreto no se decidía a cruzar L y a esa cubana no le importaba si el tipo era el mismísimo Luis XV, Napoleón o Robespierre.

–¡Pepe! –lo llamó con un susurro–. Diez y vas en coche.

El susurro era como un hechizo porque estiró un par de veces los dedos de una mano ante el rostro de Martinau. Recuperado del golpe de encanto de aquella cochera imposible y de la anticipación de algo venéreo, el comunista de La ciudad luz sacudió la greña con amabilidad y cruzó la calle en franca adivinanza de la roja guiñando en el semáforo. Hábil en el manejo de los menosprecios de su oficio, la joven giró y caminó hacia Nilo haciendo sonar los tacones con pasos largos, calzados por medias negras caladas y tacones altos como zancos de charol.

–¿Es tuyo el pepe Depardieu, mulato?

–¿El Pepe?

–El pepe, mulato; el P-P –repitió ella–. ¿Quién es el pepe, tú o él? Ellos no entienden nada, no quieren entender o no recuerdan. Tú no te hagas el sueco, ¿bien?

–No.

–¿No eres sueco o no es tuyo el pepe Depardieu?

Nilo demoró un poco. En escorzo, vista desde del murito por asiento, lucía inmensa. Tenía las piernas largas, desmesuradamente largas, como si le brotaran de las axilas. Llevaba un tocado de trenzas iguales que se bifurcaban sobre las noches desbordantes de sus pechos. Los cabellos trenzados eran lacios y brillantes y en el entronque de la raíz se adivinaba el sacrificio de blanquísimas plásticas muñecas. Lo ajustado del vestido negro impedía saber dónde comenzaba la piel.

A través del triángulo que armaba la mano en reposo sobre la cadera, Nilo observó el reticulado de los balcones azules del hotel.

—No ruego, no es mío ni le pertenezco, es sólo el comienzo de una bella amistad.

—¡Ah, con que noruego! —dijo ella y sonrió dejando asomar por el resquicio de sus labios morados unos dientes parejos y de un blanco inexistente—. Muy buen pescado.

—Mejor me voy —dijo Nilo y comenzó a incorporarse. Ella lo detuvo con rápido movimiento del brazo y una ligera presión de las uñas sobre el hombro.

—Quédate, mulato —le pidió ella—, hay pepes para todos, llegan en manadas, por paquetes, ah.

—Paquetes de Cuantums.

—De cuantos sean, no tienes que saber tanto.

—¿Y tú cómo te llamas, mi reina? —se apresuró Nilo al descubrir los barridos de ojos pescadores sobre las cuatro esquinas.

—Soy Lucía, mulato —casi gritó ella antes de perderse Rampa abajo en su rodada tras un nuevo sujeto de andar desubicado, judío neoyorquino errante en el Vedado, poco ortodoxo tal vez—. ¡Qué te aproveche el Pepe Depardieu, pero, por dios, arréglate ese pelo, ah!

Nilo la vio alejarse, doblando a la izquierda igual a una pintura de Reindhart que se hundiera en veintitrés, el negro veintitrés. Caminaba segura de su oscuridad brillante y de la geometría, haragana para con la historia y la geografía, con pesado y largo paso, paso de conga cansada de tanto andar en zancos.

Pepes. No importaba que Martinau hubiera nacido en París. En la jerga de los noventa, la condición foránea prometía acurrucarse en único apelativo: Pepe; ente de mil caras forrado en monedas prohibidas, rosado, gigante y fornicador. Pepetaire, Pepelaire, Pepeproust y ahora Pepe de Dios acaballados bajo caderas de jóvenes cubanas. Jineteras en la nueva nomenclatura porque llamarlas simplemente putas era despectivo, depresivo, habla obsoleta de chulos y putas de vieja escuela, la republicana mecánica nacional. No era importante (o sí, pero hábilmente escamoteada su importancia) que se hablara del oficio más viejo del mundo. ¿Las SS, la KGB, el FBI, la Scotland Yard, la Interpol o el G2 qué podían tener en contra de orgasmos plenos, *sans frontier*, ajenos al escrutinio de las narices de banqueros, traficantes, políticos y dignatarios? ¿Qué dignidad reprochar al cama-arada Ivanovich si su cremallera revienta de mirar a la última de cuatro generaciones de Lucías; lo mismo en barra del hotel Habana Libre, escuela al campo o suburbios de intramuros? Habana y Libertad pueden ser palabras duras de aunar con tanto bacilo y vacilón dados a la vacilación, a la espera de un impulso externo, clavados en la rutina, desde la retina hasta la rabadilla, cada vez más lejos de la elección consciente que deja ver la diferencia entre la maestría física del hacer el pan y el acto trascendente de amar, *la différence*. Poco a poco la confusión ganaba cuerpo en la indiferencia, un cuerpo sensual autóctono y remunerable a corto plazo, a único plazo. ¿Quién paga las autonomías de un individuo en relación al omnipotente Estado de un pequeño país, y este en relación al hambre de inocencia de una potencia extranjera? Tácita la perspectiva del Estado: Por medio de aquella gente lubricante la divisa penetraba y quedaba en el país. «Sí —reprocha el Estado—, en el país pero no en las arcas del Estado, único agente capaz de optimizar hasta la última rupia de los paisanos». De modo que, en tal estado de cosas, la impugnación de los cacos-falos provistos de bolsas y antifaces más o menos peludos, eréctiles, contráctiles ayudaba a encubrir la raíz sistémica de la descomposición. Era menester echarles de los hoteles estelares y de las mejores playas. ¿A dónde? Afuera, porque manchaban el exiguo capital del pueblo con el jugo maloliente de los sexos. *La différence*, el abismo entre el carné de identidad y la identidad de la carne ¿Cómo explicarle al portero local inmediato que se trataba aquí de un caso cándido, de pura empatía de otredades? ¿Era creíble para el guardametas una atracción mutua sincera, una diplomacia existenciaria que nada tenía que ver con la precariedad material del oriundo y el oro de la extranjera? Simultáneamente, o casi, ¿por qué no aceptar las dádivas de primer mundo, dejar que las Centauros boquiabiertas de producción nacional mutaran en zapatos deportivos menos bestiales, aquellos inasibles tras las cortinas de la vidriera al otro lado de la calle? Ah, con sólo decir «ji»… Mitad persona, mitad bestia, para un sagitario calzar Centauros siempre le pareció una redundancia, la de alguien en cuyas botas no le agraciaba andar. Dudar, poner la *différence* y cuestiones de la putería socialista aparte. Fluir sin detenimientos o sentarse en el puente y hurtar con larga caña los peces dormidos que nadan debajo, en el jugo maloliente y turbio, despertarlos…. O cortase la mitad sobrante, o tragarse un desodorante, ¿O qué? Alzarse. Alzarse al menos en dos patas y apuntar con cada flecha en la aljaba a un lugar todavía más alto que un no-lugar, tal vez. Alucinilo de Nitrato.

Clic

—¡Allons, monsieur Riviere! —la voz de Nicole asomando tras el ruidito de su Canon—. J'ai penseé que t'avais volé.

Voler: ¿Era robar o volar?

Ella estrujó y lanzó a la Rampa (a la trampa) el derecho a turi-taxi. Nilo no estuvo de acuerdo con la extravagancia. Pero ella insistió, enarbolaba su derecho a *l'aventure* del transporte urbano; eran sus ganas de piel y sudor de otredad otra vez, de los aromas del subdesarrollo, ese vaho de utopía en desenvolvimiento. Hora de rutas noventa y ocho, treinta y cuatro, veintidós; números terroríficos para el *penser* del insular saturado de masividad.

La tarde debía acabar en fotos de cuadros pintados por el Nagüe Armando, guardados en el apartamento de Nilo. Durante los días de trabajo en el campo acordaron que la Bienal de la Habana demoraba un poco y a lo peor el traficante, mecenas, coleccionista, acaparador, especulador, filántropo u alguna combinación de lo anterior tardaba. No debía descartarse que antes otro manipulador cualquiera comprara los cuadros en el marco de la temporada. Acaso la francesa quedara fascinada al verlos y de regreso persuadía por lo menos a un pequeño parisién medio amigo de la familia, a Enrique de Lagardère tal vez. Si las cosas marchaban con botas rusas, el Nagüe Armando se largaba del Instituto y listo. Claro que el carajo valía igual que una suerte de ingreso al concierto de pintores errantes nacidos en Cuba, colgando telas en todo el orbe, en cada palo mayor el nombre de la patria, mareados y mareando con la entelequia, engordando currículo y culo, diciendo a todos que Cuba O.K, eternos becados de la patria en estertor, cubanos traficantes de cubanía en pos del pan, el pan nuestro detrás de cada teoría de cubanidad.

3.

La tarde se rehusaba morir. Había que derribarla con tragos de ron. No quedaban ron en el bar ni en la despensa; entre otras cosas porque jamás existieron bares o despensas en los haberes del apartamento. Mala escasez, malo el reguero. ¿Aceptaría la francesa alcohol de farmacia con rica limonada socialista?

Romper el hielo, derretir el bloqueo, aflojar cintas y lazos. Nilo resolvería la alquimia mientras Nicole quedaba en casa. De regreso traía en una mano la botella con líquido verde pálido. Atenazadas en los dedos de la otra portaba finas copas de champán de origen Lógicus, amante del cine francés.

Nicole hizo una mueca luego del primer trago, la profana mueca de quien nunca probó licor semejante. Nilo derramó un poco en el suelo.

–Tu fais bien –dijo ella mientras se limpiaba los labios–, personne bois ça.

Con su *minimal* francés contó Nilo la costumbre de escanciar aguardiente en ofrenda a los santos al asecho, verdugos implacables de las irreverencias. Ella gustó del cuento, bebió un trago largo y reciprocó: Nicole no había nacido en París sino en la Ciudad de *Saint Ours* en los bajos Pirineos. La casa de sus padres no quedaba lejos de la famosa piedra fálica contra la cual muchachas de todo el país han ido por generaciones a frotar sus sexos mientras ruegan por un buen amante. En vísperas de la partida hacia Cuba, Nicole había visitado la piedra. Comenzaron las fotografías y mucho más bebieron los dos. A lo lejos el sol escondía su afro jabado tras la chimenea del Central Toledo, entresacaba silueta de cañas y hombres anodinos que no pintaría Pogolotti. En el interior del apartamento el flash iluminaba las paredes y Nilo descubría relámpagos de antaño, aboliciones de sombras, el cuarto rojo, las formas surgiendo de papeles blancos. Se preguntaba por aquella mañana de mayo cuando el rey del clic, padre suyo, se marchó. ¿Qué lugares llenaban ahora las figuras de los otros que partieron dejando nada más sus planas formas siamesas amarilleándose en los polvos de un cajón bajo la cama? Sobre la cama yacía la hija de Las Galias harta de arrojar luces a santos y vírgenes de yeso, mirando el techo girar, girando desnuda ya; milagro frutal que el socialismo le ofrenda sin querer a Nilo. Descascarada, descarada ella, abierta sobre las sábanas; la fronda del centro sin jardinerías, breve y hondo el ojo del vientre, los túrgidos pechos ciegos por el esplendor del flúor, remedo de la luna bucólica. Ni siquiera tanta nariz Depardieu saboteaba la promesa de terremoto en el gesticular sin ton ni son de la extranjera. O el ton y el son vibraban en todo el cuarto pero sólo para ella en su danza privada de sentido para el estancado Nilo. Quién era el negro allí, a quién concedían el trance, la danza, la vena tribal directa. Igual, no era cómico, parecía imposible funcionar, abalanzarse y funcionar en el trayecto que lleva a la piel. Tal vez sobraba alcohol o faltaba ese ardor que antes propiciaron las sombras. Pero, a ver, por qué incumplir el salto, por qué pensar «por qué», si la tabla acogía toda *tableaux*. La libertad conduciendo al Nilo; la bañera, la carta y la pluma; la guillotina, el tercer estamento y la decepción; un campo de girasoles, locura del aguarrás sin mujer, oreja, amigo ni almuerzo; la Biblia, un disparo, la muerte; la muela, la bolsa mundial, millones, un banco en Japón…

Era domingo y tablamagda estaba por sonar la bocina del auto desde la calle. No importaba, en algún rincón de la ocre pirámide blanda, en algún pergamino neuronal, circulaban las palabras acerca del tiempo absoluto del amante que traiciona; palabras del ciego preferido de Dolores la muerta, la muerta preferida de Magda, ella, LA bemol, sol sostenido, nota rasgada y perdida entre los pliegues de la tarde casi ocaso, cadáver del que comía hambrienta la primera estrella. Sobre las ocho, según el cronómetro interno del cerdo de Lógicus con sus gritos a través de las grietas en la pared. Gritos casi humanos, como alaridos de muerte violenta. Imposible el singart sin virtud, como cosa en sí.

«Auhourd'hui elle es morte», pensó Nilo en alta voz. Dios y Marx sabían que «elle» era Dolores. ¡Fuera manos de los pechos de Lola mulatona, Delacroix! Lola, nada helénica con sus bembas pero seguida por grandes masas que se comió la tierra, el país, la nación, la patrie et ses enfants. Castellano a pulso porque a estas horas nada más en su lengua de cuna Nilo podía comentar los rumbos de su nación y su vida, los entreverados de épocas pretéritas y por venir. En el rostro de Nicole se dibujaban los signos universales del escuchar con devoción. Y la devoción era desnudez paralela a la del joven, a su paisaje de planicies bronceadas, regias penínsulas, rugosos mogotes y apacible pico. Así, con aquellas ganas de ver la leche correr, el galo ser amnícola no entendería en lengua alguna que quizás un bardo de su tierra estaba en lo cierto y desde hacía mucho ya no estábamos en el mundo; los cubanos, menos. En lugar del mundo quedaban las finas, largas, pecosas manos de un hombre otrora reverberante y lúcido, ahora chocho y pertinaz del todo indiferente al ocaso de los paraísos menguados. Y sí, blonda de mil ensueños, una versión terrestre del paraíso se había insinuado ahí, o al menos «ahí» habíamos aprendido a creerlo. Poco a poco, mientras nada humildes carniceros engordaban y esqueléticos profesores de estética se peleaban en las colas del panecillo de la cuota, iba restando la mínima porción de lo posible más allá de lo deseable o creíble. El devenir del mundo le sacaba la escalera a los pintores del cielo. El cielo que se iba a caer y el Diseñador en Jefe no lo quería saber. ¿Qué pasaría con los abrigados de la Gran Camisa, los que gastaron la vida entera en la precariedad de tramarla? Acaso les tocaba a los más jóvenes descreer de oficio, desaprender la historia contada en la TV y en las aulas; desaprender, arar y cultivar la mente sobre lo lavado años antes de nacer. Desmangar la camisa. Restaurar el fresco. Atravesar la cúpula. Copular hasta salir por el techo… Aún no podía decirse, blonda de las hondas alegrías, se averiguaba. Cualquier respuesta tenía que ver con *nosotros*, todos los que aquí nacíamos: los que aquí quedábamos rayando el disco y los que de aquí salíamos a comerse y ser comidos por el mundo. Cualquier futuro debía contar con los agujeros en la capa de ozono, el verde del Amazonas y los sudores de esta mórbida urdimbre de detectives de tanta evidencia privados, y por escueto decreto regidos, en la hipertelia de su identidad nacional. Detectives multicolores implicados en una conga que arrollaba los pensamientos Cielo y Devenir. La mínima porción, servida en la mesa, sobre platos mosqueados por filósofos de la oportunidad y pensadores estomacales cuya aptitud para el sacrificio se ajustaba al comestible del día. Sólo se precisaba repensar quién y en virtud de qué presente alguien pudiera hablar en nombre de los otros al decir «nosotros». Democracia, abusado vocablo de los soliloquios políticos...

Nilo enderezó un vello nacido en las inmediaciones de la árida y pálida ingle. El dorado anacoreta se quejó. Sintiendo los latidos de una lubricidad perentoria Laporte quedó abierta. Sus labios besaron las mucosidades del mulato por fin tranquilas, sobrevolaron rasantes la extensión lampiña del paisaje para bombardear con lenguados la zona de mogotes rugosos y el pico todavía lacio. No sin cierto pánico Nilo contemplaba el festín de Nicole: en un arrebato *gourmet*, en un «sí» fuera de lugar, aquella nariz podía decapitar su hombría. En algún instante de Las mil y una noches, Anónimo definía la vida como vuelo de abejorros sobre la nariz de Nicole. En el techo, entre el tubo de luz y la mancha de la chismosa, en aquel espacio donde los Pornosabios hubieran preferido espejos, Nilo vio aparecer el rompecabezas de su diosa de amar, su arquetipo de hembra con todo el cableado al aire. En un palmo de concreto repintado, él podía, sin mover un dedo, hojear el manual de su Frankestein del deseo, al detalle sus planos y resortes; una ilustración tras otra, la temperatura de los colores según las pieles y el olor de sus cuellos y cabellos. Mapa de su tesoro sin final, del intrincado ensamblaje de cánones que disparan la cosquilla fundamental.

Mirando al techo el estudiante dejó a Nicole obrar a boca llena, hacer gala de nulo escrúpulo para con su duro gorro frigio ya púrpura.

La botella sobre la mesa dejaba ver los restos del brebaje en su interior con el ademán de los vencedores; había demostrado sus poderes y los bebedores no avanzarían otro sorbo, ni con la melancolía más poderosa del mundo. Entre botella, vasos y marcas circulares del licor yacían Victoria's Secrets rezumados y rollos de Kodaks para revelar. La dueña yacía con el rostro contra la pared, vencida por el alcohol y el atracón seminal. Nilo sonrió, supo que sonreía al ver la sombra ondulante de su mejilla sobre la mejilla dormida de la mujer. Toda la habitación parecía sonreír, las mejillas de cada objeto se mecían y ondulaban en la irrealidad del cuarto. Por medio del sueño Nilo intentó escapar del mareo y poner fin a la ilusión. Cerró los ojos y se dispuso a dormir, pero el entrechocar distante de las fichas de un dominó quebraba la paz, propiciaba mayor mareo. Mientras el sueño no asistiera debía escoger: pasaba la noche descubriendo los pliegues, intersticios, protuberancias y muecas oníricas de Nicole o leía hasta rendir los ojos por cansancio. Visitó las notas escritas en el campo. Resolvió al fin leerse a sí mismo comenzó por el último capítulo:

En el manglar el hombre asegura los amarres de la balsa. Sobre la arena el joven otea el horizonte en dirección del punto donde las embarcaciones guardacostas deben cruzarse. En poco tiempo la noche de luna nueva caerá sobre la playa y la luz de un cigarro llamará la atención a gran distancia. El joven se apresura a fumar, toma la cajetilla de Populares con el último ocupante trabado en una esquina. Su dedo índice tantea en el vacío, como la zarpa del depredador ensancha el tronco hueco de un árbol tras el sustento del día. El animalejo tiembla, se resiste a capitular y lucha contra el miedo que le trae la idea del cambio, la materia de sus componentes súbitamente modificada. Con análogo temblor el joven se pregunta si hay un más allá cierto del otro lado del mar donde su escritura viva. Madre, amigos y amores quedarán de este lado indefinidamente. El estudiante ha dejado atrás A dónde, al menos su papelería; habrá de graduarse provisionalmente de viajero, sobrevivir con maestría, hacer el cuento para hacer el cuento. Noventa millas de mar son apenas un charco. Qué importa aquí o allá si al fin todos los charcos son redondos y luego de atravesarlos nada más se ha cambiado de orilla. Se sabe que bajo los océanos las islas se juntan. Lo que mata de quedarse es sentir el descojonante paso del tiempo sobre la escasez de las alternativas. De partir, lo que alienta es la renuncia al ámbito que oprime entre lo vedado y lo impuesto en cada movimiento. Ahora el joven piensa que su cigarro piensa que es un animal que recuerda: «la anticipación de la muerte es peor que la muerte misma», y por ello no le importa la amplitud de charcos, garras, uñas o pezuñas; sólo quiere acabar con la espera estéril. En ese borde del pánico una multitud de ojillos ancestrales brillan en la penumbra del tronco, palmotean y le instan a soportar. Así el animal sabe que no se rendirá; le ocurre un mal sueño que puede acabar cualquier día, en cualquier momento. Hay tantas maneras de despertar como sueños de valentía para emprenderlo viva el soñador.

Desde el manglar el hombre experto en marinerías, advierte al joven la importancia de la cautela, cómo seguir los pasos de la partida con todo rigor. El joven asiente con la cabeza y deshace de un tirón la caja. El animal emerge de la pesadilla. El cigarro imagina el fuego atacándole por un extremo y del otro la chupada nerviosa que inicia el fin. Sobrecoge la inminencia del salto pero salva la esperanza de saberse último: su presencia, su sola presencia ante los camaradas finados en la arena, lo hacen sentimentalmente infumable. El Joven amasa con detenimiento el último cilindro de la última tarde en Cuba. Mientras el fuego llega cilindro y estudiante gozarán con fruición indecible. Como el último beso despide a los amantes del último tango en París, como la última bala observa la pálida sien que asedian indios de Hollywood; todos gozarán como todas las cosas últimas que las personas miran por el largavistas de una lágrima…

Nilo apartó la vista del texto, practicó con éxito vedejas anulares e hizo saltar el cabo real por la persiana. El cabo cayó en un patio vecino y estuvo ardiendo hasta el fin; cuando, envuelto por el soplo de la madrugada, el efluvio azulado de su alma real se elevó a los cielos de la ciudad en real penumbra.

El pasaje se encrespaba en su digresión y apenas clarificaba la instancia en las figuras. Nudos sobre nudos. Sentía Nilo haber escrito aquello con la cabeza de penas embalsamada y luego no tuvo el gusto de estrujarlo. Lo estrujaría mañana, ahora el sueño regresaba como una burla y pudiera hacerle estrujar lo equivocado. Cómo explicarle a un editor cualquiera que ese libro en sus manos no es *A dónde* sino el otro, el estrujado, aquel de las tantas líneas fallidas exactas que no verán los plomos ni la luz de los días. Tal vez no era menester tachar demasiado sino leerlo de otro modo. ~~Quién quiere ser intachable.~~

El alba se insinuaba por las persianas entreabiertas alentando el rápido ajustarse a la cama cuando de repente un miasma indefinible, una especie de pedo monumental y persistente colmó el apartamento registrándolo todo: Lamía las pieles, combatía a brazo partido con el aroma de manzanas en las pelusas de la francesa y remontaba adenoides en busca de náuseas recónditas. Nicole despertó jurando que algo del tamaño de un niño pequeño había saltado de la taza del baño y echado a correr por el cuarto para esconderse detrás del armario. «Jaune et gros, je suis sureé», Nilo creyó que era la ocasión de sumirla en narraciones espeluznantes sobre güijes escatológicos abundantes en el territorio. Sobrevino la piedad y ejerció el consuelo: los seres malévolos eran xenófobos todos pero no se atreverían con él junto a ella. El hedor se debía a la cachaza. No era la primera vez que los vómitos del central azucarero hacían estragos en el vecindario. Por una razón molecular lo que se huele ya es parte de uno, viaja en la sangre, matiza la epidermis, tonifica los músculos, enfatiza los gestos…Era mejor no hacer caso y dormir.

A la mañana los despertó un alarido de sirenas. Pocas veces el Manuel Martínez Prieto había conseguido incluirse entre los primeros centrales azucareros del país en sobrecumplir por adelantado los planes de molienda de todo el año. Habría fiesta: La Administración del Central, en coordinación con la Empresa Gastronómica del municipio Boyeros, proveerían a los obreros con cinco hectolitros de cerveza. Pero antes decenas de criollos iban a escuchar las palabras de estímulo, aprobarían los nuevos compromisos para la molienda entrante y serían muy felices todo el día y también a la noche, deglutiendo nada frente a la TV, inmersos en lo más profundo de un novelón brasileño. Líquido el pan, diferido el circo.

☙

Las clases se reanudaban. Nilo debía regresar al Instituto y la francesa a redimirse con los compatriotas del grupo. A la semana ella regresó al apartamento. Había estado en Varadero y era lamentable que él no hubiera estado allí con ella. Nilo escuchaba caer al suelo los pedazos del silencio constructivo de la francesa. La idea del verde caimán como último reducto de una modernidad aviesa y exhausta emergía chorreante de las aguas más tibias y cristalinas, andaba bajo el sol más benévolo, sobre la arena más fina, entre los más jocosos nativos que ojos humanos hubieran visto jamás en metarelato alguno.

Debía despedirla en el aeropuerto. Se llevaba transparencias de pinturas del Nagüe Armando, seguro iban a gustar y era lo más probable que en el siguiente enero los cuadros colgaran en París. Por favor escribiera; ella no olvidaba nunca, palabra tenía.

La miraba agitar el sombrero de yarey desde la escalerilla del avión. No estaba seguro de haberle contado cómo debía lo del «azúcar para crecer». Ella regresaba a La ciudad luz, la de infalibles desodorante y prósperos perfumes. Se marchaba sin saber cuán alabadas pueden ser las pestes si eternizan el fulgor de las últimas glorias.

Nilo regresó a casa en guagua. Desde la ventanilla vio encenderse las primeras luces de la avenida Boyeros. A cada lado de la carretera, las casuchas mejoradas del antiguo batey parecían respirar el aliento azucarado del crepúsculo. Abriéndose paso entre los dedos rosáceos del cielo, la noche abrió sus nalgas, el pedo monumental brotó en silencio, batió las alas sobre los techos cubiertos por la nevada negra. El graznido de un pájaro intangible invadió corazones en la vecindad:

Oled hijos, oled
Que la patria os contempla orgullosa
No temáis una peste gloriosa
Que apestar por la patria es vivir

VI

La llovizna había cesado y el sol irrumpió entre las nubes como si nada. Otra vez la luz, otra vez los pájaros.

El segundo turno de la tarde quedaba libre, vacío de ducha conferencista de arte cubano. Desde el balcón, camuflado por enredaderas de cundeamor que trepaban por los cables de antenas, Nilo asistía a la llegada del Chutemas al jardín de la facultad. El hombre había parqueado la moto y hacía malabares sobre los pocos terrones de suelo firme en el lodazal, se movía hábilmente sin perjuicio de sus mocasines. Se dispuso a escoger flores para un ramo salvaje. Mostraba su rigor sobre naturaleza muerta, más bien la mataba y acomodaba para los ojos de Aurora. ¡Amada Aurora, vida nueva que lo esperaba en un banco! Se debatió entre dos marpacíficos formidables y un trío de rosas rojas. Debió escoger los primeros para amortiguar su destino pero se quedó con las rosas. Agregó una mariposa en tránsito de marchitarse, flores de romerillo y terminó ensalzándolas a todas entre nervios de muralla. Parado en puntillas escudriñó el jardín, execró al cretino del jardinero por no plantar gardenias, suspiró y el suspiro hizo volar del ramo salvaje unos pétalos mansos sobre el fango. Se encogió de hombros y observó de soslayo que el ramo estaba lo bastante crecido como para merecer a Aurora. Era un doblar de esquina del edificio y ella estaría allí pero faltaban detalles.

Un giro en el balcón y Nilo podía ver cómo la maestra Aurora empollaba sus minutos de espera en el banco, junto al libro de los pintores rusos itinerantes que Jorge le ha prestado. Con el corazón crecido ella miraba de soslayo la esquina por donde debía asomar él, cuando algo en el ojo derecho importunó su visión. Era lo de siempre, hasta donde alcanzaba la memoria. Se trataba de aquel mal humor de su cuerpo que liberaba por el ojo derecho, su persistente, traviesa legaña. Pensó en las veces que su lágrima monstruosa había promovido muecas de asco en el momento del primer beso. De joven había llegado a estimarla como la mejor prueba de amor a la que podía someter a pretendiente alguno. La dejaba crecer a voluntad, de la mañana a la noche; cuidando de no desprenderla del resto de su cara durante el aseo. La contemplaba en el espejo y se prometía dejarse llevar, unirse para toda la vida con el mancebo que al verla, madura de tres días, no reventara en la misma mueca. A los diecinueve apareció el mancebo. Aquel resistió casi por un minuto con los ojos muy abiertos y sin muecas, la amenaza de lo que Aurora ya sentía latir en su visión, desbordar pseudópodos por la rendija entreabierta de su ojo diestro. Decidió que esa noche lo arrojaría por el tragante del lavamanos, que se entregaría a ese hombre de quien podía esperar los mayores sacrificios. Sólo que, en el momento preciso de la penumbra, la respiración del audaz se detuvo: «amor, tienes una basurita ahí, mejor te la quitas». Y la sugerencia lo deshizo todo. Luego de aquella noche debió esperar años y viajar muchas leguas para encontrar al hombre capaz. Uno que, no sólo podía contemplar aquella purulencia como la propia Aurora, sino que la tomaría en manos para retozar con ella hasta dejarla rendida en algún rincón de la vestimenta. Tiburones de agua dulce, tres leches, F.S.L.N y lecturas de R.D. No se cansaban de paladear el sustantivo, de abusarlo en su promesa. Cuando el hombre soñado quedó cubierto por la carne del hombre real, sobrevino la muerte de la madre de ella en Cuba y debió regresar. De modo que el casamiento con el inescrupuloso sucumbió ante los trámites legales por control remoto. A las cartas fogosas siguieron las de nueva fe y a estas unas crípticas que se interrumpieron por unos meses y reaparecieron en sobres estampados USA. Terminaba así un amor de esperanza, internacionalista, proletario. Su hombre absoluto había rajado tras un ojo de cristal caro, imperialista. Las últimas cartas amarillaron selladas.

Durante mucho tiempo Aurora no reparó en las arrugas que le habían saltado a la cara como arañas sobrepasando los niveles de espanto producidos por su legaña durante su juventud. Ahora entraba en su vida el Chutemas, es decir, Jorge. A causa tal vez de la sensatez que suele acompañar a la invasión de arrugas, ella comenzaba a sentir que la hora de las presiones sobre escrúpulos de los enamorados debía terminar. Cambiaba la perspectiva nada pudorosa del borde de su mirar o quedaba sola, sin mañana. Jorge valía. De ningún modo estropearía el atisbo de anhelo con que este hombre le acariciaba el rostro al contemplar sus «bellos ojos de inca triste». Valía Jorge el maquillaje. Así que viendo cómo él se acercaba, se llevó el nudillo del índice izquierdo al ojo derecho, estregó despacio y arrancó de sus párpados y pestañas, ya descolgándose sobre la mejilla, el cuerpo de su monstruosidad secreta.

Un salto olímpico desde el último terrón firme en el jardín y el Chutemas estuvo junto a ella antes de lo que esperaba, casi sobre ella. Él extendió el ramo dejando una estela de aromas varios con acentos de aceite y gasolina que provenían de sus uñas. Para cerrar el ramo, la idea del primer beso.

–Snif, snif –esnifó ella.

–¿Por qué lloras? –preguntó el Chutemas ramo en mano, cejas en parábola. Aurora demoró en responder. Su llanto era el fin de un largo mal humor. La vida comenzaba de nuevo.

–No importa por qué, soy muy feliz –respondió ella y confinó la furtiva lágrima al espaldar del banco–. «¿Feliz?», se preguntó poco después que el bigote del Chutemas se adentrara en los orificios de su nariz haciéndola sentir en el interior de una escafandra.

Mientras aquella lengua egresada del Vjutemas palpaba sus caries y un ojo único enjuiciaba los suyos de inca triste, Aurora tuvo la certeza de su coraza, de no ser jamás esa mujer feliz que sus labios dijeran segundos atrás. Tuvo el recuerdo del momento sin par, cuando el sandinista tuerto de sus ensueños preguntando lo mismo la desfloró sobre la mesa de maestra, bajo el guano de una escuelita perdida en la Mesopotamia de Sandino.

—¿Y tú, eres feliz? —le preguntó a Jorge el Chutemas.

Los vapores del Chutemas tornaron en recuento de importancia personal y colectiva en un sólo bloque. Ni sí ni no. Se tomó su tiempo. Miró directo al ramo, se pasó discretamente la lengua por el bigote, lo olfateó, exhaló... A la felicidad se acercaban los años de formación como artista de, por y para la revolución cubana en el país de los Soviets. En hielo había esculpido efigies de mártires eslavos y con rigor supo amar a mujeres rubicundas y desnalgadas. Ahora le bajaban gestos, modales del Stalingrado; las pecas sobre pieles frágiles de carnes llenas, el aroma en días de ventisca glacial, cuando jugaba a enmarañar su bigote con la pelambre en las axilas de las camaradas. Camas aradas en la nieve. En Cuba la felicidad se llamaba Aurora y él no sabía cómo decirlo en castellano y, con rigor hablando, no encontraba lengua a mano. Por eso la besó otra vez para responder.

Nilo, ignorante de la intrincada trama de aquellas felicidades, todavía miraba a la pareja de maestros prestarse las lenguas, acurrucados en el banco del jardín. En pocos minutos Aurora dejaría de una vez al Chutemas y vendría a la clase. Su rostro aún amarillo se movería de un lado al otro del pizarrón verde reconquistando los espacios usurpados por Magda. Pero ahora el sol atravesaba la enredadera de cundeamor y sombras y luces le daban por la espalda, a esa distancia en que los objetos no deslindan entre lo real y lo recordado. Nilo tiene delante la plana y larga espalda de Magda hecha cebra por los juegos de luna y persiana aquella noche en el caserón del Vedado. Y quizá el sol, los pájaros, el bigote y las arrugas como arañas comparten el mismo engaño. Jardín prestidigitado, el mismo aquel donde pareja de jóvenes felices entraron para chuparse las vidas mientras Magda, la dueña de la risa, se hurgaba con sus dedos las entrañas, al vaivén de los gemidos entre las rosas, a toque de sable egipcio.

Desde el balcón del edificio opuesto, pero sin camuflaje de cundeamor, los Pornosabios asistían al romance, ignorantes de la trama intrincada de las felicidades y de Nilo que a su vez los espiaba. Los comprendía: pequeños Armando Calderones, voces superpuestas a las imágenes de cine mudo ocurriendo en el banco. Nilo no podía escucharlos pero los sabía felices en la invención obscena del diálogo. Eran cómplices de una misma fábula sobre animales que llegan a encontrar lo propio en lo ajeno.

Feliz cuando hallo a dónde mirar por las ventanas de la escritura.

Feliz si aún confirmo ante el espejo la ausencia de rostros innombrables en el mío. Pero sé cuánto me engaño, los rostros, el rostro, vendrá por mí luego.

2.

La pregunta «¿De qué color es el caballo Blanco de Maceo?», no es un psicométrico en rigor. Se trata de un chiste cuya grandeza radica en la perplejidad que produce lo obvio. En ese chiste la evidente blancura deviene en piso para nuestra sospecha de un sentido oculto en lo blanco. La mayoría enmudecemos durante un tiempo exagerado antes de aventurar respuesta, quedamos en blanco. Si enunciamos que el caballo en cuestión es blanco, lo obvio nos postra en un ridículo que trasluce nuestra ingenuidad más enfermiza; pues, quién preguntaría por algo que ya sabe. Si por el contrario le atribuimos al equino otro color, la estupidez nos vence a priori, por igual sinrazón de lo obvio en el juego de las refutaciones. Hemos caído en ese lugar dual entre las cosas y sus nombres donde no hay remedio ni advertencia. Y es que en verdad no supimos u olvidamos que callar era una respuesta. La primera vez que la pregunta nos sacude, no reparamos en crueldades, nuestra conciencia respira a tiempo dictado por los adultos y sus paradojas. ¡A quién se le ocurre llamar Blanco a un caballo de otro color! A lo largo de la vida, en cada punto de la tierra que se posa nuestro cuerpo, descubrimos bajo disfraces miles, la misma pregunta. Con la respuesta que damos nacen los abuelos de nuestros últimos actos.

El país atravesaba el trigésimo y tanto año del esfuerzo decisivo, Quientusabes revelaba en un congreso que las ideas llegaban más lejos que la luz. Por todos los medios se reclamaba el concurso de los modestos esfuerzos. Una vez más. Objeto del reclamo era también el arte. Un arte como unirte a todos en las urgencias del proyecto patrio. Nuevamente el arte-arma-de-la-revolución; daga de zanjar obstáculos hasta desangrarlos. Más les valía a los estudiantes de arte avezarse y alzar la estrella blanca en el fondo del charco rojo triangular de la bandera. Soberanía podía implicar aislamiento, extinción si pronto no se encontraban maneras propias de sustentación. Supervivencia.

En el Instituto, profesores y estudiantes debían disciplinar sus motivaciones estéticas individuales, domar las ganas por cuenta propia y encauzar los empeños de la subjetividad en busca de soluciones prácticas para todos. ¡As, haz! El decenio final del siglo se abría y en las aulas de dibujo decenas de Rodchenkos bembones, Stefanovas amulatadas y Tatlines holguineros comenzaron a martillar. Jóvenes afilados para el año dos mil ofrecían nuevas horas de trabajo voluntario, ellos no desmayaban en el sopor ni reparaban en callosidades de los sesos. El Chutemas fue nombrado presidente de la comisión. Visitaba todas las clases, se adentraba en el vuelo armonioso de los martillos; hablaba con el tono severo de artista-pedagogo y los ojos a nueve mil quinientos cincuenta kilómetros de allí. Repetía aunque hablara una vez: Los hermanos soviéticos estaban en serios aprietos y no podían ayudarnos más, como quién dice nunca más. El Imperio arreciaba su bloqueo brutal para doblegarnos por enfermedad y hambre. Como en otros años era preciso trabajar con rigor total, superar las faltas, rectificar, levantarse de las cenizas del atolladero infernal donde quería sumirnos el Imperio, que a su vez agonizaba al borde del abismo… El Chutemas callaba y los martillos se agitaban sobre las cabezas cual rusas mariposas de hierro nerviosas en los aires del trópico.

Nilo escuchaba las palabras del Chutemas, conocía las pautas del panfleto, las coordenadas de su impulso retórico inicial: Un mundo unipolar desquiciador de quien tú sabes solitaria tortuga George; un frío polo único, cima del abismo donde la sociedad postindustrial agonizaba viendo danzar en el vacío los famélicos espectros de veinte millones de soldados rusos. Era el cierre del azúcar para crecer y en su lugar crecía la vieja pelea de isleños contra el hambre en demoníaca aproximación. Atolladero infernal, diminuta porción de lo posible o, como la llamaran los académicos, la condición presente era la de individuos atascados en un punto, lejos del borde abismal capitalista y lejos también de los espectros rusos en el vacío. Desde ese punto en el tejido histórico de la camisa, los herederos de los próceres cojonudos debían viajar, siempre sobre la obra, hacia la libertad. Y la libertad de un marxista no se reducía a la posibilidad de elección de su camisa para domingo de glorieta, sino que se erguía hasta la conciencia de la necesidad histórica desde la cual era posible madurar ideológicamente, desbaratar el gen Calibán instalado en el ego y asimilarse como individuo al destino científico feliz calculado para las grandes masas. El individuo y su obra, conectados a las masas por los hilos del poder del Estado, debían moverse sin la más pequeña duda en la espiral infinita de La Historia y así de sencillo representarlo. ¿Moverse a dónde? Resonaba la pregunta entre los golpes de martillo en el taller. Y la pregunta resumía las posibles preguntas sobre el sentido de aquel viajar sobre la obra. Nilo presentía que el chiste del caballo blanco merodeaba la cuestión. Si al menos lograra no imaginar respuestas y aceptar aquello del camino al andar, quizá escapaba de la ingenuidad, de la estupidez siempre vencedora en el juego de las refutaciones. Un lugar propio para el silencio podía ser la meta, la fe de una obra indómita.

La idea de improvisar en la andanza procuraba a Nilo la visión animada de un safari extraviado en la selva africana; el pintor Gauguin al frente: los intrépidos exploradores desbrozaban la maleza a ciegos tajos de machete, desesperados, sin saber remotamente a dónde iban. En lo denso de la selva asechan alimañas ponzoñosas, fieras, abominables caníbales; sin advertirlo, los exploradores agotaban las municiones y se terminaba la provisión de víveres. Aunque la selva puede ser pródiga en frutos, los expedicionarios tornaban en vegetarianos; eran rescatados y regresaban a la civilización. El mismo grupo, siempre sediento de aventuras, emprende la travesía por el frío y único polo norte. Igualmente los expedicionarios (todavía Gauguin al frente), se extraviaban, sufrían hambruna. Estaban lejos de cualquier parte, lo sabían y se miraban entre sí en medio del paisaje ártico. No avistaban fieras ni alimañas pero cada uno reconocía en el rostro del otro un potencial abominable caníbal. «¡No!», gritaban los civilizados en la inmensidad helada mientras cada día alguno moría desnutrido. «¡No!», gritó Gauguin poco antes de ser devorado por un oso. Un oso y siglos de civilización que haciendo camino al andar le habían limado al pintor los colmillos. ¿De qué color era el oso Blanco del Gauguin?

Con ventisca sobre el plano blanco tomado desde lo alto terminaba la visión de Nilo. Nilo, flaco oso pardo, volvía irremediablemente a la misma pregunta, inepto para rebelarse. Regresaba al barracón de las dudas, encadenado a los axiomas; a imaginar el palenque ideal para el acto de contemplación total, donde el ojo de la mente obra sin grilletes porque todo es respuesta.

Le parecía a Nilo imposible que un pueblo menos unos pocos indomables se contentara con saltillos en el lugar, a modo de aplausos: un-dos…cultura física, estética del cuerpo; un-dos, un-dos, Once millones, tu aeróbico al descubierto; un-dos… más fuerte, más alto; las ideas, la luz…martillad que ahorita estamos lejos; arriba, calzado vegetal, bombillas recuperables, tornillos de repuesto; un-dos, un-dos; el que no salte es yanqui…

¿Eran yanquis los reacios a la calistenia, les faltaban los cojones de los próceres, o habían descubierto una ruta segura para la navegación sin carta? ¿Era o no posible la renuncia a la égida escrotal de las voluntades históricas? También las almas delicadas y los espíritus divergentes podían escapar de la fascinación individualista del capitalismo y de la ilusión gregaria del socialismo. Eso aprendieron los jóvenes pintores. Partir como quien no parte era el plan intuido de cada maestro reciente: En el viaje vive lo universal, lo propio en casa te mitifica, te sueña. Tal sabiduría los encumbró en el decenio, fueron élite de auspiciados, talentos abanderados descontentos con los hilos de sus auspiciadores. Partieran o quedaran debían perpetuarse, denomináronse Las grandes ligas de la isla, lo más creíble y vendible desde los tiempos de la Gitana Tropical y la pléyade de las asimilaciones criollas de la vanguardia europea de principios del siglo xx. Sin dejar de contarse los unos a los otros fueron como el doble de los cuarenta ladrones: Los ochenta. Ochenta años, nombres, sellos, firmas, escándalos y premios. Ases del gremio, ladrones de corazones ladrones.

La espuma.

En Europa se ablandaban los muros y en la Habana la consigna salía del ataúd para intelectuales de camada nueva, para cazarlos uno por uno: «Dentro de la Revolución, todo; contra la Revolución, nada». Arrópese para la playa o vístase de rayas o de listas, o dé lista de implicados en cualquier intentona de cambió; véngase o váyase pero siempre dentro. Y así los ochenta volaron. Se iban a ver, a ser el cambio, desde afuera al menos. Adelgazando, la bandada colgaría telas por todo el orbe. Los menos hambrientos de ver y ser lo otro, los más apegados a casa, regresarían sin las nalgadas del olvido oficial; a disentir y producir, tranquilamente pródigos. De momento, un pacto era posible: El orbe vestía nuevas telas, gárrulas telas de la pequeña grande Cuba; el Estado de la grande Cuba evidenciaba al orbe libertades expresivas jamás pensadas por los desinformados amigos y enemigos externos. Y cuenta una mariposa una escena repetida: De sobremesa, en algún restaurante del primer mundo un suramericano teórico de arte, le confesaba a un ave cubana su aflicción por el éxodo masivo de la nueva vanguardia del arte cubano. Y el ave le recordaba la vida trashumante de los Víctor Manuel y los Lam, para no mencionarse a sí mismo. Se arrimaban tiempos nuevos que clamaban por escándalos nuevos que son los que sostienen la mecánica simbólica de los sistemas, el hambre circular de los mercados. Sólo que las instituciones de arte en Cuba estaban escamadas de tanto desplante y ya no era posible pactar con ellas.

Los noventa. En materia de artes visuales sólo estaba dado inquietar astutamente, artísticamente, la minucia conveniente. Quedaba por estudiar al detalle cierta opción cínica según la cual la inmigración no era un resultado de la pobre política del Estado sino de las condiciones desmejoradas de la economía, las cuales ocasionaban todo tipo de renuncias al sacrificio de quedarse y construir la obra en el país, la obra del país. Así la retórica, el gesto artístico de comentar la desbandada podía leerse como consecuencia, una denuncia del bloqueo primigenio y de su siamesa la propaganda enemiga. Del otro lado del mar, en el bastión imperial de los bloqueadores, el mismo discurso podía consumirse en su exacto sentido contrario: La desbandada era la fuga de un modo de pensar y hacer pensar que dejaba a los individuos de sentir propio al margen del bien común, fuera del juego. Acaso los indígenas conseguían renegociar de vuelta los espejitos con sus descubridores europeos, devolverlos con los bordes untados en víscera, con rostros propios incrustados en el azogue, cual impronta de la diferencia entre ser y parecer revolucionarios en el arte. Y, por qué no, donar una plumas de cóndor cubano a cambio de un terrenito mayor en la Historia del Arte contada por Occidente, además del oro.

Las ligas menores, las de la reserva, quedaban perplejas, condenadas a las sombras largas de sus predecesores pero entendieron el chiste. Tras la escamada de las instituciones y las cruentas nuevas directrices de la política de rectificación de errores, los nuevos debían aprender a callar, a esperar por las señas que autorizan el escándalo nuevo. Ellos ejercitarían el arte de la espera, la artesanía del preludio y la ciencia de los adagios sobres burbujas que crecen, se elevan y estallan en un culo de cosas. Un día, dos, tres…Nadie recuerda cuánto duró el comienzo del fin, la precipitación al tragante del exilio; las nalgadas, las noticias de alas chamuscadas entre tubos de neón y autos del año siguiente.

En el Instituto, el Nagüe, los Pornosabios, el Sobrín y Pablo encabezaban alguna escuadra de las pequeñas ligas nacionales en el cajón de espera de su generación. Hacían swing al aire cuando se hartaron. Entonces depusieron los martillos y renunciaron a la calistenia. Pero acaso no eran yanquis sino safaris de Sísifos astutos desbrozando la maleza en suerte; mayormente a tajos de poco oficio y muela recargadadá de supertirazones

estéticas, factores sociocultublablas; comiéndose a las fieras teo-
rética, empujando a la cima del único polo del orbe las piedras
soberbias de nostalgias anticipadas. De un cólico en otro, en los
ruedos del anonimato. Verso a verso, verso a reverso, reverso a
reverso. Andando, la nueva astucia consistía en no preguntarse
a dónde. Navegar.

«Simula que no simulas y vencerás», revelaba un tanto de
su secreto el Nagüe Armando en tardes anulares. Para Nilo
aquello era astucia fácil, demasiado anhelo al dedo de esclavos a
un tiempo dóciles y contestatarios. Bien, pues, de pintar, nada;
nada de instalar y menos declamar precepto en boga, citar o
recitar desde la queja o el sarcasmo. Los dedos mentales pueden
modelar el mundo igual que martillos, cinceles, biseles, pinceles
y cualquier cantidad de andariveles gremiales. Cómo no contar de qué se alimenta la serpiente que se muerde la cola. Un
sarcasmo es la precipitación de un epigrama en ácido. Escribir.
¡Que asistiera al empeño la señora mercurial ensimismada, del
silencio la gran devoradora! Palabra.

Nilo acudió a la Comisión para las Soluciones Prácticas y
solicitó lo dispensaran del taller unos días. Su proyecto tenía
implicaciones prácticas a mediano plazo. Como la realización
dependía de la buena voluntad y empeño de muchos, necesi-
taba elaborar cuidadosamente los términos a fin de reducir al
mínimo las posibles confusiones y el costo de producción. Por
igual razón prefería no adelantarles nada. El Chutemas y el
resto de la Comisión cambiaron miradas y aceptaron. De todas
formas recordara Nilo que de aquella investigación dependía
la evaluación final de la asignatura en curso. No olvidara que
otros estudiantes de su año renunciaron a la fabricación de
objetos concretos y más tarde debieron retomarlos por la falta
de utilidad real para el país y lo flojo de las argumentaciones
en sus discursos teóricos. Faltaban cinco días y entonces ya no

habría tiempo de comenzar a fabricar nada que valiera la pena. ¿Insistía?

El estudiante dejó a un lado la producción de vírgenes en yeso, guardó los dibujos recientes sobre el escaparate y engavetó las páginas mecanografiadas de la novela. Desde que Nilo regresó del campo, la Isla de Pinos, de la juventud o de Lesbos confirmaba su poder de fascinación sobre Magda. «Nunca falto al Festival de la Toronja», aseguraba ella con sus ce-haches delatoras. «Museo del Presidio Modelo, tierra de agridulces esferas, de Ubre Blanca, campeona de las vacas lecheras, albergue de miles de estudiantes extranjeras, mundiales especímenes de colección sólo para ella», se decía él y pensaba que no la vería hasta el próximo jueves, si era cierto que regresaba del seno de la isla de la isla. «Nos vemos», se dijeron a la vez en la despedida, con tal sincronía y bajo volumen de voz, que no ninguno supo qué le había dicho el otro mientras se despedía. Pensaba mal, simplemente no se verían más.

Cinco días para escribir el proyecto no era tiempo; plazo en que vendrían de seguro las madrugadas y con ellas los ardores inconsolables en el tronco de la lengua. Otra vez Algo regresaba a la Remington. Pero ahora confortaba verlo ahí, tangible, entre la sonrisa metálica de los tipos y el negro opaco del rodillo.

¿Era el negro opaco del rodillo, el negro de la rodilla opaca o paca de negros arrodillaos? Saltar de prisa sobre las trampas del ingenio era la iluminación. A la noche del último día de plazo Nilo terminó su proyecto. Le pareció que le perdonarían la tardanza si al despuntar el sol alguien de La Comisión llegaba y encontraba el sobre con las cuartillas en el suelo de la Facultad, a falta del buzón idóneo. Había que atravesar la madrugada de la ciudad, la confronta de las rutas o la tubular sin frenos de Lógicus, colarse en el Instituto, llegar a la Facultad y pasar el sobre bajo la puerta. Sólo debía cuidarse de no brillar de misterio en los claros de luna, a los ojos de aquel a quien tocara la guardia obrero-estudiantil esa noche.

3.

Nilo se detiene, respira el viento norte que anunciara la emisora que marcha junto al tiempo, mira a lo alto. Miles de grises marchan sobre el cielo, marcha rápida donde cada paso es promesa de agua y frescor para el eterno verano del archipiélago. Tan bajas avanzan las nubes que parecen herirse los vientres con el remate de la fachada del edificio central del Instituto, con la frase que corona la construcción:

SER CULTOS PARA SER LIBRES

La herrumbre ha carcomido la estructura de las planchas metálicas que arman la frase y la afincan sobre el edificio, antiguo cuartel militar Columbia, hoy Ciudad Escolar Libertad. El viento arrecia, la séptima letra de la frase tiembla, pudiera desprenderse y descubrir el choteo cifrado en la escritura del apóstol de la patria. Cosa de darle una mano al viento y colaborar en la caída de la T. Un regalo de idea, banquete iluminista a punto de caramelo conjetural en charada; a ejecutar, a cristalizar, por las apócrifas, las nunca bien ponderadas pequeñas ligas del Instituto. A los vándalos del texto les mostraría Nilo, por encuadre de índices y pulgares, la imagen posible de la letra en caída libre, lenta y culta. Sobre el fondo rosa del edificio y de los miles de grises que marchan en el cielo la frase en su edición nueva. A ver si se atreven y los botan de una vez. Se agota el tiempo de receso entre clases, fin de la caminata. De vuelta Nilo a las aulas, remozadas barracas para soldados, aulas al fin y al cabo. La última bocanada, el cabo al suelo, la imagen a los bolsillos del pensamiento. Qué clase toca.

En la puerta de La Facultad el Sobrín gesticula, insta a Nilo para que se apresure. De cerca, la cara del Sobrín es una pequeña masa de grandes preocupaciones, compacta bolita de nervios. Susurra, se hace unos cuernos con los dedos sobre la cabeza.

–Paz y amor, Victoria desplumada de Samotracia, tirapiedras mental, la vejez del Martín pescador, la jirafa Nicole ha vuelto…

–Tiene dos.

–¿Tos?

–Dos

–Carraspea

–Dos antenas –explica el Sobrín y carraspea–. Una para Radio Reloj y otra para la conexión con el jefe, la planta…

Nilo no comprende. El Sobrín se da cuenta y en rápida combinación de ojillos, cejas y cachete inflado señala, sin mover la cabeza, un auto Lada crema a unos pasos de la entrada a la Facultad.

–¿La mónada?

–¡La monada, asere!–dice el Sobrín golpeándose con los mismos cuernos el hombro contrario al de la mano–. No me despistan la chapa amarilla ni las ropas de paisanos. El seguroso cabezón salió del Lada, fue por la decana y ella por ti. Ahora los dos te esperan en la oficina.

–Una confusión.

–Confusión es el padre de Confucio, médico chino que curaba a base de Kung-Fu.

–¿Hay que correr?

–Volar, diría. Vete de una vez, organiza las ideas y deja que ellos te encuentren cuando puedan. Lo que hayas hecho, ya lo saben ellos…Toma chocolate, paga lo que debes.

El Sobrín trasluce profunda emoción en su ronco murmullo de canción, una especie de provisional pero intensa admiración por Nilo. Este se pregunta cuántas películas cabrán en ese cuerpo que no madura nunca, en esa mente amante de libros de espías e intelectuales excomulgados. Correr, huir del inconmensurable órgano de la Seguridad del Estado en una islita, era otro aplazamiento, demora útil sólo a corto plazo. Quien huye, teme; quien teme, debe; quien debe, debe pagar. No hay modo de huir y pagar a la vez el precio de quién sabe qué. Nilo quiere averiguar. Al Sobrín le parece un sofisma de mala calaña contra sí mismo, ningún heroísmo. Algo le dice que le diga a Nilo es momento para media vuelta, no insista Nilo. No insista el Sobrín. Un acuerdo, si las cosas huelen a Pollock descompuesto que se crezca el Nilo y aguante, el Nagüe se quedó con la cámara de la francesa y pudiera documentar el apresamiento y la golpiza si se camufla bien en el jardín. Pablo habla siete lenguas y los Pornosabios tienen contactos de prensa inteligente afuera. Recuerde Nilo las coladas en la cinemateca, las habilidades de los yuntas.

La puerta, bajo la cual Nilo pasara con dificultad el sobre anoche, quedaba entreabierta ahora en clara invitación al paso. El estudiante vacila, cuenta hasta diez antes de llamar, once, espera todavía más. La voz de un hombre se escucha adentro, envuelta en sollozos de mujer. Qué tal irrumpir, tomar ventaja de la velocidad de aparición y pautar el brío de la escena; acaso pasmar la concupiscencia y posponer entrevista por asuntos mayores, de amores oficiales. Algo así haría si a través del resquicio de la puerta no apareciera una parte insignificante de la cabeza del hombre haciendo el gesto de pasar adentro, por favor.

–Cierra… –casi ordena la decana con una voz chirriante que no era suya sino de algún mineral, vegetal o animal alojado en sus cuerdas vocales– la puerta. –Termina la frase con otra voz que sí es suya, una de doble bajo que ha hecho temblar a más de un pintor famoso ciclos después. Ella tose, se da leves palmadas en el pecho e inspira una agüita que lucha por descolgarse de su nariz. La señora adusta controla medio llanto y el presunto agente de la Seguridad del Estado, hombre de cabeza increíble, revuelve papeles en el portafolio que tiene sobre las piernas. No paran, llevan en eso toda la vida.

¿Cuántas veces ha entrado Nilo aquí? Durante cuatro cursos, tres veces, dos…

Siempre que acude experimenta la misma sensación de resbalar y caer a un pozo de tiempo estático. Compara. En las aulas las pizarras corren, según el criterio didáctico vigente, del negro al verde, al negro y al verde de nuevo; en el jardín mudan de una esquina a otra generaciones de bancos de granito rosa; en la fachada del edificio las primeras capas de pintura resurgen, el repello, en suave desapego del ladrillo, adelgaza hasta las cabillas en su lento y descontrolado strip-tease. En cambio, de esta puerta hacia adentro no sucede nada o al menos ocurre como en otro mundo. Adentro cada objeto guarda la apariencia de lo intocado. Echados, amos de la calma, los muebles de vinil blanco con sus ocho patas niqueladas; el escritorio relleno de los formularios de ingreso al lugar, soporta el mismo cristal que duplica el busto perpetrado en porcelana de Martí; trasluce, en idéntica esquina, la fotografía de la hija de la decana con dientes averiados, indiferentes a los planes lecheros. La familiar pared ahíta de óleos heroicos pintados por estudiantes encara a la opuesta pared vacía de siempre. Invariables gotean las estalactitas en los conductos del aparato del aire acondicionado empotrado a la tercera pared. Nilo ha respirado este aire de abedules en este espacio antes, nunca ha podido explicarse por qué sabe que así huelen los abedules, a nadie le ha preguntado. Hoy la de canas parece llegar al punto de mínima vejez de donde saltará a la tumba sin que nuevos pliegues le ocupen la cara. Ella por fin contiene el agüita con pañuelo de cenefas magenta, se peina las cejas y el efecto de tiempo estático se debilita. Las placas ligerísimas del falso Calder pendiente del techo se desperezan por un instante y las sombras de unos triángulos sin punta se mueven sobre el portafolio que tiene el presunto agente sobre las piernas.

–Es un compañero del Ministerio del interior que quiere hacerte unas preguntas –explica la de canas. Seguroso Corroborado le dirige una mirada y ella se traga alguna frase. La gran cabeza cae de nuevo entre los hombros y la requisa de papeles promete que se trata de algo perdido.

–Siéntate –pide el hombre. Doscientos tates, trescientos tates; la cabeza casi emerge de los hombros cuando Nilo obedece–. Lee cuidadosamente –dice, extiende al joven un papel y lleva el portafolio aún abierto junto al apóstol, bajo el mentón. El seguroso cruza las piernas, entrelaza las manos sobre las rodillas, atiende con fervor disimulado lo que será la lectura de Nilo. Este lo mira, piensa que los agentes de su adultez vienen menos apuestos, casi a-gentes. El David que lo atiende no es aquella estrella de Corrieri, le falta onda, carece de estrella. Y qué puede ser un David sin estrella, sino un subproducto cabalístico criollo que Nilo ya ve rogarle a Yaveh que se lo lleve y tire la llave…

–Lee, es una orden.

Nilo lee, más rápido que Bruce Lee. Es una imagen de periódico que alguna vez tuvo color, una fotocopia. En ella el actor principal de la nación cubana aparece, en una esquina del texto en castellano, con un gesto de ira congelado, sin los maquillajes editoriales de la televisión de la nación. Manos escrupulosas borraron los indicios que esclarecen el nombre de la publicación pero Nilo sabe que la gráfica sólo puede tener ese aspecto en el extranjero; Madrid, Miami… Cuidaron de no arruinar el artículo practicando los subrayados con una tinta amarilla fosforescente. El hombre, que no deja de alternar miradas sobre el texto y el rostro de Nilo, invierte el cruce de las piernas. Le parece a Nilo del tipo ansioso –depresivo, de los que tienden a perder la paciencia con la lectura del otro. El joven apresura la lectura, convencido de que algo pegajoso en ella lo implica.

¿Qué? En la primera parte el periodista cita fragmentos de la prensa cubana, siguen líneas sobre la maltratada oposición interna, el descontento y la agitación en el ámbito de la cultura. Y allí, como una banda de azogue bajo la tinta amarilla del marcador, la implicación:

> Nilo Pelayo presenta una seria tomadura de pelo. Su PRO-YECTO NECRÓFAGO responde a la solicitud del gobierno de soluciones prácticas a los problemas del Período Especial por parte de los estudiantes de arte. Nilo sugiere al Estado cubano un reordenamiento de la ética nutritiva del pueblo, a través de un trabajo concienzudo del Partido junto a las organizaciones de masas, orientado al procesamiento frigorífico a gran escala en el país de todos aquellos cadáveres de individuos muertos en buen estado de salud, con vistas a su enlatado, conservación y consumo durante una eventual hambruna en la llamada Opción Cero. Postmodernidad y canibalismo son nociones llevadas hasta...

Nilo detiene la lectura, su cara tiene el aspecto de quien pisa a un animal desconocido en la oscuridad. Delicado cangrejo el agente, retira la fotocopia de las manos de un Nilo en proceso de relajación, la devuelve al portafolio y comienza una frase. Un repentino vacío sonoro llena el espacio y malogra la sílaba inicial del enunciado. La oficina queda en penumbras. A tientas, la de canas se apresura, desconecta el aparato del aire acondicionado y con aire (condicionado, según Pávlov) abre las ventanas. Afuera los miles de grises han detenido su marcha, cobran tintes violáceos, se disciplinan en las alturas.

No era esto lo que iba a decir el hombre:

–¿Qué hora es, me hace el favor?

Como es poca la luz que dejan pasar las ventanas, la de canas tiene que llevar el reloj de pulsera junto a su pupila dilatada. Ha perdido un cuarto a las seis de la tarde y la de canas lo informa.

—Parece que cambiaron la hora —añade ella y pone la cara de pensar en cómo todo cambia, el rubio de su pelo, los cachetes de los agentes, estos niños majaderos. Suspira.

Las plaquitas del falso Calder ahora tienen razón para moverse, además del suspiro de la decana, recibe esa corriente de aire húmedo y salobre proveniente de la costa, que atraviesa las ventanas y desaloja la masa fría y seca del lugar. Nilo exhala, mira en la distancia fragmentada por las persianas. La cúpula de otro cielo, de otro planeta, parece penetrar la atmósfera. O es la cúpula del cielo cubano que se ha concentrado allí invertida. Pecho de ingente mujer violeta colgando sobre tierra baldía por amamantar.

—Sabes, eres un tipo cabezón —¿quién habla?—. Estamos detrás de ti desde que publicaron esto allá afuera. Revisamos expedientes, historias… Además de la yesería de poca monta no encontramos nada más que te comprometa. Eres pieza ciega, reciente en el juego, otro simple malagradecido cabezón. ¡So culo!

Nilo piensa que los agentes no son entrenados para hablar así tan temprano en el caso, se da cuenta que la decana coincide con él a pesar de su silencio cómplice con el nada metafórico cabezón. Ella, titulada en Lengua y Literatura Española en la Universidad de La Habana, piensa que «culo» puede ser un vocablo sucio, incluso dicho por un agente. Coincide pero sigue en silencio, se remueve en el asiento de vinil impoluto, como aquejada de catedráticos oxiuros.

—Suciedad —dice el cabezón y da golpecitos de nudillo sobre el cristal, junto al portafolio. El Martí en porcelana abre los ojos con transilvánica premura, mira a un lado y otro de la habitación, se fija en el agente al habla—: La suciedad no comienza aquí sino con el consentimiento ingenuo revolucionario, nace de permitir que cuervos como tú avancen hasta las universidades. ¡Esto no es arte ni un carajo! No se puede andar comiendo mierda con las cosas de la Revolución. O miren lo que sucede.

El hombre tiene un mar bajo la lengua, sus eses duchan y recuerdan a Nilo la testosterona en el habla de Magda. Y el tiempo no pasa sino un relámpago sobre el mar desde el pecho violáceo afuera. La luz en el cielo delata al pelícano en su vuelo por los aires del Instituto. La porcelana del apóstol resplandece y guarda ese resplandor todavía cuando el rayo pasó.

Operática

El agente se abalanza sobre el esmirriado estudiante de arte que escribió de más. El estudiante, con ojos entreabiertos por la iluminación en la sala, tropieza con los ojos en la porcelana.

A dónde
¡A dónde vamos!
A dónde, mocoso, si te publican
que los de aquí terminamos todos caníbales.
A dónde las banderas, los años de lucha y de gloria.
A dónde se va la sangre de los que murieron por ti, para
que negritos ocurrentes como tú no se murieran de hambre
por las calles; para verlos crecer y convertirse en hombres
dignos del mañana. Hospitales y hasta escuelas para que
aprendieran a leer y escribir; escribir de verdad y no
esta basura que sólo alimenta al Enemigo.
¿Sabes cómo se llama esto, güebón?
Propaganda enemiga.
Ahora, dime.

Rabioso el seguroso de guayabera blanca y pantalón oscuro salpica con abundancia al hablar. Toda la sala recibe la llovizna grosera. La asistente de canas blanquísimas se enjuga el rostro con los dedos, luego la mano, después el brazo. No se aguanta, se alza la blusa y se escurre desde la frente. El hombre no disimula el disgusto que le produce hablar con euforia tal que las venas del cuello le pueden estallar pero no puede contenerse. Vuelve a la pregunta y la divide en docenas de preguntas que se responden unas a otras como entidades sordas, son voces que usurpan su voz. Nilo divisa el ombligo de la señora y piensa en sus vírgenes de yeso, en la pelirroja de Botticelli, en la adámica costilla, en la madre que lo trajo al mundo y en la de Darwin.

—¡A la selva!

Responde el Joven con el ademán tranquilo de quien ve a la Historia tomar notas tras la puerta. Pero sabemos que sólo son apuntes para una novela y eso es otra historia.

POLSTERGEIST

Miles de cuartillas saltan del portafolio y de las gavetas entreabiertas del escritorio. Papeles enloquecen en remolinos de viento. Las placas del falso Calder desteñidas por la lluvia participan de la danza aérea. En vano la decana se esfuerza por llegar a la puerta; no sabe nadar. Martí observa: pequeños seres ocupan el rostro del agente, tallan su piel de porcelana, resuelven formas que recuerdan a Nilo la sonrisa de su padre mientras escurría formas en la cubeta. El agente no sonríe y los pequeños seres, desfallecidos, se pierden en el bosque folicular que puebla la inmensidad de su cráneo. La voz del agente se vuelve grave y profunda, escala. Llegó la hora de… cantar; y de aprender…con los profesores invisibles. La lluvia del agente trueca en brutal aguacero y los rostros de Nilo y la decana quedan ocultos por una cortina líquida. Sólo Martí lo ve todo. Los otros apenas escuchan indiferentes al suelo anegado, en medio de una marea que asciende vertiginosa arruinando los muebles y ungiendo los cuerpos. Escuchan:

—No te matamos porque ya estás muerto, apestas. Todo el país será tu cárcel. Trashumarás por las calles sin saber qué te pasó. Ahora dime, de verdad —retumba un trueno, le sigue un silencio. Un… dos… un, dos, tres y:

—¡A dónde!

Do de pecho en la pregunta entonada, nota metálica de un altísimo lirismo, de un metal templado por mandarrias de orden épico. El relámpago es uno con el verbo en el pecho del agente, se integra al canto, articula el drama mismo. Alguien, por favor, le diga a dónde y que se lo crea. Pero el agente del talento nunca perdido desapareció entre los fulgores del rayo que le brotó del pecho. Ahora el hombre es pura materia sonora, vaga luz esférica que levita en la habitación, tiembla intensamente al centro del arrebato y se desvanece dejando un precipitado gaseoso de puntos negros en dispersión. En busca del agente Nilo divisa el cuerpo de la decana, su blanca cabeza de medusa flota entre la pared de óleos heroicos y el escritorio. En la pared desnuda de mi narración un caballo negro relincha, patea los aires y corre al encuentro de Maceo, el Titán de Bronce que silba en la distancia. Rostro empapado el del Titán, resplandece que parece de bronce, empuña el sable enhiesto. Recuerdo entonces el cine del barrio. El rubicundo príncipe de Bajaja a punto del salto sobre la cabalgadura obediente y blanca. Vagamente veo la espada, el príncipe alistándose para saltar sobre la bestia y galoparla, la bestia que no se detiene, que pasa de largo y se pierde en lo hondo de la estepa lluviosa. Me llega el grito del titán aturdido por tanto despiste de su bestia negra. El titán lucha su *solo* en el soundtrack de la película y yo siento su olor, su adrenalina entre abedules, el resentirse de sus cien heridas por el abandono de Blanco. Hilos al viento por toda la oficina, atándose a los cuerpos y entre sí; flecos de la memoria me traen voces eslavas en coro de letanía, coro a la bestia que escapa, a Lola muerta, coro a la bestia que escapa en pared vacía, a Lola muerta, a la ciudad y su gente borrosa girando al otro lado de la ventana:

—¿Kuda? —es un *da* de pecho, de pecho vencido camino del olvido.

En busca del pecho de la mujer violeta nodriza de tierra baldía, Nilo alcanza a ver en la distancia el edificio de la embajada soviética en Cuba. La construcción recibe la embestida del temporal, como la inmensa espada que un dios vencido abandonara.

Nadar hasta alcanzar la puerta y luego a la selva.
Nadar hasta alcanzar la puerta.
Nadar hasta alcanzar.
Nadar hasta.
Nadar.
Nada.

4.

La llovizna había cesado y el sol irrumpió entre las nubes como si nada. Otra vez la luz, otra vez los pájaros. Los oídos aún le zumbaban, todavía paladeaba la tialina de la saliva impropia. En lo alto, más allá de las tiñosas y de los tenues rosas del crepúsculo, sediciosos grises asechaban en el entreacto. Con el peso de una costumbre cuyo comienzo apenas podía reconocer, Nilo sintió que sus pasos apuntaban a una parte cualquiera del mundo. «Trashumar». Era extraño cómo el vocablo en boca (y en la saliva) del agente sonaba (y sabía) igual que cuando Dolores amenazaba con irse para siempre del Instituto. La usaba ella casi siempre para subrayar un sentido fatal específico y a la vez oscuro de su andar sin rumbo. Así es como las novelas viven plagadas de reincidencias, despistes y fatalidades que, en última instancia, le devuelven a la existencia lo que hay de verbal en ella desde El principio.

Lo mejor antes de ir a cualquier parte del mundo era acudir al único café vestigial posible en la ciudad.

Todavía mejor nilovelar era no mencionar que los Pornosabios habían escuchado tras la puerta y que no tardaron en regar la noticia. Que los enterados de las pequeñas ligas pasaron de largo frente a Nilo; apurados en sus bicicletas, formidables en el parecido con los remotos camaradas de sexto. Una alergia no había dejado a Nilo silbar a los camaradas de entonces y un súbito darse cuenta de su soledad no le ayudaba a silbar a las versiones adultas de ahora. El estudiante dejaba pasar a los estudiantes, les otorgaba el beneficio y la desgracia de la duda. ¿Finalmente eran yanquis o esclavos contestatarios? Lo cierto es que modelaban su gremio perdido, protegían su cofradía cargada de unos pocos temores consensuados, palabras claves y traiciones comunes; sembraban La piña, un sistema autónomo de dependencias internas, con piel a prueba de amistad verdadera y de corazón amargo por tanto ambicionar el vuelo.

Sorpresa era el Chutemas borracho en el banco del jardín de la facultad. Borracho en fase de moco suelto sobre el bigote y largo suspiro entrecortado. Saludable hubiera sido no aceptar de él aquel trago cosaco en real-socialista vaso cortado de botella de vinagre. Un camino muy diferente hubiera resultado de pasar de aquel trago, de la confusión del otro, de la chutémica confesión en lenguaje tropeloso: Absurda, Aurora había rehusado su amor. Zurda al amor derecho, al derecho de amor. Fue en ese instante cuando pedía razones a la vida por el desamor de Aurora, que algún pájaro mayor lo cagó en el lugar de la ropa donde se prenden las medallas. Qué le importaba una mierda más. Hombre de ideológicos amigos y nulas amigas, huérfano de padre y madre desde muy joven, sin parientes ni mascotas, nunca había entendido por qué regresó de la URSS. Ahora, sin el amor de Aurora, lo único que le quedaba eran ganas de morirse. O irse del país, que para el caso era lo mismo.

¡Do svidaniya, ingrata Habana! ¿Insensato? Sí, pero se iba y Nilo también debía irse. A esas horas en la facultad todo el mundo sabía y no tardarían en buscarlo para echarle la muerta encima, la decana, no la mulata que era y estaba más buena... El Chutemas tenía dinero guardado, además de la moto que seguro podía negociarse. Sabía de un vecino en Santa Fe que no cobraba mucho por una embarcación, incluyendo provisiones para una semana. ¿Se embullaba Nilo o qué?

Sabio hubiera obrado Nilo declinando el embullo, escuchando la voz profunda de la mesura, poniendo en orden el relajo intrincado de los sentidos. Pero la mesura, ese tejido civilizador abstracto, cedía a las malas formas de una propensión a la corrección espacial: No importaban policías, chivatos, loqueros, agentes de la Seguridad del Estado; ya fueran serviles, locos o resentidos. Habrían formas de probar (eso, probar otro trago) que la publicación de Proyecto Necrófago formaba parte de alguna farsa manipuladora orquestada en Miami, una pirata y adúltera (otro buche) del intrínseco significado revolucionario. Nada involucraba al proyecto con la fatídica aspiración de saliva de seguroso por parte de la decana... Latas de masa de decana por la libreta. Para no desperdiciar su abundante *corpus*, era justo (otro más) llenar con ella las primeras latas del proyecto. Sería un a decisión óptima y unánime, así pues no había que botar ni votar tanto. Bájele hasta el fondo mulato y San Seacabó.

Nilo desoyó la voz profunda de la mesura.

Cuando al quinto golpe de mocasín el Chutemas hizo ronronear la *Vjumina*, Nilo mitigó en su garganta la sed de la duda ajena con turbio trago y subió al trasto humeante.

Rostros afilados contra la brisa, serpentearon sobre las avenidas amoratadas por la noche. El Chutemas Hopper y Jack Nilonson, Easy riders in Havana. La vida que rebotaba contra las paredes paralelas del arte para formar un rayo luminoso capaz de cortar el acero, zurcir un nervio. Algo así pensaban a contratiempo uno del otro, patinando en sendas avenidas cerebrales, bajo la lluvia de un alcohol enrarecido por la velocidad y el desconcierto. Otros dos viejos sordos en acertijos.

Con vano espíritu de gasolina el ruso aparato se sostuvo, ronroneó hasta desmontar a sus intoxicados en las arenas de Santa Fe, bajo las últimas luces del cielo, de frente a una marea baja. El vecino, negociante maltratado por el salitre y su mujer convertida en panda por un vitiligo voraz, atendieron las ansiedades del Chutemas en las entrañas de la casucha. Esta, sostenida por cuatro pilotes depauperados, más bien parecía flotar sobre el mar. En el portal un negro viejo de edad todavía calculable, falseaba para Nilo la voz de haitiano que sabe más que nadie de muertos-vivos y emigrantes. Mientras hablaba, el hombre no paraba de bambolear la cabeza, así meciendo una decena de collares de cuentas ante la mirada extraviada de Nilo. Mitad creole, mitad jerigonza de trance y mitad orejas de borrachos, tornaban lioso el designio de los dioses. Los detalles de la travesía, el parte místico-meteorológico de alta precisión, nada más se revelaba junto al caldero. Si querían de verdad enterarse de lo que encaraban, había que cuadrar con la prenda, se requería sangre para llegar más lejos en la premonición. Tales servicios, por demás instantáneos, los ofertaban en la casa de enfrente ¡el abuelo del negro viejo! Casi gratis, salvo una pequeña comisión por órdenes expresas del más allá que mira al más acá nuestro de todos los días. Bastaba un par de mil pesos. A falta de plata contante y sonante, eso en la mano de Nilo resolvía. No se negaría el abuelo a mediar con los espíritus por un anillo así:

VII

Algo comienza para terminar: la aventura no admite añadidos; sólo cobra sentido con su muerte. Hacia esta muerte, que acaso sea también la mía, me veo arrastrado irremisiblemente.

Jean Paul Sartre

1.

En el manglar el hombre asegura los amarres de la balsa, la Potemkin, como la nombra. Sobre la arena el joven otea el horizonte en dirección del punto donde las naves celadoras deben besarse. En poco tiempo la noche de luna nueva caerá sobre la playa y la luz de un cigarro llamará poderosamente la atención. Se apresura el Joven a fumar. Desde el manglar el hombre experto en marinerías, advierte al joven lo necesario de actuar con cautela, seguir los pasos de la partida con rigor. El joven asiente con la cabeza mientras deshace de un tirón la caja. El cigarro previsto no está; ha calculado mal la inmersión de la tarde en el mar, cuántas cosas no habrá calculado mal. La novela, por ejemplo. Se pregunta si podrá terminar el libro algún día, al menos allá, al otro lado del charco que pronto crecerá debajo.

Por tercera vez el hombre pregunta por la brújula. El joven da manotazos en el bolsillo del jean. El aparato late a través de la tela como un animal vivo, no se ha perdido. Por tercera vez el Joven repara en lo inútil del objeto: no se perderán los navegantes en la inmensidad de las noventa millas; ya están perdidos antes de navegar. Perdidos, porque poco importa el charco, porque todo charco es redondo, y al cruzarlo apenas se cambia de orilla. Acaso importa el derecho al riesgo en la escasez de las alternativas….

Mosquitos Kamikazes despegan de las marismas, se arrojan sobre el Hombre que canta quedo en el manglar. El joven contempla al Hombre, divisa en el viento las voces de su propio canto que le toman por la espalda.

Las ganas de escribir matan. La nicotina obra milagros. La solución es atar los cabos dispersos en la arena, destripar las puntas de sus pequeños cuerpos, imbricarlos y a fumar Venus de Milos de Magritte. Pero es muy tarde para un punto de luz en la orilla. En el horizonte las naves celadoras se besan un instante, prosiguen, son huidizos barquitos de Portugal. El Hombre y el Joven zarparán en breve. La noche viene a ser un telón.

2.

Todavía no sabes cómo no los vieron. Desde la costa la luz de un reflector zanjó la negrura y viste al Chutemas sudoroso y callado, batiendo los remos como un campeón. Tenía los bigotes mustios y muy abiertos los ojos. Luego supiste lo que miraba, cuando el norte volteó la balsa y a manos dadas se miraron bajo el agua. Eran las luces diminutas de la ciudad, del país, de un pedazo de mundo vivido que el horizonte se tragaba para siempre. Te rozó una idea originada en los vestigios del alcohol: sólo era posible aprehender el mundo así, justo cuando te alejabas y porque te alejabas. Y navegar no parecía muy importante, nada de vida o muerte sino un sucederse acompasado de las remadas a la espera de que otra cosa ocurriera en el lado opuesto del horizonte, adelante…

La otra cosa adelante y hacia todas partes era la pura negrura, la clara evidencia de lo menguado de un cuerpo humano en medio de tanta luz ausente, la mismísima casa de todos los ciegos. Noche cósmica remada, resaca de licor haitiano *made in Cuba*, manada de cilíndricos instantes presentes convertidos de inmediato en memoria, aplanando augurios y recordaciones, elevando a la noche formas casi ateas de la plegaria. Volviste sobre el motivo de la espada. El chorro de luz no era sino un sable laser en manos de Quientusabes-caballero Jedi de una galaxia corrupta, de un Damocles del lado oscuro de La fuerza. La espada con ojos, el ojo de mente afilada que bien corta el pan entre el bien y el mal, la locura y el juicio. Remabas y mirabas largamente aquella mirada en el cielo de tu oscuridad…

Durante la noche debiste remar con toda la sangre de la cabeza metida en los brazos, porque de ningún modo recuerdas el momento en que la espada dejó de cimbrear en tu mente. De aquella medianoche te llega hoy el naufragio de una estrella en el mar, poco antes del desmayo y la fatiga. Acude repetida la sensación de andar cerca de un borde; las ojeras del Chutemas, su voz llena de intemperie, alba y salitre ordenándote subir remos. «Yo, Capitán Solo; tú, sólo capitán de Aurora». Te mandó al carajo, pero esa era otra carencia de la Potemkin. Rieron, como aquejados por la lúdica fase inicial de un Síndrome de Estocolmo en su variante de muerte anunciada de los golfos, a saber.

Sencilla mañana la del primer día; apacible, con sol bueno y mar de espuma. Desayunaron galletas y refresco instantáneo de origen y sabor irreconocibles. El Chutemas se hacía acariciar por una brisa que llamó báltica. Aparte de su proverbial ultraje de los adjetivos, te asombraba su vena marinera contigua del amor al arte. Mal del mar, nudos complicados, monstruos del *profundis*, escorbuto. Recordaste los viajes de Lógicus Salgari por los mares de algún sur. Intuiste que los dos hombres eran realmente un mismo tipo con nombres diferentes en sitios no muy distantes de tu biografía. La mancha de mierda de pájaro mayor se había secado con forma de cabeza de caballo en la camisa del Chutemas, todavía en el lugar donde se prenden medallas. Decenas de medallas atesoraba Lógicus en el cuartucho pestilente donde molía los alimentos del cerdo. Para alimentar al cerdo tiempo de la mañana urdías semejanzas. Si tirabas un poco, traías de las alturas de la memoria a tu padre en globo: Matías cámara en mano, listo para el plano aéreo de otra micro historia cubana, presto a reventarse contra el mar que, según el Chutemas, era un plato enorme. Plato del *eidos* o llano recipiente de inmensidad donde en tiempo de furias, escualos de todos los confines se banqueteaban hasta la saciedad y el aprendizaje del castellano malablao de los isleños.

El Chutemas reveló un secreto: Para no atraer a los indeseables de abajo bastaba con no arrojar desperdicios por la borda. Había que comer organizadamente, mantener los objetos brillantes dentro de la balsa y cuidar los pensamientos oscuros. Si el tiempo seguía fresco, si el norte no cambiaba de lugar, si no paraban de remar con Ahínco y Tesón, pronto llegaban. ¡Viento en popa y a toda vela! ¿Popa, Vela? La Potemkin o Nave del par de locos: Dos cámaras de ruedas de tractor sobre poliespuma, ∞ entablillado a punta de cuerdas caseras y lona de campaña. El Chutemas opinaba que tú estabas sentado en la proa. Tú que era él, mascarón de Odiseo del rigor. Desafiada su vanidad de navegante se fastidiaba él, freía huevos y rezongaba. Insistías en broma para luego cavilar en serio sobre la redondez del charco. Bromuro de Nilo sobre Rigorato de Vanadium ¿Le dijiste entonces que su nombre, el de verdad, se le había olvidado? Evadió-aconsejó con tono suave, de artista-maestro, remar callados y ahorrar energías. Te pareció el mismo tipo ridículo del aula, el grosero cosmonauta que resuella en su escafandra invisible, el pedagogo de nariz apretada por el nudo corredizo de la razón. Te pareció todo aquello y de pronto te cayó bien saberlo ahí en la proa o popa, con cuello y orejas de luchador greco, torpe amigo involuntario. Remaste fuerte, en desproporción con tu delgadez, próximo a alcanzar un saber: remar en charcos hermana hombres. Eran una modalidad de templarios y llevaban sobre el mar un grial invisible, inservible como fe de diablos.

Al mediodía el sol se hartó de ternuras y llenó de puntos la piel con sus manitas largas. El Chutemas sorprendió otra vez: entre los suministros, el vendedor de embarcaciones había incluido abundante cuerda y ungüentos contra el sol. Lo extra era un mapa trazado a mano con un camino de flechitas salidas de la bahía de bolsa o vagina de La Habana que apuntaban a tierra firme al otro lado del mar. Visto así, La Florida no era una península sino la máxima expresión subliminar de un brazo (y por extensión, de una mano o garra comadrona tendida en bonanza) que el fabricante pudo dibujar. Las letras refulgían desde una tinta amarilla fosforescente, de modo que pudieran ser leídas en la oscuridad más densa. Recordaste la tinta en los recortes, el sabor de la tialina impropia. Vértigo, no recuerdo. Casi le comentas al Chutemas sobre los acontecimientos en la oficina de la decana, pero la frase frenó a tiempo con el auxilio de una visión risible: Mientras el hombre se untaba las mejillas aprovechaste la sustancia pingüe y prieta para dibujar al dorso del papel. Quienelchutemasabía había inventado en sus tardes de ocio un aparato que hacía girar la isla ciento ochenta grados en el mar, lo cual explicaba que algunos balseros, habiendo zarpado en busca de los cayos de La Florida, fueran a dar con Suramérica.

El Chutemas, que a esa hora te pareció un mapache, puso cara de razonar tus líneas. Miró detenidamente el dibujo y por esa clase de chiste dedujo tu ingenuidad en materia de Seguridad del Estado. Hiperrealmente quedaba claro –dijo– que nada de nada sabías sobre el destino de «Proyecto Necrófago» cuando pasaste el sobre bajo la puerta de la facultad. Entonces cambió de narrativa hacia la inteligencia de los delfines, la paradoja del caballo de mar y vientos de cuaresma fuera de temporada. Algo te ocultaba con la digresión. Le basta el audio a su exposición y no hiciste comentario. Te untabas la sustancia pingüe y prieta y otra sustancia, también pingüe pero casi inadvertida: la sospecha, mal vestida sobre la pasarela de las posibilidades, la sospecha.

El Chutemas en el turno de la guardia obrera nocturna:

En el primer caso, un Chutemas doble agente, por convicción de la Seguridad del Estado y por vocación de la CIA. Teniendo las llaves de la oficina no le hubiera sido difícil fotocopiar Proyecto Necrófago y enviar faxes a diestra y siniestra. Pero era ese un pensamiento muy lleno de Lógicus para la hora. Remar. Segundo caso, alguien madrugó al Chutemas y envió faxes a siniestra y diestra. Quién. Lo segundo te mortificaba más que los dolores en la espalda y que alguna astilla en el mango del remo siniestro. Tercero era el caso omiso a los anteriores. Remar. Entredicha la cronología remaste a la toma literaria de las aguas tranquilas bajo el sol mortecino de la tarde. En la bitácora de a bordo que por un tiempo quiso ser A dónde, hubieras versado sobre la paz de aquel sol.

Mis remos en estos mares
se hunden en otros mares
donde emergen mis remos en estos mares
donde sólo es real
la Geopolítica

Ya empezabas a descifrar botellas con mensajes ilegibles dentro. Para despejar lo segundo y pasar a la parte verosímil de lo primero, el Chutemas te habló de su amor: Némesis, hija de Júpiter y la necesidad, del mar y de la noche. Era la diosa de la venganza; impugnadora del orgullo y de los amores ultrajados. Aurora merecía vérselas con la diosa en la soledad de aquel mar. Cara incaica versus perfil griego, aprendería entonces que un irresistible mancebo como él (así dijo), debía al menos ser escuchado en (también dijo así) blanca noche de amor. No escuchabas. Recordabas la vocación pictórico-cartográfica del Chutemas en aquel cuadro de su tesis en la URSS que llevara a la Facultad. «Estrategia para la victoria» se llamaba el Cara-vaggioconDeineka del pedagogo. Entre espurias tinieblas se inclinaban sobre una mesa los cuerpos de Quientusabes y dos compinches. Una luz que venía del mapa en escrutinio les pin-taba los rostros con un amarillo de crisantemos. En el blanco del mapa sobresalían líneas discontinuas, señales rebeldes a tratamiento de ojo civil; sólo ellos sabían de qué se trataba el plan. Dolores alabó el cuadro por las capas, el fundamento de la imprimación y la pericia para la transportación al Instituto de algo tan ancho y largo como un Guernica. No sabía ella que el realismo socialista fuera tan citatorio aunque sí muy recitativo. Con el mayor respeto y leve manotear sobre la obra, ella hubiera pintado, junto al punto que Quientusabes señalaba con el dedo, una pequeña figura de Quientusabes mismo apuntando arriba, hacia los asistentes al otro lado del cristal invisible que implica el lienzo-escenario realista, rumbo al techo, a las nubes y, si los gobernantes se apartaban,…hacia Dios. Cuando lo más gam-berro y místico de Lola se juntaron en su cuero teorético, los congregados olvidamos la gran extensión del reino del lienzo y vimos en el aire la holografía hablada: Quientusabes en plena iluminación de locura y los cintillos en neón de un Chutemas subproducto de su hechizo, guataca hasta el ridículo. El músico futuro practicó su toque «a degüello» en la facultad vecina, ayudó a cerrar la clase, a no pasar de los señoss fruncidos del profesor y discretas erecciones de corazones.

Dejaron de remar. Debían comer antes que la noche los cercara. El Chutemas seguía hablador. Te contó de alguien que le añadió una propela a su carro. Eras un pendejo o no habías nacido cuando el tipo atravesó el Estrecho de la Florida en Dodge con toda la familia. Últimamente algunos lo habían logrado en Kayak o en tablas de Surf… Cifras. ¿Cada cuántos llegados con vida, cuántos morían? Cientos de miles durante las décadas transcurridas; cantidades irrisorias para el mar insondable. Genocidio o suicidio a cuenta ola compartían el mismo espacio simbólico de los números. «El cementerio más grande del mundo», afirmaban emisoras de radio desde la otra orilla. A ese ritmo de ahogados, y si las bestias del fondo no hacían su trabajo, el mar dejaría de ser insondable en aquella franja. El sedimento de cuerpos podía, tras decenios de acumulación, convertir el estrecho de La Florida en una parte sólida del planeta. Semejante procedimiento de cruce sobre las aguas practican ciertas hormigas en el Amazonas. «La corriente asesina», «El estrecho de la Muerte» , «La muerte líquida»… El Chutemas ideó para tu goce con las palabras un sistema que debían poner en práctica los rescatistas de la orilla en Miami. Consistía en millares de pequeños islotes inflables diseminados y anclados a lo largo de la franja. Cada islote de caucho estaría dotado de provisiones y al menos un par de umbrosas palmeras inflables. De modo que los balseros rudimentarios, desvalidos y abandonados de la buena suerte hallaran refugio hasta el momento del rescate. Acaso no necesitaban rescate ni salvación alguna, sino recuperarse momentáneamente de la inminencia de la muerte, abastecerse, y seguir camino a otra muerte un tramo adelante. Entre espasmos de risa histérica, con el acento pinareño del Chutemas, el estrecho de La Florida se rebautizaba: «Abrevaderos», «Cayos Cauchos» «Salve I, Salve II…», «La invención de por Él». Palabras de Vuelta Abajo. ¿Habías llegado a distraerte, así de pánfilo, alguna vez en toda tu vida? El hombre no sabía de Christo rodeando de rosados mantos plásticos unos cayos de La Florida. Te dijo que era ateo y eso te partió de la risa. Él encogió los hombros en un «¿Qué?» de cejas altas y más risa todavía. Un reposo, un respiro luego del súbito sentirse en el vacío, un silencio, una inquietud tranquila… Hoy te inquieta lo saludable y tranquilo que el hombre masticaba galletas y palabras, tan ajeno a la muerte nada atea que le vino. Quizás esa noche sospechaste su sacramento de sal, en forma de calambres intestinales, cuando su voz quedó en asmáticos resuellos casi al alcance de tu mano, esa pertenencia con huesos que tampoco divisabas en la oscuridad. La madrugada fue más negra todavía pero la ignoraste. Por sombras de una ceguera mayor no hubieras podido ver que no veías.

Largas cuartillas llenaba el Chutemas en el aire oscuro y salobre. Te preguntabas si a él no lo mataban el cansancio, las hincadas en brazos y hombros, el sueño atroz. Imparable el hombre: Un balsero dichoso fue a dar con el barco de la reina inglesa de paseo por La Bahamas. Cierta mujer menstruante saltó al mar y así salvó a hijos y marido de la ronda mortal de los tiburones. ¡Y tú que habías previsto salvar la memoria de los muertos en el mar con unas pocas líneas en blanco, blancos minutos de silencio tributo a la desesperación de incontable color! Demostraba morbo el hombre y no le podías sellar la boca, ni cambiarle para bien el manojo de aseveraciones terribles, lanzarlo al mar. Había otras tantas cosas que decir (o no decir) y en cambio escuchabas aquellas con espíritu de lector de tabaquería. ¿Por qué? Porque alientas supersticiones consoladoras: Una pesadilla que se cuenta al amanecer, atenúa por saturación la posibilidad inmediata de acontecer, ella o su similar del mundo físico, en el despertar inmediato. Guarda siempre la intensidad dramática del relato una relación indirecta con el peligro de muerte y sus pormenores durante la vigilia. Escuchabas y olvidabas que supersticiones así te llevaron a la elección de peripecias para las ficciones del libro. Las ficciones y no la historia verdadera de ningún credo te ha hecho fluir hasta aquí. Balsero ilusorio, guasasa intangible, humo de números, estadística; a la vez irrefutable como la noche y el mar que envolvían esos pensamientos. Anti-Quijote, prisionero de senda letrada, tu nombre de río, el griego síndrome de la desembocadura. El Chutemas y tú eran mensajes de un cosmos alterno, noticias de fugas opuestas en comunión.

Cerraste los párpados y fue como desconectar al Chutemas de la corriente del verbo. Dormiste por primera vez en dos noches. No sabes por qué el Chutemas te cedió su turno al sueño y remó él solo hasta las horas finales de la madrugada, sin chistar. Al despertar no hubo tiempo para preguntas. Fuertes vientos azotaban la superficie del mar destruyendo la metáfora del plato, alzaban rizos espumosos que salpicaban la balsa, dejándole las primeras pulgadas de agua. En el noticiero de las ocho el licenciado denominaba aquello como «marejadas peligrosas para embarcaciones menores». Así como la Potemkin no era «embarcación menor» sino molécula suelta en la inmensidad encrespada, el amanecer fue de un gris de crema endurecido. La línea entre agua y cielo sufría el esfumato de una lluvia lejana. Mirando a la distancia recordaste la oficina, el agente tenor, la cortina de saliva…

—Es un Norte —te dijo el Chutemas atento a la brújula—. Hay que remar durísimo o de lo contrario el viento nos empuja hacia la isla.

Tipo duro el Chutemas. Igual que tú, él sabía lo vano de aquel empeño. Hubiera podido remar con Tesón, Ahínco y Teófilo Stevenson de su lado, que la balsa seguiría igual de obediente al imperio del viento, indiferente a las musculaturas. Mientras ustedes derrochaban energías el oleaje arreciaba, volvía nimia la testosterona de los Juanes, los despeinaba. La balsa daba tumbos con amenazas de volteo. Renunciaron a remar vencidos por el mareo y el motín de las vísceras. Los dos vieron el mapa salirse de bajo las galletas. Retinianos, cada uno en su escuela, disfrutaron cómo la tinta corría bajo los golpes de lluvia formando países de fábula, antes de alejarse en baile por los aires de la tormenta.

A través de los vómitos viste al Chutemas atarse al enjaretado de la Potemkin. Estaba desesperado del modo obvio de los expertos. Entonces fue que emitió la orden, la que no escuchaste debido al rumor violento del aire y de las aguas. Debiste imitarlo, comprender la urgencia de asegurarte y asegurar las provisiones por medio de ataduras. Debiste, pero el terror produce sorderas, aquietamientos fotográficos cercanos al Absoluto. Sobre todo si además del ruido sientes de repente una ausencia bajo los pies y ves toda el agua del mundo tragándose lo visible, montaña de alta cresta avanzando inexorable sobre ustedes. La ola. La vague. La vaga sensación de Lola…

Esa visita reciente al Museo. Tenías delante el grabado por primera vez fuera de los libros. «Vista del Monte Fuji a través de las olas»: Hokusai, balsero en post trauma. Otros más. Meses antes no podías sonreír, el único chiste eras tú, alevín malcriado en el vientre de la ola cuya fuga te pareció imposible como el cielo.

Si es verdad que naciste de aquel vientre, divisaste la balsa a poca distancia, sin Chutemas, alejándose en la cresta de una ola más pequeña. Nadaste como no has hecho más; como nunca más lo harás, apuesto. Razonaste hundirte y bracear contra las olas a fin de evitar una distancia que hubiera acabado el cuento.

La balsa se había invertido en el vuelco y todo lo que tenías por asidero era el enlonado de su revés. Te pareció un regalo, difícil de asir pero regalo. Desde el momento del giro hasta ese instante de alivio pasajero transcurrió el minuto más largo de todas las vidas. Así habías descubierto cómo el monster-ego en peligro puede borrar la miseria en el acaecer del otro para concentrarse del todo en la precariedad personal y sobrevivir, fuera de toda moral sobrevivir. El Chutemas no se veía por ninguna parte. Te pareció escuchar su voz remontando el estruendo continuo. Un paquete de galletas sobre las olas tuvo el aspecto del Chutemas por un momento. Por poco no ves la mano saliendo por el borde de la balsa, mano de hombre que busca otra mano. La sujetaste y tiraste con fuerza pero el cuerpo no emergió. La embarcación se tambaleó furiosamente y caíste sin soltarte de él. Otra vez fue turbio, la débil luz de la mañana atravesaba la superficie y eso bastó: bajo la balsa, amarrado estrechamente a ella por la cintura, el hombre se debatía por zafar el nudo con la otra mano. Apenas te convences ahora de haber hecho lo posible por desatarlo y llevarlo arriba entonces. Era, sin embargo, un nudo indescifrable para tu zurda y torpe mano libre; un agua helada y rebelde que te sacudía impidiéndote obrar; su obstinada mano que no te soltaba. Por el favor de un cavado en la superficie respiraste un instante. Siguió una inmersión definitoria, unos tragos de agua se abrieron paso a través de tu pánico cuando viste al hombre convulsionar entre burbujas. Supiste que iba a morir, que ambos iban a morir si pronto no te librabas de su agarre. Poco antes que todo hubiera acabado lo miraste a los ojos. Te miraba con los mismos ojos desorbitados de la primera noche, cuando zarparon y la luz del reflector los iluminó como a dos actores. Sentiste la presión increíble de sus dedos, la mano toda sacudirse consciente de no asir nada más en la vida. ¿Te arrastraba o se despedía con firme apretón de manos pedagógico? Te soltó, sabes que pudo llevarte consigo y escogió soltarte, dejarte embarcado con los vivos. Había vida en su mirada cuando te soltó, por fin una química veraz entre ustedes. Con el último aliento, lleno de pavor, te serviste de la malla para reptar por la borda hasta el envés de la balsa. La panza de lona recibía el embate del viento mientras iniciaba dentro la digestión del hombre.

Fuerte. Aún te vanaglorias secretamente de haber sido fuerte. No podrías hacerlo otra vez. Cualquier flaqueza te hubiera separado irremediablemente del enlonado. Habrías sido la nueva hormiga del fondo, apoyo para las que sucumbieron luego, modesto montoncillo de hueso anónimo, cimiento de un puente de muertos entre las tierras en pugna. Así duraste, prendido como un molusco hasta que la tarde vino y amansó las aguas. Porque no sólo en la conciencia los muertos pesan; porque en su concavidad original la balsa carecía de aire y se pegaba al agua como otro molusco, era en extremo difícil hacerla girar sobre sí. Lo que era arriba sería abajo, era cuestión de subir el cuerpo a lo que antes era el fondo del artefacto. Lo viste: tenía aquella mueca en el semblante azulado y un hongo blanco de muy finas burbujas asomaba a sus labios. Durante el forcejear bajo el agua el nudo de la cuerda en torno a su cuerpo se había apretado fuertemente. El hombre estaba desgarrado, casi partido.

Desataste al Chutemas como quien salda una deuda. De no haberse ahogado hubiera muerto igual por la fuerte presión en el tórax que le ocasionaba la atadura. Cuando zafabas el nudo reparaste en la extraña quietud con que obrabas. Todo en derredor era quietud. Mentalmente reconstruías lo ocurrido y la sucesión cumplía la lógica laberíntica de los absurdos, se perdía y afloraba de nuevo en la quietud inexplicable. Era un mar vacío, de sobrecogedora quietud. Temiste ser parte de toda esa calma: probablemente te habrías ahogado también y eras un alma en pena, sin penas reales, penas literarias tal vez. No fuiste bastante fuerte ante el espanto de sospechar que nunca habías llegado al mar, que del cuarto donde escribías no habías salido jamás.

3.

Como los muertos no sangran, es decir, como la sangre en ellos no fluye sino que se duerme y nada más obedece al capricho de la gravedad, no tenía sentido alguno que de la desgarradura la sangre brotara y corriera inconteniblemente por la balsa llamando la atención de los escualos de todos los confines, como si el Estado cubano hubiera legalizado en aquel punto el cruel mercado negro de la carne roja. De todas formas escribiste:

4.

...y forzosamente no fuiste más el joven, más bien El viejo y el Mar fue el mal y el Chutemas no fue más el hombre sino que devino en lívido pescado por quien luchaste contra los tiburones aun odiándolo por querer ahogarte horas antes reconstruiste imágenes del pasado asincrónicos *remakes* del Chutemas y tú imberbes camaradas de sexto deslumbrados ante una lámina del 2000 del barrio y de la escuela saludando libidinosas lavanderas y la bandera y el himno y el lema con los cinco dedos sobre la cabeza de un continente dada la ecuación intereses colectivos sobre intereses individuales de algún modo hieráticos como papagayos repitiendo prometiendo ser pione- ros por el Comunismo como el Ché a estas alturas asmáticos solamente un poco ignorantes uno del otro en las filas en la serie indefinidamente continua de isocefálicos guerreros babi- lónicos bizantinos apóstoles pioneros ungiéndose comunistas en el líquido que brota incesante de la ficción de la novela que vela el recuerdo de horas antes cuando te quiso ahogar y no sabías por qué pero lo dispensaste y quisiste arrebatárselo a las bestias verlo inflarse y ponerse verde hasta ver si aparecía tierra firme y lo sembraban normalmente contrariamente al grito de los Pornosabios un sireno un sireno con voces afectadas pues son ellos jocosos vecinos de los cines habaneros activos en agosto del noventa y cuatro cuando las marquesinas anunciaban La noche de los tiburones y en las noches reales de las costas de La Habana auténticos tiburones aplaudían el error el terror político a mandíbulas batientes sobre la masa de carne navegante balse- ros llamados escorias catorce años antes devolver alguno catorce años después dadivosos sarcásticos vestidos de señores tocando puertas de otrora CDRs con cartones de huevos gracias aquí les devuelvo a ustedes les hacen falta ahora que las monedas con rostro de héroes yanquis pululan sin pena por las calles donde coetáneos de Guillén trashuman solitarios a tu lado conciencias limpias frentes gachas meditando en cosas simples como el aire que tenían que tener que tuvieron y ya dejaban de tener otra vez algunos abocándose a la asfixia en tierra firme entre largas líneas que se las jame   yo hice

         carentes del simple aire

               ala experimental.

las líneas del blanco silencio repartido, del homenaje a los devo-

         a escasear los héroes cuando tuviste presente las palabras de ella

exótica esa

         Dolores, la esotérica borraba la diferencia entre una banda para militares y una banda de paramilitares.

ol usara el doble de talla de calzoncillos que Maceo y

telectual del asalto al Cuartel Moncada como Nerón inspirador de la quema de Bayamo, antes de entregarlo a una potencia agripina.

tusabes; Viracocha, quien haciendo las cosas virar, girándolas vertiginosamente

                              . Desordena y revuelve la consciencia
de la nación hasta la misma coseidad.

est enim fertilis. sed ulterior bestiis et serpentibus plena

    Narración donde los múltiples personajes llevan el   mismo
nombre
mo hombre

¡Y al hermano también!

                                        La cosa

        debieron rezar las cínicas marquesinas en los cines de la
capital

        una premura y zarpar después, en el mes ardiente de aquel
año

entonces no
                        26-07-56

        habrías desmayado ante la quietud del mar pretérito

                              vacío fantas-
mal
                    tu padre nunca más.

ni una boca de Makarenko.
                    nada de soledad, hambre o crudo frío

                    diáspora

        aspira   pira   ira ir a

mandrágoras de la espera

inescrutable   familias y barrios

navegando junto a ti
                Renegados Ante el Esperanto

de no asistir a la escuela
                robar el tiempo para estudiar

narrativa depurada que narra activa depravada

                saber que la china iba a imperar

                        Compartiendo las mismas
aguas, de lengua en lengua

SIENDO EL MAR UN PLATO
CON SOBRAS DE SOMBRAS
DE LA OTRA NOVELA POSIBLE:

Tres jóvenes y una mujer sobre los cien años de edad, pelirrojos todos, se acercan a tu resto de barcaza. Te hablan animadamente, confiados en su travesía, como si navegaran una versión mejorada del *Titanic*, la balsa soberbia. Porque se te nota de lo más aburrido, ellos sacan del fondo de la embarcación un tablón de *plywood*. Sobre el tablón chocan las fichas de un dominó. Al juego le faltan piezas. La abuela dice haberlo heredado del mismísimo Rey de los campos de Cuba, que a su vez lo adquirió del Titán de bronce, que a su vez... Los nietos empiezan a mirarte mal después de ganarles seis partidas seguidas matando con el doble nueve. «Llevas contigo la mejor de las peores suertes posibles, la carta más ligera, las marcas del vacío», te dice la viejecita y sonríe como en lamento. Les encanta tu nombre, creen saber a dónde vas, dan por supuesto que lo sabes, lo apuestan. Seguro tienes familia allá y alguna dejas acá tal vez. Pero si ahora mismo pecas y cuentas de tus dudas sobre la existencia real de Miami, por ejemplo, esta viejecita pudiera propinarte otra voladora o, con un simple chasquido de sus huesillos, ordenaría a Pecas número uno lanzarte al agua por comunista. No les cuentas por qué no te seducen las inciertas alegrías en masa, porque sabes que ese instante inmediato de verdadera pérdida de la partida es el porvenir de una ilusión haciéndose presente, licuándose en la circunstancia. Al no chistar sobre tu orden interno de cosas, pasas la tardecita en la algarabía, discutes de pelota, te quema otro ron ignoto y se te enredan en los dientes unas hilachas de carne salada en Unión de Reyes, provincia de Matanzas, de donde son los rojos jugadores. Cómo evitar pensar que masticas un español muerto en río a manos aborígenes, un negro muerto a manos de español en La escalera u alguna de sus combinaciones anecdóticas… La noche te entreteje con destinos extraños, eres parte de una filigrana instantánea de esperanzas unívocas. Una escuadra de peces de largo aliento y unas algas peregrinas emergen en coro, cantan en su lengua de sal el cuarto movimiento de la novena del sordo. Los pelirrojos, fósforos encendidos contra la noche, se despiden pero no los escuchas; compones una décima, la décima del sordo. La corriente trae timba. Cuatro negros en fuga te reconocen del barrio y sin pérdida de clave te saludan desde su artefacto flotante, «The yuma express». O te confunden, no es igual Nilo que Lino. No reman, sólo cantan y tocan. El artefacto lo navega Yemayá, su soplo envuelve ese tramo de la corriente de Humboldt, si es que la fe contiene a la ciencia. Sigues la música y el soplo de diosa detrás del artefacto. Los pierdes, te desconectas de los negros del barrio. «¡Dale suave, Lino!», escuchas sobre la percusión que se apaga en la distancia. Linotipo, tipo Nilo te preguntas si se trata de otra metáfora sobre el rumbo del viaje y la composición de tu ser o pura dislexia. Puede querer decir que debes volver. Volver al reino de la intuición pura, a la manigua donde la razón de silogismo sale herida desde la premisa hasta la conclusión. Concedo.

DE CÓMO EL CHUTEMAS FUE DEVORADO POR LAS BESTIAS
Y ESTÁS SOLO
Y EL MAR RESACA
Y TE RESARCE CON LA MANO QUE HABLA:

Prendida a la cresta calada de una ola surge la mano delgada y pálida. La mano libera la ola como si hojease un libro, cae al interior de la balsa donde hace horas te meces a la deriva. El esmalte rosáceo de las uñas delatan la mujer que tuvo por dueña. Contemplas ese resto, lo palpas. ¿Habrás tocado esos dedos fríos en días de tierra firme, un jueves frío quizás? Sangra la parte ligeramente, los verdes riachuelos bajo la piel no se han secado todavía.

Vuelve Gauguin a tu mente, ahora náufrago en avance hacia el único polo norte. Si los mapas de Mercator fueran ciertos irás a parar al hueco en la cima del mundo, a donde todas las corrientes van a parar. Sabrás qué sienten tus desechos en el remolino de una taza. Sabrás, pero no sientes miedo, porque la mano de mujer invisible te acompaña como un amuleto. En cambio, sientes un hambre terrible: la mano en tu mano es saludable y fresca, un manjar a tantos días, ¿qué piensas? «Lo que sea, todavía pienso», respondes en alta voz sin mover los labios, no sé cómo lo haces.

Apartas la vista y al fin cometes el error de mirar al cielo: la mano, es el maná. Si aprovechas las proteínas tendrás fuerzas, proseguirás. La tierra (no cualquier tierra) se hará debajo de ti. Fundarás junto a la próspera estirpe de los que no buscaban y hallaron. Debiste aprender hebreo, mejor inglés, ruso post perestroika, cantonés…

La mano abre un ojo en su palma y te dice «Detente, diente, sé inteligente. Piensa, prueba a escribir otra cosa. Comer de mi carne muerta es la opción de la mala novela, de las partes incontables del rollo de algunas vidas. Diáspora, Judíos del Caribe… ¿Qué es eso, qué si no la mítica fatídica de hombres que abdicaron de una porción maravillosa de lo posible en su tierra para marchar a donde viven mejor los impugnadores de la maravilla? Suéltame, déjame con Olokun, cuidado con la canSión.»

5.

Un acuerdo: Como los muertos no sangran, es decir, los muertos por asfixia como el Chutemas, tuviste al muerto junto a ti todo aquel tiempo, doce días de Dios, que suman unos

198

438.000 días de simples mortales. Doce días de hambre y sed sin otra compañía que el cadáver pestilente inflándose más y más cada minuto a unas pulgadas de tu cara. Días de sol implacable del golfo de Méjico quemándote los pulmones. Noche de fiebre atroz, viento helado y perezosa luna. Te sabías marchando o viniendo a la muerte segura, lenta pero segura. Pensabas en la redondez de los charcos, en el hilo de tu minúscula historia, tan mejor y peor que la historia de cualquiera ya espumado en este mar.

De paso por el malecón preguntas a viejos pescadores por los efectos del agua marina bebida copiosamente. «Poca, cura; mucha, destruye los riñones y te funde la cabeza.» Así explicas aquella noche segunda de diciembre. Arrebato de fiebre, delirio…

Frimario de cera, la noche

Entre las nubes se filtraban las estrellas como en lámina de Zodiaco escolar. Sonámbulos pececillos escoltaban la embarcación. No los viste. El hambre y sus cuerpos plateados por la luna pudieron hacerte caer al agua. Entonces hubiera derivado en chapuzón lo que hoy acordamos llamar delirio.

A pesar del poco viento, un pedazo de mar comenzó a inquietarse a unos cien pasos de la balsa. Por un momento el ruido de las aguas removidas te hizo temer la presencia de animales grandes dispuestos a tragarse la balsa de un bocado. Una Moby Dick servicial y la fantasía de un submarino con música de caballería se sucedieron veloces. Cuando la mole emergió completa y los chorros de agua cesaron de correr sobre su casco, divisaste el yate. La luz de relámpago detenido provenía una luna que se abría paso en el cielo empedrado. Los trazos de lluvia que zanjaban la noche fueron sólo recuerdos; no llovía, fuera de la memoria no llovía. Tampoco el barco avanzaba, tenía ese aspecto fijo de cuando por primera vez lo viste en aquella página de la niñez. Faltaban el manglar y el sinuoso hilo verde de hombres sonrientes con el agua al pecho, los que cargaban sobre sus cabezas fusiles y cajas. Te preguntabas si pronto no saldrían de la ilustración los valientes, desinteresados, valerosos y decididos a salvarte personalmente, por segunda vez. La fijeza relativa del instante parecía llegar a su grado de congelación cuando se produjo un aletear sobre la Potemkin: en lugar de flatulento cadáver del Chutemas brillaron las alas del palmípedo. Integra, el ave duró apenas un momento. Pronto las alas trocaron en brazos, del pico se hizo la nariz del rapsoda y de la membrana espaciosa del pico surgió la barba pelicana. Cuando ya no quedó del pájaro una pluma y el traje de gala vistió la enormidad en encorve de su persona, alcanzaste a comprender: Inescrutables suelen ser los caminos de la fidelidad, su poder...

Tú: Te esperaba.

Él: Días, semanas, largos años de espera. Bien lo sé.

Tú: Riendo en las pantallas, rozándome con tu sombra, insinuándote a mis pasos.....Tras el sinfín de los disfraces he percibido tu figura. ¡Ah, infinito poder, ahora que sólo para mí te muestras, cuánto me cuesta la ofrenda del apóstrofe...!

Él: Ahorra tu aliento, hijo, no son momentos para halagos. Tómame por humilde servidor que a tu llamado tardó en acudir un instante. Perdóname, aprovéchame.

Tú: Poco vale que te afanes, viejo. Conozco mi sangre, la siento loca apurarse en el circuito ciego de mis venas; sé que ardo y apenas el contacto del aire frío eriza mi piel. Hace años me abandonaron los dolores. No padecer de hambre y sed son carencias que agradezco, sin embargo, un enorme temor me acongoja.

Él: ¿Y se puede saber?

TÚ: Temo despertar una tarde y ver cómo mi piel se desprende de mí sin que dolores me lo adviertan…

ÉL: ¿Dolores-Dolores?

TÚ: No, dolores-dolores. Horror me ofrece la idea de navegar los siglos y no avistar más seres que pájaros remotos, ni otra imagen de la tierra que aquella que me regalen los sueños, los mismos sueños; ni otros barcos que no sean troncos a la deriva con raíces en países invisibles para mí.

ÉL: no comprendo tu congoja. ¿Acaso no eran tales avatares de Odisea los que en horas de tierra firme evocabas con la escritura para el ruedo de tu existencia?

TÚ: Al parecer, Quien interpreta signos y hace cumplir terribles designios no comprendió en la escritura el juego.

ÉL: Habrás de excusarme semejante desliz hermenéutico. Pero, si toda novela es autobiografía velada, qué anhelabas pues. De varios modos te hice saber que la desideologización es un cuento. Has leído en todas partes que escribir, vivir, navegar… siempre embarcado estás. Como quiera que te embarques, lo mismo da ir que volver. Comprendo tu teoría del charco redondo, la identidad de las orillas. Son las dudas secretas que acosan alguna vez al más convencido de los comunistas. No obstante, debiste poner mayor cuidado en el juego de escribir. A tu camino real acude lo que en él imaginas; es cuestión de tiempo, de la intensidad y sinceridad de la imagen.

TÚ: ¿Alguna vez intentaste evadir la farsa cíclica? Como lo veo, hoy como en otros tiempos, todas las fuerzas de la vieja Europa se unen en Santa Cruzada contra el fantasma del comunismo; mañana el fantasma se alzará en Santa Cruzada contra las viejas fuerzas. Y así, hasta que la gran película del mundo sea proyectada de una vez en la faz de esa luna. Sólo entonces todos despertarán con el propio estrépito de la carcajada mundial. Claro que aún se corre el riesgo: la película pudiera cobrar vida propia sobre la pantalla; la misma historia recomienza y marcha con botas de potencias dominantes o descalzas alternativas hasta que…. ¿hasta qué?

Él: El eterno enrollo. No, no es una película, se trata de ustedes y nosotros, de los hombres y sus sueños y los sueños de sus sueños que volamos por el universo batiendo siempre la mortal pesadilla del fin. Todos, absolutamente todos, propulsados por los diversos pedos individuales, a pelo o contrapelo de sus arquetipos. Ocurre que en ese vuelo no puedes fijar ni aceptar el rumbo con igual desidia o pasión que tomarías cualquier otro. Comprende, cuando esto ocurre es que ya no hay pedos; ni pedos, ni vida, ni vuelo a vida nueva. Cualquier estudiante sabe que creer en todo es igual a no creer en nada y creer en nada es por principio una creencia. Nada es ese Algo invisible que nos violenta hacia la corporeidad específica de la materia, pared de un grosor infinito que contiene lo que te está dado saber. Por eso ir a todas partes es como quedarse en un sólo sitio, sentado, tranquilo, muerto. Creemos o morimos, en el mejor de los casos. Claro que hay tristes moribundos condenados a la vida, verdaderos artistas de la agonía; mira lo flaco que flotas… En cuanto a la farsa cíclica, la cuestión nunca es quedarse o evadirse, se trata de comprender sus leyes y adentrarse en ellas del modo que toca.

Tú: Pero, has dicho que alguna vez dudaste…

Él: Y me alegra dudar una vez cada tanto. En medio de las dudas descubro el peligro de asumir como propia la vacilación ajena. Mayoreo ese peligro y enseguida sobrevienen días en los cuales soy indudable. Con mi elocuencia demoro todas las certidumbres que me desechan, retardo el darse cuenta de mi obsolescencia; la cuenta de que todo ha terminado para mí y sólo asisten a formalidades de un cambio de turno, a las sutilezas de un cierre…

Tú: O sea, que en verdad ya no eres, propiamente hablando, un dictador; acaso un post dictador llamado a poner fin al concepto y práctica misma de dictadura como sistema de gobierno, el último dictador de la tierra…

ÉL: En serio, pocos piensan que aborrezco las dictaduras sinceramente. Pero te informo que los hilos de mi obrar convergen desde pensamientos muy distantes entre sí hacia ese único punto donde todo otro pensar se me vuelve incierto. A ese punto, a ese diminuto dictador que ordena el laberinto de nuestras vidas, mejor llámale predominio de una convicción sobre las incontables que pudieron dominar: selección inconsciente, natural, popular, divina… ¿Imaginas lo blanduzco de una tierra donde el bien y el mal quedan al libre albedrío de millones dubitativos? Avanzamos justo con el impulso de los que nunca estuvieron aptos para dudar. Ellos, con su esfuerzo revolucionario, hacen posible que millones despierten cada mañana y el sol traiga mi dilema sublime: Socialismo o Muerte. ¡Despierta, hijo! ¿Quién puede ser mejor hombre de su tiempo sino aquel que alcanza a ignorar su oscura voz interna y sacrifica todos sus pasos en aras del gran sendero luminoso del género? A diferencia de lo volátil del dudar en el corazón de las masas, para cada individuo hay lapsos destinados a la duda que tienden a durar lo que un catarro y que raramente devienen en condición permanente del enfermo. Ahí estoy, pues, dispuesto a la cura de aquellos que dudarán un día, antes que se apodere de ellos la fiebre escéptica y los consuma la desazón de no saber a dónde marchan. Ahora mismo, y por todos los canales mentales a mi disposición en el éter del planeta, ofrezco a los que dudan el regreso a casa a cambio de borrar sus dudas de mí, de echarlas en un olvido voluntario, en el saco de mis tropiezos menores de caudillo y de todas las miserias humanas de La Revolución. Las mentes que se repatrían nada más deben recordar la gloria que se ha vivido, sentir que son suyas, que son ellas quienes gobiernan y que vivirán la única posible de las democracias. En tu caso, sólo una cosa te pido: Reconóceme en todos tus caminos y yo enderezaré tus veredas.

Tú: ¿Y será ese el precio de no gastarme a la intemperie, en mi tumba de aire y agua donde solo y por siempre nada más que pienso…? ¿Y qué pasa si ya otra vez esclavizado en tierra olvido que he olvidado y las viejas dudas me acometen y en Su majestad otra vez no creo?

Él: Hablas de la errata imposible. Esas indefiniciones simplemente no ocurren fuera de las altas matemáticas o de la escritura como desastre algorítmico.

Tú [moviendo maracas invisibles]: ¿Algo rítmico?

Él: No me interrumpas, no jodas con la palabra ahora que todo cobra sentido. Sabes que no me asomo a los remolcados por el perfume del *modus vivendi* yanqui, a los vulgares consumidores del *phagus ergo cogito* criollo, para eso están mis séquitos y su jauría. Me persono ante ti porque la intensidad de tu duda lo amerita, porque resulta de una importancia incalculable para el balance mundial del credo socialista. Energéticamente hablando, la deserción de un individuo como tú equivale a veinte meses de reclutamientos y dos mil averiguaciones de vida, viene a significar otros tantos miles echando el bote a la mar o setecientos intelectuales que incineran el carné del Partido entre Beijín y Pyongyang; cuenta lo mismo que nueve monjes budistas indispuestos a la combustión espontánea en nombre de la libertad de religión, más cuarenta adolescentes palestinos que ya nunca vestirán de bomba por nada en este u otro mundo. Tu ausencia puede ocasionar, por ejemplo, que media docena de líderes guerrilleros en África y Centroamérica calculen deponer las armas y jugarla bonito en venideros comicios electorales que serán supervisados por el mismísimo Enemigo. Vale, admito que según envejezco dejo de ser la isla completa en mí mismo; progresivamente mis mañas de ultramar pierden encanto de arquetipo y los cobros nacionales más recientes no hablan muy bien de mi estética. Sin embargo –y con embargo–, ahora soy elegante contigo, te salvo en el cantío de un gallo y tú me correspondes con aquello de quedarte en Cuba tranquilamente el resto de tus días. Ni siquiera tienes que cortarte el pelo y engordar, sólo se trata de andar La Habana, de dar la cara como si nada supieras de la naturaleza de mis cosas; imagínate obrando asuntos simples como el aire, moviéndote con anuencia verosímil para los lectores ocasionales, con actitud sosegada, cual respiración de asceta o de revolucionario en sueño muy profundo. Si no pagas, queda claro que volverás a este lugar exacto del mar y sobre estas aguas te pudrirás en dudas sin llegar a morir verdaderamente. A ver, estudiante, cómo te digo… fallas este examen y te garantizo un infierno personal flotante donde la vida pletórica de certezas que pudieras disfrutar junto a los míos, no sería más que un vago anhelo en medio de la pesadilla sin fin. Piénsalo bien; no lo echaremos en olvido.

TÚ: Pleno derecho tienes para ello. No me comprometo con temeraria presunción o guapería barata. Tal como me hallo, esclavo soy. Que lo sea tuyo o de otro ¿qué me importa?

ÉL: Hoy mismo, en el banquete doctoral, llamaré mis funciones de servidor. Una cosa no más…Por razones de vida o muerte, te pido un par de líneas.

Un pacto. Él no pidió nada más y abandonó la balsa. Echó a caminar sobre las aguas con la parsimonia de su estatura. Apenas volvió el rostro cuando una niebla espesa vino a su encuentro mientras abordaba el yate. Navegando en silencio, como impulsado por velas intangibles, el barco se adentró en la niebla que lo trajo y lentamente se alejó.

Tintas nubes ocultaron la luna. De inmediato la oscuridad se deshizo con golpes de luz de una noche en el caserón, cuando la abuela de Magda te hizo jurar que nunca pernoctarías frente al oráculo y allí te dormiste esa misma noche, infiel como eres a los juramentos. ¿Verdad que no te importa si narro y miento, si invento y no soy fiel a la irrealidad del evento?

En ambos sueños eres el joven Ícaro y caes interminablemente entre las nubes. Debajo, para atraparte mejor, la Esfinge se alista con afiladas garras, sabe que te has desprendido. No temes garras ni preguntas, viajas como en primera clase la caída, es caída de pensador. El estruendo del himno nacional en la medianoche te hace creer que ya tocas tierra. Tus fragmentos todavía se sienten unidos, te asombra la tremenda duración de la conciencia en plena desfragmentación de su recipiente. Aquí los místicos hablan del impacto del alma cuando regresa de las alturas del sueño al cuerpo del durmiente. La tuya es una Muerte en dos Nilos, muertes gemelas de un mismo ser empastadas por la sustancia de los sueños. El sueño casi se disipa en lo abstracto de mis pensamientos si no llegas a ver en un lugar del cielo, hombre a tierra en tu picada, al Padre de la Patria, descaudalado el criollo, inmóvil en su mármol, bajo el brazo el sol de Cuba. Luz de cátodo, es el oráculo de Abuela, las notas del himno cubano abreviado te llegan de lejos, confusas, como de un sueño tercero que contamina las neuronas a cargo del sueño en la balsa en cuestión, lejos del Mississippi y de cualquier otra refutación de mi tiempo. Una multitud desfila y canta ante La esfinge. El sol derrite la cera que une tus plumas pero brilla siempre para todos… y para todo. Te precipitas despacio, disfrutas el vértigo. Sientes tu cuerpo cortar el aire. A diez metros por segundo, el gran imán de madre tierra te llama con su voz de cosmos. Eres un depósito del cielo en este ritual de sangre nueva para mi evolución. Bajo el sol miles de niños agitan pañoletas azules que fungen de mar. Sobre el mar navega el barco-abuela que se perdió en la niebla de tus delirios. Yo contemplo el mar de pioneros y el barco de verdad desde el pódium de la raspadura, aplaudo suave, sonrío, te sonrío…también sonríes, es tu caer. Ríes y ríes pero tienes las carcajadas contadas, desfalleces. Alucínilo de Pódium. Ya te salvo.

A los hombres que salvaguardan nuestras costas y cuidan nuestros sueños les sobra la luna, para iluminar tu rostro de hijo pródigo tienen linternas que parecen soles. Mientras te sacan de la Potemkin y levantan tu cuerpo sobre la borda de la Griffin, reparas en la esbeltez de los militares y la pulcritud de sus uniformes; ellos son jóvenes y casi tan delgados como tú, pero descomunalmente altos. Porteros acuáticos de fusil y arpón, atletas de la vigilancia, guardametas del chance, estilizados tíos Stiopas que se preguntan qué le pasa al comemierda este. Ríen ellos de puro contagio porque aplaudes, ríes y cantas:

Pust vsiegdá budiest solnset
Pust vsiegdá budiest nieba
Pust vsiegdá budiest mama
Pust vsiegdá budu ya.

6.

De los días en el Hospital Naval conservas jirones. Rostros impávidos de enfermeras limpiando tus quemaduras de sol; el gotear proceloso de los sueros de hidratación; parcos militares disfrazados de doctores, auscultándote apenas sin mirarte; las manos nerviosas de Regina doblando una sábana, confusos recados de Silvano enriquecido de pronto y de Lógicus asesino de su cerdo. Recuerdas el vacío de olores en el viento. A nada olía el mar que alcanzaba con su aliento los balcones del hospital. Sin su aroma de vida, de centro de mujer, el mar resplandecía, extensa placa de fuego bruñida donde tus memorias se volvieron cenizas. «Amnesia de pos trauma se llama –te dijeron los doctores–, que no se te olvide». ¿Se te olvide qué cosa?

En el hospital te visitó el Nagüe. El coleccionista alemán nunca llegó. En cambió la francesa tenía palabra. Los invitaba. En plural porque la exhibición incluía al Sobrín y a los

Pornosabios. Si no había errores de cálculo el mes próximo los cuadros colgarían en París. Veintitantas piezas ya medio vendidas podían traducirse en nosecuántos francos. Y cada franco para la franquicia del menos franco en jefe, que no se opondría a dejar salir (o entrar) a los cuestionadores más recientes si algo contante y sonante traían al regreso…para el pueblo, claro. «De momento colgamos de la visa» te dijo al final y rió con magnífica carcajada. Lo viste colgar de su risa.

Los Pornosabios asistieron luego. Contaron cómo Aurora encontró a la decana muerta en la oficina del Instituto. Yacía de bruces en medio de un charco, dicen que ahogada por buches seminales envenenados que obtuvo del agente, antes que te regañaran y escaparas con el Chutemas. Pero ya no escuchabas. Y esas tercas orejas tuyas no eran culpables de la sordera. Atendías a las indiscretas enfermeras, tras cuyos ojos el implacable sol del golfo se mezclaba con el gotear del semen vertido por los Pornosabios en la garganta de la dama de canas. Ellos cuentan mejor de lo que pintan. Ellos, nacidos en el 69, expertos en el cuadrifolio de óculos, ojerosos bálanos sapientes inmersos desde siempre en glandes problemas. Pablo te regaló una partitura, más bien una hoja de papel pautado vacía. No pintaba más, explotaría su veta musical oculta: Todos llevamos dentro un instrumento de viento, si no, escucha detenidamente un pedo… ¿Recuerdas las tardes en el instituto? ¿No quieres hablar? Aprende que no es sabio cambiar mis pájaros majestuosos sobre los océanos por torpe cacho de madero en un fanguito.

7.

Otro año que se escurre. En días como estos, hace millones de años, el sol forjaba para la Tierra los aros de los meridianos, la Tierra se alistaba para la revolución primera y Quientusabes subía lentamente un dedo a lo alto mientras miraba su reloj de juez de meta, de caballero que suspira ante el retrato de la amada que atesora en su brújula. El rostro de la amada envuelto por el suyo al reflejarse en el cristal.

A la salida del hospital ya sabes del paradero de todos. De todos menos de ella. Nada se dice de la mujer extraña, la replicante de soledades miles. Vas a verla.

El jardín es el mismo. Han remozado el nicho entre las escaleras y ahora cobija una de esas vírgenes en yeso de las que no fabricas más. Llamas a la puerta. Nadie. Los aldabonazos despiertan la conciencia cívica de un vecino. Entérate: Abuela y ella se mudaron. El vecino sólo recuerda el nombre de una calle en la parte vieja de la ciudad. De todas formas habría pocas cosas por decir. Verla en sí.

Andas por veintitrés, averiguas qué de nuevo otea el gato. Escasos autos circulan a baja velocidad por las avenidas. Las luces de los semáforos parpadean pesadamente entre el rojo y el amarillo, con ritmo soñoliento, casi deteniéndose en el naranja… Ahora no con los semáforos mentales, por tu madre, dame un poco de fijeza. Una vez te dije (o me dijiste) que a esas horas esta ciudad parece una fotografía; que el movimiento de autos y transeúntes era aparente, una ilusión cinética generada en el Comité Central para agregar realismo al *trompe l'oeil* de zombis extraviados en los mediodías.

Porque los pies comienzan a dolerte recalas en la cima de La Rampa. El aire sube desde el mar, lame tu flanco izquierdo pero te niega su perfume de sal. A tus espaldas gárrulas aves implumes degustan helados con nombre de ballet, comentan en su contexto la película que los exalta en el cine de enfrente. Un individuo y tú comparten la cima. Él sólo te mira y entiendes que algo intenta preguntarte, alguna cosa de vida o muerte. Sin gesto de espera, esperas. El individuo no pregunta nada, sólo deja de mirarte y encaja su perfil en la pendiente con la típica ansiedad apenas controlada de los mártires y los suicidas.

Trama un salto, su nombre reposará en los libros de arte cubano con epitafio breve porque ahora callas. Antes, hubiera sido importante detenerlo, evitar que saltara; le hubieras recordado al pintor su gloria, de modo que no emigraba, no saltaba desde un décimo piso en Chicago en el próximo decenio y viejo moría el cisne en su Habana. Una palabra tuya pudiera cambiar el curso de vida del joven suicida. Pero callas y cruzas la avenida. Te resbala el destino ajeno, soy tu quimbombó para situaciones límites: Evitarás la posición de salto, aún cuando el vacío se dibuje a tus pies como una urgencia. En la avenida la cebra es un puente colgadizo sobre la renuncia. Anda.

Termina la cebra y ahí te aguarda el murito para descansar los pies. Enseguida escuchas unos versos a tu lado. Lucía, la negrísima de edad indefinible, joven aún de alguna manera; lleva en los brazos un niño casi blanco de alguna otra manera. Ignoras cuáles versos brotan de los violetas labios requemados de Lucía. Sin embargo te gusta esa cadencia inimitable, la voz ronca de genes congos y solar habanero, de hambre-loba-del-hombre. Ella rima y sus ojos saltan por los albicelestes balcones del hotel al otro lado de la calle. La imitas pero no ves lo que ella ve. En cambio, descubres en la entrada del edificio el par de banderas enemigas otrora. Las telas baten obedientes al mismo viento, edípicas, incestuosas. Balanceándose, la loba del hotel Habana-Guitart desborda del vestido ajado una de sus noches pechos.

Mama Rómulo con fiereza y la leche mancha el ébano de la pieza. Ella rima con una canción de cuna que nunca escribiera poeta de buena cara ni recitara desaparecido alguno a una multitud de manchitas. Hace siglos le hubieras preguntado si de ti ella se acuerda; justo tú, que ni de ti te acuerdas. En cambio, contemplas las piernas de la mujer, sus largas trampas tendidas al descendiente de druidas que viene por la acera. El hombre se detiene, la escucha cantar y suspira. Un cuarto de dólar viene a posarse sobre el muro, entre ella y tú. El descendiente de celtas sigue camino, lo sigues con la mirada. Rosado camarón encantado, el galo se adentra en la librería metamorfoseada en estante de información para turistas. Ella toma la moneda con Rómulo adormecido y tibio colgándole del pezón. No te ha visto. Las ves marcharse con pasos largos de quien siempre anduvo en zancos. Se aleja Lucía como cuadro de miserias del sur que se hundiera en L. Perpendicular a ella, rampa abajo, rumbo norte, cobrizo pintor ecuatoriano al volante, en blanco Mercedes Benz.

8.

Un mediodía sedoso de enero que te permite andar. Nadie sabe a estas horas cómo ni dónde andas, ni tu madre, sólo yo. De París te llegó esa postal del Nagüe Armando. Un puntito circulado en la multitud junto a la torre más inútil y bella del mundo para indicarte que desde allí te escribe. Al dorso, estudiados corrimientos de la tinta. Nada más se entiende, se deja entender, un «…y tú no te preocupes. La carta de triunfo…». Y no te preocupas. Te sumas como indica la antropomórfica esferilla con diadema en las pancartas de la Juventud Comunista. Te sumas, eres un factor, ruedas en la sumatoria. Rodarías de no haber vendido tu gloria tubular. La gente imprime velocidad a los pedales, avanza o así lo cree. Tú vas despacio, lenta tortuga en mi corriente invisible, indivisible, irreversible, invencible de socialismo.

Nadie pregunta cuán joven eres. Así pues, tampoco te preguntas, sigues el consejo de los médicos veloces como Aquiles. No encuentras números de años ni de calles pero te asalta el recuerdo oportunista: palabras, letras, negri-planos bichitos persiguiéndose entre sí, acosados por el blanco del papel. Lápiz cómplice de los bichitos, lápiz marmita domesticada que roe las paredes del laberinto. Una, dos, diez, las páginas del volumen, el manotazo en el *plywood* de aquella tardecita; grito de muchacha con minifalda de tachones verde, gritos agudos como puntillas a través de tu cuerpo. ¿A que no adivinas quién rige la sumatoria, a que no distingues si son calles o paredes las que delinean las plantas de los laberintos? Quizá sí, quizá no. Dime tú que juegas a encontrarte en lo perdido. Frío, frío.

9.

El acre olor de las axilas es tolerable en las guaguas de febrero, así que andas a pie porque así lo prefieres. En el zurrón de las ganas escondes estructuras, pasos perdidos, ahumados soportales de la calle Galiano, letras de mi nombre.

Tu andar lento ignora los sofismas, se explica por esa gordura «hormonal» según los mismos médicos que te recetaron mucho reposo y cortarte los *braidlocks*. Te he dicho que no tendrías que pelarte. Pero lo cierto es que a la esferilla de las pancartas de La Juventud no le asientan las cinco puntas que reciben mensajes del cielo, según mi estilista. No quiero interferencias, las antenas colgantes del Nilo deben partir; alguna verdad fuera del tiempo se perderá con ellas, pero nadie necesita todas las verdades. No te verás bien pero tendrás paz. Paz y unos pesos a fin de mes, dinero legal, libre de delito. De la yesería ahora se encarga Lógicus. Por el momento fabricas abstractos vasitos plásticos en un taller del Estado. Repiqueteando sobre uno de esos vasitos te intercepta un tipo en la calle, juega a no dejarte pasar, baila en tu camino. Es un individuo ceñudo, alto como un dios, de cabellos turbios y espesa barba ensortijada. El objeto percusor en su mano derecha brilla alentado por la síncopa y el sol. Es un tenedor de caldero con un diente de menos. La clave cubana cesa, el dios y tú se miran. Piensas que de un momento a otro el individuo lanzará la estocada, de su rostro emana la típica ansiedad de los homicidas. Cesa el bloqueo. Libre el paso, prosigues sin mirar detrás, por esa calle de único sentido.

El estío arrecia temprano, preconiza: Es posible que la ciudad arda en agosto. Cuadras adelante un quinteto de obreros repara la vidriera de una tienda. Hay cristales en la calle, el sol rebota en ellos. Alzas la mirada, allí sigue intacto el nombre de la tienda: La Filosofía. Fugitivo de las explicaciones del mundo nada tienes que explicar. Inexplicablemente el mundo y la nación se entienden en la retórica de sus políticos, entre la zancadilla y el beso de lengua, de lo inaceptable a su conveniencia. Antonimia del verbo nilar: «No dudar», advierte la voz del peligro en un vuelco único de tu corazón. Esa arritmia soy yo. Hace tiempo que nilar es producto alquímico pegado al fondo de un jarro prieto. Amnesia, magnesia, semejanzas preventivas. Tibio-tibio.

10.

Se desparrama febrero. Un día en el taller escuchas tijeretazos sobre tu cabeza. Los *braidlocks* caen a los pies de las máquinas de plástico cual pardas lombrices cercenadas. Anguloso, el administrador del taller, interpreta con angustia tu silencio ante las bromas bíblicas de barbero que te improvisan. «Te digo que hay partes de uno que llegan a sobrar y más vale arrancárselas antes que pudran el resto». Te consuela el jefe-compañero y agrega de regalo la tarde como se deja caer una moneda por la raja de una lata. Quieres creerle a Anguloso, se trata de una sabiduría de las mutilaciones. A ti qué te sobra: Policía del significado, artrosis en los dedos mentales si acaso no sucumbieron en la tonsura de los *braidlocks*. «Estímulos morales», piensas y sigues.

Vas por el malecón. Dejas correr la mano por el muro, largo ofidio de concreto que presume de aquietar las furias, de contener La Habana para que no se suelte a la mar. Ahí va quedando tu ADN, tu rastro de babosa erguida. A los dedos de carne se impone el ríspido contacto de las escamas menguadas por el salitre. Aspiras profundo, corroboras la desgracia o la ventura de no acoger en las narices los aromas de todo ese azul que se curva donde acaba la mirada.

Miras los nombres de las barcas, las manchas de petróleo subiendo por los amarres. Importunas a dos viejos pescadores que acomodan sus avíos, no saben de mí, del nombre por el que preguntas. Ellos no te miran mucho mientras te hablan, preparan redes, carnadas, plomadas y urden teoremas sobre el disparate de beber agua de mar como lo hiciste, lo mala que pone la cabeza.

En la caricia del ofidio apenas te percatas de cuánto has caminado. La parte vieja de la ciudad viene surgiendo. Tu ojo de cómplice pasa por alto las llagas de las calles, los cariados edificios y sus múltiples muletas… Transparencias: contemplas, a través de una muralla que derribaron promediando el siglo XIX, las estampas fabulosas de La Habana que artistas holandeses grabaron sólo de oídas: torres góticas y cúpulas bulbiformes bajo los cielos difuntos del Medioevo.

En el Museo Nacional de Bellas Artes hay una muestra de grabado japonés, te desvías; sueltas el muro y vienes al museo arrastrado por idéntica fuerza que te lleva a mí. Entras por la puerta del fondo como un ladrón y tropiezas con Hokusai, con su Vista del Monte Fuji través de las olas. Mil lenguas de dragón la espuma, los pescadores tranquilos, la nieve sobre el monte… El museo ocupa el espacio de lo que antes fue un mercado. Museos-cementerios, cuarteles-escuelas, funerarias-casas de cultura; casi escuchas mezclados los pregones, los himnos y los gritos plañideros. Estás al borde de otro recuerdo inútil. Ya que te advierto, cruzas a través del recuerdo. Como quien salta sobre lodo huyes del pregón en el piso de arriba, donde un chino empuja su carretón en un cuadro de Landaluze. Pero no sabes huir. Sales por la puerta principal. De golpe tienes enfrente el sarcófago de cristales azulados, la pecera enorme que guarda dentro el barco de los delirios. Ahora te parece un pez embalsamado o de *papier maché*, invento chino, miniatura de navío armado en la botella de un náufrago de la escritura. Pudieras orinar ese jardín de las reliquias, pero no lo harás porque el sacrílego en ti ha muerto. El custodio, aún acosado por el acné y con la AK-M de servicio al cuello, te pide un cigarro. Sabes que puedo desactivarlo por eso, por no vencer la ansiedad y contactar con un civil durante la guardia del monumento. Ya no fumas, el muchacho se arriesgó por nada.

11.

Los agujeros de marzo, nueve días para el equinoccio. Se acerca un tiempo de descuento.

Llegas al café vestigial, estiras las piernas. La taza humeante, la pantomima de un sorbo, tu mirada a la altura de mis pechos, rozando el respaldo de la silla vacía, estampido de ventana cerrada con asco. Otro servidor de la vesania se levanta de la barra, ajusta la corbata de su uniforme blanco, negro y cenizo y se dirige a ti:

—If the lady and the gentleman wish to take their tea in the garden…

Ríes y él se desvanece para desconcierto de unas pocas moscas reales, no digo nobles, sobre las tazas, no digo reales.

Tus ojos resbalan por la sillería del muro en talud, se afianzan en una aspillera para no deslizarte al pozo seco que rodea al castillo-estación de policía frente al café. Presientes que detrás de la aspillera un bárbaro de azul esgrime su péndulo afilado. Soplo de miedo en forma de frío en los metacarpos. El anillo puede saltar a manos del bárbaro y tú de cabeza al pozo del

Castillo de If. Por las aspilleras asoman espectrales ballestas, apuntan y arrojan sobre tu cuerpo flechas agudas como grito de vidente en milenio nuevo… San Nilostian no te quejas. Débilmente, junto al dolor, adviertes que son muchos y al mismo tiempo uno los seres que arrebatan libros, rigen la sumatorias y trazan los laberintos. ¿Consiste la locura en mirar justo al territorio que debías y olvidar las trampas vistas? No quieres ser un loco, ni siquiera la jugosa antonomasia te seduce para la causa. Pantomima de pagar la cuenta y te vas.

Andas por toda Cuba ya ripiada la tarde. Me buscas, todavía ecuánime. Le preguntas a los vecinos, ellos te convencen: mi nombre no les dice nada y sin número de edificio resulta demasiado larga esa calle. Vencido por la caminata vuelves a casa.

Te enjuagas la capa de sal y polvo de ciudad y de gente de la frente. Masticas y tragas lo que ha quedado del cerdo de Lógicus mientras escuchas al hombre sollozar al otro lado de su puerta, frente a tu puerta. El bocado se apelmaza en un diente recién abierto y tortura levemente el nervio. La hincada se traduce en alivio porque prefieres el dolor a la nada de una lepra de mar. El dolor te confirma que estás ahí, es el dolor una de la voces de aquello que guarda tu cuerpo por un tiempo. Esta insinuación de los límites contrapesa la propuesta circular de la emisora que marcha junto al tiempo saltando entre ventanas: «¡Estamos en marzo y marzo está en nosotros…!». Mañana es fecha aciaga y grupos sediciosos preparan golpes… de costumbre. A las tres y veinte de la tarde de mañana, bajo mis órdenes, la voz de un locutor será intervenida por la voz de otro locutor y suplantada por la voz de un muerto de antaño. Y, como cada año, el muerto pronunciará emocionado la misma piadosa mentirita: «Cubanos que me escuchan, en estos momentos acaba de ser ajusticiado en su propia madriguera el tirano…». Disparos. Y otra vez el muerto al borde de la muerte. Infinitamente Manzanita cayendo bajo el plomo, por su karma y peso. Cada trece de marzo decoro con su historia matadora y católica la historia de mi paraíso sempiterno… Alto aquí, cuidado con dudar que una alegoría no sea un hecho y éste a su vez argumento de otro poder semántico. Ahí tienes tu nervio herido para recordarte el pacto. Vamos, enciende la TV, deglute un novelón brasileño, elévate a los cielos de la sana bobería. Sé La masa, humilde masa, que no te sorprenda lo mucho que deseas una jarra de cerveza y luego dormir toda la noche, contento el Baco interno. Todos juntos, el yo, el tú y el ello, compañero. Te la encargo y llega en minutos si la ordeno, anímate y olvida.

Hace meses lo que sueñas incumple la lógica abigarrada de los sueños. Bajo esos párpados trashumas como en las horas del día, sólo que no te cansas. En las aceras del sueño de esta noche han retirado la tapa de una alcantarilla, justo cuando la joven coja que dobla la esquina deja en el aire una semblanza de Patria. La distracción, el paso, el hueco. Los jugos de La Habana te acompañan en la caída por el desagüe, una colosal garganta cuya boca pareciera nacer en el cielo. En un sueño paralelo Quienyasabes y sus compinches despliegan mapas sobre las nubes. En esta caída alcanzas a ver los rostros confiados en La victoria, sus ojos sin asomo de cordura te producen temor. Despiertas con el estupor que dejan los sueños ya soñados. Te levantas desnudo, caminas trabajosamente, como si la toda la basura de La Habana se hubiera filtrado del sueño a la irrealidad mediana de tu cuarto y apenas te dejara avanzar sobre las losas. Te lleva a la cocina una sed peregrina, de humedad relativa y no de agua de verdad. Abres la puerta del refrigerador y el fin se inicia. Ves la luz cegadora, la que atrapa y transporta. Has echado en olvido el olvido y te acomete con ímpetu la certeza de la duda. El premio es un aire frío que tuerce tus miembros y te clava en las narices el aroma de todas las algas del mar. Las nieblas de la duda no te impiden ver la Hatuey que he plantado para ti en la segunda parrilla del aparato, a la izquierda. Con frente perlada por los sudores de la botella, atrapado en su dimensión, el indio gráfico gira entre las líneas del diseño, te enfrenta: «La pira o la pira, caballero». Olvídate del indio, aquí despunta mi juicio sumarísimo, de inmediato dictaré condena. Conoces la gravedad de la falta y su lugar preciso en la lista de precios. Debes pagar. No esperas mis palabras, de un salto te apartas de mi luz, de tu esperanza de vida nueva. Vas por las ropas y así pierdes la ventaja de saber los detalles, el límite del plazo en que te agitas.

La pira.

Corres por tu *Mugitus Laberintius*, punto. Eres un punto que despliegas líneas al centro de mi escribirte que te va escribiendo. Apenas te leo, porque ríos de agujeros negros son tus pensamientos y por ellos se escurren mis fuerzas como en una corriente que se mueve a la inversa de lo que comprendo. Como sería ridículo perderme en ti, enseguida te mando a prender y te embarco en el «Pura Desesperanza» que zarpará al mediodía sólo para ti. Se te ocurre llevar estos garabatos afuera. De acuerdo, si llegas a montar un número de ellos sobre las puertas de la calle donde vivo, seguro me encontrarás, pero recuerda que son mis calles. Todavía puedes cambiar el curso de la duda y de toda tu vida; por qué no pensar que ha sido un malentendido, extensión del mismo sueño. Obsérvate bien, y si en el fondo de tu alma puedes verme, no te faltará el camino donde prefiero que me encuentres. Recuperado el pacto, te perdono y bebemos juntos. De qué te quejarás si surjo en la mañana y promulgo amnistía para los navegantes desollados en la eternidad del golfo. Los devuelvo a todos ¿Te parece? Si quieres gestiono un par de millones de visas y otro par de millones de permisos de salida del país, libero un alto número impar de autómatas semiconductores de mis funciones, atenúo la fundición del doble de narcómanos y alucinados con causa y del triple de objetores de consciencia escurridiza. Toneladas de café La llave para Regina y la llave del Taller Central del Partido para el yesero excombatiente de tu padrastro. Avanzamos en las negociaciones y, a cambio del mismo beneficio de la duda, te ofrezco la semilla que da hojas de cristales verdes afganos o una silla a mi lado con avión particular en la recámara, en el directo; puedes dirigir *ipso facto* el Instituto y sus mutaciones, dos ministerios… te regalo la ametralladora de Allende y ochocientas balas de plata ¿No contento? Revisamos juntos los aportes que Proyecto Necrófago traería a la Revolución, cómo implementarlo y virarle la bola de muertos en el mar al Enemigo. Si quieres ser otro, dejo a tu elección una gama de identidades a manos de mi productor de dobles y primera cuchilla del orbe cosmético; para ti, rostro, cuerpo y color nuevos, como Michael Jackson. Y quién te quita unas citas con la vivísima Madonna o algunas honorables y adorables hijas y esposas de varios jefes de gobierno vivos muy amigos míos. Qué me dices de otras cuatro pulgadas sobre las ocho del sable egipcio. ¡Carne y carné para todos! Y para sellar el acuerdo de una vez, te otorgamos un retiro indefinido, una rastra con autóctonas del Cáucaso, caboverdianas y nigerianas de Chanel, asiáticas *pop*, medio orientales *Op* o del Camagüey que te ordeñarán de modos no estipulados ni en el Asia. O, o, o en cada invierno me bajo con dos damas escarlatas y par de mulatas verbales aunque nada protocolares; señoritas veterinarias, selectos modelos de La Maison, Makarenkos, una como aquella perdida por cada año que has pasado sin verla… todas profesionales, por igual adictas a La Habana y al habano… Lugares para perderse y escribir montones de novelas revolucionarias. Si te satura Ibiza tengo contactos en El Cuzco, el Tíbet. No sé, opciones nacionales son Topes de Collantes, Cayo Largo, Puerto Escondido… O te cortamos de esta tierra como a un callo y el resto ya sabes cómo derivas, escondido.

El cartapacio de hojas blancas destinado a la escritura de la novela ha desaparecido, se ha evadido por la misma grieta que mi agente tenor volvió de tu mundo el día en que partiste junto al Chutemas, sin amo pero sin rumbo. En cambio, tienes a mano el reverso del manuscrito de la novela. No vacilas, estudiante, ni lo piensas. Escribes.

Te dejo escribir y en su avance las palabras dejan ver esta pérdida del hilo, el rodamiento acelerado de tu centro hacia una zona cada vez más lejana a mi directriz; tu centro corre a tu centro, te vas encontrando. De pinga el caso. Vacilo, mis bordes pierden fibras y la historia se destrenza. Cómo afirmar autoría sobre caracteres cuando la mano es llevada por la letra, por el espíritu de la letra. Me marea tu zigzag, apenas te veo, me trae náuseas este descontrol total de lo que haces, me tambaleo.

Qué bien mides la inmersión de las notas finales en las primeras horas de la madrugada. Aciertas un tajo de oportuna guagua del poniente al levante de la ciudad, sobre calles como pedregales o sorteados arrecifes a flor de asfalto. Acurrucados en sus chatas barbacoas de cuarterías en ruinas, los cederistas de La Habana Vieja debían dormir y duermen, a pesar del cantío ensordecedor de los gallos-cerdos.

¿Qué descuidas?

1. La policía no duerme.

2. Grupos sediciosos merodean.

3. Tenemos un contrato y yo soy tu dueño. Y también el dueño de la policía y de los grupos sediciosos.

Cordura, integridad, supervivencia; lo pones todo en peligro si olvidamos quién gobierna en estas líneas. La barba y los pezones se me erizan. ¿Qué piensas? ¡Tu madre, piensa en tu madre!

Las gomas del auto patrullero rechinan en la cuarta puerta pasquinada. Mis bárbaros de azul emergen y sobra decir, no hace falta, huelga,

Sobra decir: No hace falta huelga

No, sobra decir, hace falta huelga

No sobra decir «hace falta huelga»
No, sobra huelga, hace falta decir
Sobra huelga, hace falta decir «no»
Decir «no», sobra, hace falta huelga

que no sabes huir ni hay grupo sedicioso que te comprenda, que por mi gracia suben y bajan las porras; porque en caso de proclamitas primero te ablandan y después averiguan. Así lo ordeno, en nombre de la Revolución y su pueblo. Baje la escuadra del Cabo la ronda. No pregunten por Néyda:

–Suénale el lomo, Nagüe, éste canta por dónde zafaron los otros.

–Apriétale los hierros, compay.

–Suave con la cabeza, Nagüe, que todavía no avisan de arriba.

Si digo «sangras», tú sangras y déjales pensar que son ellos quienes te hacen sangrar. Densos hilos rojos te cruzan los labios con obediencia literaria. Soplo en tu cara con viento norte, seco la sangre, te anestesio. En la bahía unos rizos de mar se alzan y salpican la Avenida del Puerto. Esta brisa súbita se desborda sobre la ciudad dormida donde mis pasos marchan. Las páginas vuelan dispersas, los bárbaros de azul te sueltan y las persiguen como a pálidas mariposas de marzo. Amanece con cielo de plata. Desde el piso del auto me ves surgir en la mañana. No te muevas. No te muevas. Tu madre viene prendida de mi brazo, ahora mismo no concibe cómo voy a parirte hacia la muerte. No le diré, verá. Sabes cuánto pudiera hacerle temblar entre sábanas purpúreas con sólo acomodar el acto. O no.

Mis ojos de camaleón despreciado por las tierras de las tumbas pueden ver tus pupilas dilatarse a dos cuadras. No te importa lo que pienso, tienes un plan que ignoro. Así me explico la ausencia de pánico en tu mirada, ahora que terminan tus horas. Me miras como a través de una pantalla de TV que se apaga, un túnel tapiándose contigo adentro, un catalejo que mis manos hacen girar contigo adentro. La puerta del auto se cierra con la lentitud del amanecer. Vuelvo el rostro, me distraen los gritos de los bárbaros que regresan sin una sola página del manuscrito consigo; traen manos, caras y trajes cubiertos de un polvo blanco. Polvo de novela. Sorpresa: no te vemos, no estás donde te dejamos, sólo quedan las esposas y salpicaduras de sangre en el piso de la patrulla. Me preguntan qué ha sido de ti, dónde te has metido, a dónde cojones has ido. Tu madre se excita, no comprende nada; le digo que todo marcha con su hijo, escamoteo el desconcierto propio, logro confundirla con palabras sobre las maniobras del Enemigo, la proliferación de los grupúsculos y la preponderancia de los corpúsculos de la magia blanca revolucionaria. Absortos en su incredulidad, los bárbaros dan vueltas en torno al auto y me juran que también las páginas se esfumaron. Les creo, los calmo, son los bárbaros del Cabo La ronda. No les cuento cómo tampoco yo logro encontrarte a estas horas, que te vas de mis radares. Igualas el índice de refracción de la escritura y no hay un gramo de nieve en el suelo de esta novela que pueda guiar disparos sobre las pisadas. Siento el peso tus pensamientos en mi punto ciego de poder, el fuego de tu forja escribana me funde en cada una de estas palabras; no hay en ellas la mínima señal de asumir el pacto nuevo con su cúmulo de obsequios y todas las prebendas a la fidelidad. Sobrellevo muchos niveles de irreverencia y acepto los varios grados del desprecio, pero tu abandono en transparencia acaba con mi tolerancia. Yo, que no aparto ojo de los cuerpos de once millones de carnes con ojos que se mueven cada día bajo mis ojos. Mis bárbaros de azul no verán estos nervios de acero doblarse por tus maniobras, por esa nueva habilidad tuya que me enajena. Quieren traer los perros, insisten, les digo que no procede, casi aúllan, los consuelo: «Siempre hay con quién llenar los barcos.», les recuerdo. Ordeno olvidar el caso. Todavía nerviosos pero sin memoria del evento, volverán a la estación.

Antes llevarán a tu madre al apartamento. A tu casa, que es mi casa, según el texto en ofrenda que hiberna bajo las tres capas de pintura de la puerta. Tu padre, puedo decirte si se trata o no un de un patryoshka. Si me das mi justo tiempo de diablo te hago saber en un minuto qué ha sido de tu padre durante todos estos años. No te importa, no quieres comprender que un hilo perdido compromete toda la trama del proyecto. O comprendes bien y por lo mismo saltas de mi telaraña.

Atravieso la avenida y llego al malecón. Miro el mar sin ti. Dibujo con mis dedos sobre la piedra, conjuro a los maestros invisibles y ellos me hablan desde la espuma en las rocas: Estás allí, en algún lugar del darse cuenta donde a todo esclavo le llega un premio supremo de libertad: la desaparición absoluta. Nadie me asegura que un Dios auténtico te acoge en su cielo. Sólo sé que usted respira fuera de mis manos y que hasta lo eterno diera por vencer el miedo de seguirlo a usted.

La Habana, 24 de diciembre 1994

Catálogo Bokeh

Abreu, Juan (2017): *El pájaro*. Leiden: Bokeh.

Aguilera, Carlos A. (2016): *Asia Menor*. Leiden: Bokeh.

— (2017): *Teoría del alma china*. Leiden: Bokeh.

Aguilera, Carlos A. & Morejón Arnaiz, Idalia (eds.) (2017): *Escenas del yo flotante. Cuba: escrituras autobiográficas*. Leiden: Bokeh.

Alabau, Magali (2017): *Ir y venir. Poesía reunida 1986-2016*. Leiden: Bokeh.

Alcides, Rafael (2016): *Nadie*. Leiden: Bokeh.

Andrade, Orlando (2015): *La diáspora (2984)*. Leiden: Bokeh.

Armand, Octavio (2016): *Concierto para delinquir*. Leiden: Bokeh.

— (2016): *Horizontes de juguete*. Leiden: Bokeh.

— (2016): *origami*. Leiden: Bokeh.

— (2018): *El lugar de la mancha*. Leiden: Bokeh.

— (2018): *Superficies*. Leiden: Bokeh.

Aroche, Rito Ramón (2016): *Límites de alcanía*. Leiden: Bokeh.

Blanco, María Elena (2016): *Botín. Antología personal 1986-2016*. Leiden: Bokeh.

Caballero, Atilio (2016): *Rosso lombardo*. Leiden: Bokeh.

— (2018): *Luz de gas*. Leiden: Bokeh.

Calderón, Damaris (2017): *Entresijo*. Leiden: Bokeh.

Castaños, Diana (2019): *Yo sé por qué bala la oveja mansa*. Leiden: Bokeh

Columbié, Ena (2019): *Piedra*. Leiden: Bokeh.

Conte, Rafael & Capmany, José M. (2018): *Guerra de razas. Negros contra blancos en Cuba*. Leiden: Bokeh, colección Mal de archivo.

Díaz de Villegas, Néstor (2015): *Buscar la lengua. Poesía reunida 1975-2015*. Leiden: Bokeh.

— (2015): *Cubano, demasiado cubano. Escritos de transvaloración cultural*. Leiden: Bokeh.

— (2017): *Sabbat Gigante. Libro primero: Hojas de Rábano.* Leiden: Bokeh.

— (2018): *Sabbat Gigante. Libro segundo: Saigón.* Leiden: Bokeh.

— (2019): *Sabbat Gigante. Libro Tercero: Rumpite Libro.* Leiden: Bokeh.

DÍAZ MANTILLA, Daniel (2016): *El salvaje placer de explorar.* Leiden: Bokeh.

FERNÁNDEZ FE, Gerardo (2015): *La falacia.* Leiden: Bokeh.

— (2015): *Notas al total.* Leiden: Bokeh.

FERNÁNDEZ LARREA, Abel (2015): *Buenos días, Sarajevo.* Leiden: Bokeh.

— (2015): *El fin de la inocencia.* Leiden: Bokeh.

FERRER, Jorge (2016): *Minimal Bildung. Veintinueve escenas para una novela sobre la inercia y el olvido.* Leiden: Bokeh.

GALA, Marcial (2017): *Un extraño pájaro de ala azul.* Leiden: Bokeh.

GALINDO, Moisés (2019): *Catarsis.* Leiden: Bokeh.

GARBATZKY, Irina (2016): *Casa en el agua.* Leiden: Bokeh.

GARCÍA, Gelsys (2016): *La Revolución y sus perros.* Leiden: Bokeh.

GARCÍA, Gelsys (ed.) (2017): *Anuncia Freud a María. Cartografía bíblica del teatro cubano.* Leiden: Bokeh.

GARCÍA OBREGÓN, Omar (2018): *Fronteras: ¿el azar infinito?* Leiden: Bokeh.

GARRANDÉS, Alberto (2015): *Las nubes en el agua.* Leiden: Bokeh.

GUTIÉRREZ COTO, Amauri (2017): *A las puertas de Esmirna.* Leiden: Bokeh.

GÓMEZ CASTELLANO, Irene (2015): *Natación.* Leiden: Bokeh.

HARDING DAVIS, Richard (2019): *Notes of a War Correspondent.* Leiden: Bokeh, colección Mal de archivo.

HERNÁNDEZ BUSTO, Ernesto (2016): *La sombra en el espejo. Versiones japonesas.* Leiden: Bokeh.

— (2016): *Muda.* Leiden: Bokeh.

— (2017): *Inventario de saldos. Ensayos cubanos.* Leiden: Bokeh.

HONDAL, Ramón (2019): *Apuntes sobre Weyler.* Leiden: Bokeh.

Hurtado, Orestes (2016): *El placer y el sereno*. Leiden: Bokeh.

Jesús, Pedro de (2017): *La vida apenas*. Leiden: Bokeh.

Kozer, José (2015): *Bajo este cien*. Leiden: Bokeh.

— (2015): *Principio de realidad*. Leiden: Bokeh.

Lage, Jorge Enrique (2015): *Vultureffect*. Leiden: Bokeh.

Lamar Schweyer, Alberto (2018): *Ensayos sobre poética y política. Edición y prólogo de Gerardo Muñoz*. Leiden: Bokeh, colección Mal de archivo.

Lukić, Neva (2018): *Endless Endings*. Leiden: Bokeh.

Marqués de Armas, Pedro (2015): *Óbitos*. Leiden: Bokeh.

Miranda, Michael H. (2017): *Asilo en Brazos Valley*. Leiden: Bokeh.

Morales, Osdany (2015): *El pasado es un pueblo solitario*. Leiden: Bokeh.

Morejón Arnaiz, Idalia (2018): *Una artista del hombre*. Leiden: Bokeh.

Méndez Alpízar, L. Santiago (2016): *Punto negro*. Leiden: Bokeh.

Padilla, Damián (2016): *Phana*. Leiden: Bokeh.

Pereira, Manuel (2015): *Insolación*. Leiden: Bokeh.

Ponte, Antonio José (2017): *Cuentos de todas partes del Imperio*. Leiden: Bokeh.

— (2018): *Contrabando de sombras*. Leiden: Bokeh.

Portela, Ena Lucía (2016): *El pájaro: pincel y tinta china*. Leiden: Bokeh.

— (2016): *La sombra del caminante*. Leiden: Bokeh.

Pérez Cino, Waldo (2015): *Aledaños de partida*. Leiden: Bokeh.

— (2015): *El amolador*. Leiden: Bokeh.

— (2015): *La isla y la tribu*. Leiden: Bokeh.

— (2019): *Apuntes sobre Weyler*. Leiden: Bokeh.

Quintero Herencia, Juan Carlos (2016): *El cuerpo del milagro*. Leiden: Bokeh.

Rodríguez, Reina María (2016): *El piano*. Leiden: Bokeh.

— (2018): *Poemas de navidad*. Leiden: Bokeh.

Rodríguez Iglesias, Legna (2015): *Hilo + Hilo*. Leiden: Bokeh.

— (2015): *Las analfabetas*. Leiden: Bokeh.

SAUNDERS, Rogelio (2016): *Crónica del decimotercero*. Leiden: Bokeh.

STARKE, Úrsula (2016): *Prótesis. Escrituras 2007-2015*. Leiden: Bokeh.

SÁNCHEZ MEJÍAS, Rolando (2016): *Mecánica celeste. Cálculo de lindes 1986-2015*. Leiden: Bokeh.

TIMMER, Nanne (2018): *Logopedia*. Leiden: Bokeh.

VALDÉS ZAMORA, Armando (2017): *La siesta de los dioses*. Leiden: Bokeh.

VEGA SEROVA, Anna Lidia (2018): *Anima fatua*. Leiden: Bokeh.

VILLAVERDE, Fernando (2016): *La irresistible caída del muro de Berlín*. Leiden: Bokeh.

— (2016): *Los labios pintados de Diderot*. Leiden: Bokeh.

WILLIAMS, Ramón (2019): *A dónde*. Leiden: Bokeh.

WINTER, Enrique (2016): *Lengua de señas*. Leiden: Bokeh.

WITTNER, Laura (2016): *Jueves, noche. Antología personal 1996-2016*. Leiden: Bokeh.

ZEQUEIRA, Rafael (2017): *El winchester de Durero*. Leiden: Bokeh.

www.ingramcontent.com/pod-product-compliance
Lightning Source LLC
Chambersburg PA
CBHW020401030726
47496CB00007B/2244